文学で考える〈日本〉とは何か

飯田祐子
日高佳紀
日比嘉高
…編

翰林書房

はじめに

〈日本〉とは何か——。

この問いに対する回答は、歴史の中で移り変わってきただけでなく、ある時代の中でさえ一様ではありませんでした。〈日本〉という言葉によって示される対象に、文学作品の表現を通じて向き合ってみよう、というのが本書のねらいです。

収録したのは、近代以降に日本語で書かれた短編小説・詩で、書かれた時代も書いた作家もさまざまですが、いずれも〈日本〉というものを考え直すための視点を我々に示してくれる優れた作品ばかりです。

各作品はおおむね時代順に配列し、かつテーマに応じて四つのパートに分けました。

「Ⅰ　〈日本〉をつくる」では、近代の〈日本〉が国民国家としてのアイデンティティを築きあげていく過程を考えます。近代国家構築のプロセスや風景の発見、ナショナリズムへの応答などが、文学の表現にいかに織り込まれているのかが、ここでの主な課題です。

「Ⅱ　帝国〈日本〉」では、近代の〈日本〉が経験した植民地支配をめぐる諸問題への切り口を示します。南洋・満州・朝鮮半島などといったいわゆる〈外地〉と〈内地〉との複雑な関係に、作品の表現の分析を通して向き合うことがねらいです。

「Ⅲ　〈戦後〉を生きる」では、第二次世界大戦の敗戦という出来事を経た後の〈日本〉の姿を考えます。〈戦後〉という新しい時代の中で、人々は何を受け入れ、何に向き合い、どのような新しい〈日本〉を創ろうとしたのか、考察を深めます。

「Ⅳ　それぞれの〈日本〉」では、現代の作品を中心に、〈日本〉を単一的に捉える幻想を裂きうる視点を提示します。〈日本〉と呼ばれる領域がはらむ多様性を知り、その多様性が〈日本語〉という言語に何をもたらしつつあるのか考えます。

作品はすべて全文を収録し、各作品の末尾には作家紹介、作品解説、作品を読み解くための視点、参考文献を付しました。

文学作品を読み解いていくこと自体に楽しさがあるのはもちろんですが、作品のもつ表現の力とそれぞれの時代や状況とがいかに交錯したのかを考えることにより、現代を批評的にとらえかえしていく視座がもたらされます。人やモノ、情報の流れが激しさを増し、〈日本〉の姿の変容も加速しつつあるいま、我々はいかなる新しい言葉を発していけるのか。過去から現在にいたる文学の言葉に耳を澄ませつつ、読者のみなさんと考えていければと願っています。

編　者

付記　本文中に差別的表現が含まれる箇所があるが、作品の歴史性を尊重するためそのままとした。なお、ルビは適宜省略・増補し、漢字は新字体、仮名遣いは原文通りとした。

文学で考える〈日本〉とは何か　もくじ

Ⅲ 〈戦後〉を生きる

Ⅳ それぞれの〈日本〉

I

〈日本〉をつくる

森鷗外　普請中

渡辺参事官は歌舞伎座の前で電車を降りた。

　雨あがりの道の、ところ〴〵に残つてゐる水溜まりを避けて、木挽町《こびきちやう》の河岸を、逓信《ていしん》省の方へ行きながら、たしか此辺の曲がり角に看板のあるのを見た筈だがと思ひながら行く。人通りは余り無い。役所帰りらしい洋服の男五六人のがや〴〵話しながら行くのに逢つた。それから半衿の掛かつた著物《きもの》を著た、お茶屋の姉えさんらしいのが、何か近所へ用達しにでも出たのか、小走りに摩《す》れ違つた。まだ幌を掛けた儘の人力車が一台跡から駈け抜けて行つた。

　果して精養軒ホテルと横に書いた、割に小さい看板が見附かつた。

　河岸通りに向いた方は板囲ひになつてゐて、横町に向いた寂しい側面に、左右から横に登るやうに出来てゐる階段がある。階段は尖《さき》を切つた三角形になつてゐて、その尖を切つた処に戸口が二つある。渡辺はどれから這入るのかと迷ひながら、階段を登つて見ると、左の方の戸口に入口と書いてある。

　靴が大分泥になつてゐるので、丁寧に掃除をして、硝子戸を開けて這入つた。中は広い廊下のやうな板敷で、ここには外にあるのと同じやうな、棕櫚《しゆろ》の靴拭《ぬぐ》ひの傍《そば》に雑巾が広げて置いてある。渡辺は、己のやうなきたない靴を穿いて来る人が外にもあると見えると思ひながら、又靴を掃除した。

　あたりはひつそりとして人気がない。唯少し隔たつた処から騒がしい物音がするばかりである。大工が這入つてゐるらしい物音である。外に板囲ひのしてあるのを思ひ合せて、普請最中だなと思ふ。

　誰も出迎へる者がないので、真直に歩いて、衝き当つて、右へ行かうか左へ行かうかと考へてゐると、やつとの事で、給仕らしい男のうろついてゐるのに、出合つた。

「きのふ電話で頼んで置いたのだがね。」

「は。お二人さんですか。どうぞお二階へ。」

　右の方へ登る梯子《はしご》を教へてくれた。すぐに二人前の注文をした客と分かつたのは普請中殆ど休業同様にしてゐるからであらう。此辺まで入り込んで見れば、ます〳〵釘を打つ音や手斧を掛ける音が聞えて来るのである。

　梯子を登る跡から給仕が附いて来た。どの室かと迷つて、背後を振り返りながら、渡辺はかう云つた。

「大分賑やかな音がするね。」

「いえ。五時には職人が帰つてしまひますから、お食事中騒々しいやうなことはございません。暫《しばら》くこちらで。」
先へ駈け抜けて、東向きの室の戸を開けた。這入つて見ると、二人の客を通すには、ちと大き過ぎるサロンである。三所に小さい卓が置いてあつて、どれをも四つ五つ宛《づつ》の椅子が取り巻いてゐる。東の右の窓の下にソフアもある。その傍には、高さ三尺許の葡萄に、暖室で大きい実をならせた盆栽が据ゑてある。

渡辺があちこち見廻してゐると、戸口に立ち留まつてゐた給仕が、「お食事はこちらで」と云つて、左側の戸を開けた。これは丁度好い室である。もうちやんと食卓が拵《こしら》へて、※アザレエや※ロドダンドロンを美しく組み合せた盛花《もりばな》の籠を真中にして、※クウヱエルが二つ向き合せて置いてある。今二人位は這入られよう、六人になつたら少し窮屈だらうと思はれる、丁度好い室である。

渡辺は稍《や》ゝ満足してサロンへ帰つた。給仕が食事の室から直ぐに勝手の方へ行つたので、渡辺は始てひとりになつたのである。

金槌や手斧の音がぱつたり止んだ。時計を出して見れば、成程五時になつてゐる。約束の時刻までには、まだ三十分あるなと思ひながら、小さい卓の上に封を切つて出してある箱の葉巻を一本取つて、尖を切つて火を附けた。

不思議な事には、渡辺は人を待つてゐるといふ心持が少しもしない。その待つてゐる人が誰であらうと、殆《ほとん》ど構はない位である。あの花籠の向うにどんな顔が現れて来ようとも、殆ど構はない位である。渡辺はなぜこんな冷澹《れいたん》な心持になつてゐられるかと、自ら疑ふのである。

渡辺は葉巻の烟を緩く吹きながら、ソフアの角の処の窓を開けて、外を眺めた。窓の直ぐ下には材木が沢山立て列べてある。ここが表口になるらしい。動くとも見えない水を湛へた※カナルを隔てて、向側の人家が見える。多分待合《まちあひ》か何かであらう。往来は殆ど絶えてゐて、その家の門に子を負うた女が一人ぼんやり佇《たゝず》んでゐる。右のはづれの方には幅広く視野を遮つて、海軍参考館の赤煉瓦がいかめしく立ちはだかつてゐる。

渡辺はソフアに腰を掛けて、サロンの中を見廻した。壁の所々には、偶然ここで落ち合つたといふやうな掛物が幾つも掛けてある。梅に鶯やら、浦島が子やら、鷹やら、どれも〳〵小さい丈の短い幅なので、天井の高い壁に掛けられたのが、尻を端折つたやうに見える。食卓の拵へてある室の入口を挟んで、聯《れん》のやうな物の掛けてあるのを見れば、某※大教正の書いた※神代文字といふものである。日本は芸術の国ではない。

渡辺は暫く何を思ふともなく、何を見聞くともなく、唯烟草を呑んで、体の快感を覚えてゐた。

廊下に足音と話声とがする。戸が開く。渡辺の待つてゐた人が来たのである。麦藁の大きいアンヌマリイ帽に、珠数飾りをしたのを被つてゐる。鼠色の長い著物式の上衣の胸から、刺繍をした白い※バチストが見えてゐる。※ジユポンも同じ鼠色である。手にはヲ※ランの附いた、おもちやのやうな蝙蝠傘を持つてゐる。渡辺は無意識に微笑を粧《よそほ》つてソファから起き上がつて、葉巻を灰皿に投げた。女は、附いて来て戸口に立ち留まつてゐる給仕を一寸《ちよつと》見返つて、その目を渡辺に移した。ブリユネツトの女の、褐色の、大きい目である。此目は昔度々見たことのある目である。併《しか》しその縁にある、指の幅程な紫掛かつた濃い暈《くま》は、昔無かつたのである。

「長く待たせて。」

　独逸語である。ぞんざいな詞と不吊合に、傘を左の手に持ち替へて、おほやうに手袋に包んだ右の手の指尖を差し伸べた。渡辺は、女が給仕の前で芝居をするなと思ひながら、丁寧にその指尖を撮《つ》まんだ。そして給仕にかう云つた。

「食事の好い時はさう云つてくれ。」

　給仕は引つ込んだ。

　女は傘を無造作にソファの上に投げて、さも疲れたやうにソファへ腰を落して、卓に両肘を衝いて、黙まつて渡辺の顔を見てゐる。渡辺は卓の傍へ椅子を引き寄せて据わつた。暫くして女が云つた。

「大さう寂しい内ね。」

「普請中なのだ。さつき迄恐ろしい音をさせてゐたのだ。」

「さう。なんだか気が落ち著かないやうな処ね。どうせいつだつて気の落ち著くやうな身の上ではないのだけど。」

「一体いつどうして来たのだ。」

「おとつひ来て、きのふあなたにお目に掛かつたのだわ。」

「どうして来たのだ。」

「去年の暮からウラヂオストツクにゐたの。」

「それぢやあ、あのホテルの中にある舞台で遣つてゐたのか。」

「さうなの。」

「まさか一人ぢやあるまい。組合か。」

「組合ぢやないが、一人でもないの。あなたも御承知の人が一しよなの。」少しためらつて。「コジンスキイが一しよなの。」

「あのポ※ラツクかい。それぢやあお前はコジンスカアなのだな。」

「嫌だわ。わたしが歌つて、コジンスキイが伴奏をする丈だわ。」

「それ丈ではあるまい。」

「そりやあ、二人きりで旅をするのですもの。丸つきり無しといふわけには行きませんわ。」

「知れた事さ。そこで東京へも連れて来てゐるのかい。」

「えゝ。一しよに愛宕山《あたごやま》に泊まつてゐるの。」

「好く放して出すなあ。」

「伴奏させるのは歌丈なの。」Begleiten といふ詞を使つたのである。伴奏ともなれば同行ともなる。「銀座であなたにお目に掛かつたと云つたら、是非お目に掛かりたいと云ふの。」

「真平《まつぴら》だ。」

「大丈夫よ。まだお金は沢山あるのだから。」

「沢山あつたつて、使へば無くなるだらう。これからどうするのだ。」

「アメリカへ行くの。日本は駄目だつて、ウラヂオで聞いて来たのだから、当にはしなくつてよ。」

「それが好い。ロシアの次はアメリカが好からう。日本はまだそんなに進んでゐないからなあ。日本はまだ普請中だ。」

「あら。そんな事を仰やると、日本の紳士がかう云つたと、アメリカで話してよ。日本の官吏がと云ひませうか。あなた官吏でせう。」

「うむ。官吏だ。」

「お行儀が好くつて。」

「恐ろしく好い。本当の※フイリステルになり済ましてゐる。けふの晩飯丈が破格なのだ。」

「難有いわ。」さつきから幾つかの控鈕《ぼたん》をはづしてゐた手袋を脱いで、卓越しに右の平手を出すのである。渡辺は真面目に其手をしつかり握つた。手は冷たい。そしてその冷たい手が離れずにゐて、暈の出来た為めに一倍大きくなつたやうな目が、ぢつと渡辺の顔に注がれた。

「キスをして上げても好くつて。」

渡辺はわざとらしく顔を蹙《しか》めた。「ここは日本だ。」

叩かずに戸を開けて、給仕が出て来た。

「お食事が宜しうございます。」

「ここは日本だ」と繰り返しながら渡辺は起つて、女を食卓のある室へ案内した。丁度電灯がぱつと附いた。


女はあたりを見廻して、食卓の向側に据わりながら、「※シヤンブル・セパレエ」と笑談《ぜうだん》のやうな調子で云つて、渡辺がどんな顔をするかと思ふらしく、背伸びをして覗いて見た。盛花の籠が邪魔になるのである。

「偶然似てゐるのだ。」渡辺は平気で答へた。
※シエリイを注ぐ。メロンが出る。二人の客に三人の給仕が附き切りである。渡辺は「給仕の賑やかなのを御覧」と附け加へた。
「余り気が利かないやうね。愛宕山も矢つ張さうだわ。」肘を張るやうにして、メロンの肉を剥がして食べながら云ふ。

「愛宕山では邪魔だらう。」

「丸で見当違ひだわ。それはさうと、メロンはおいしいことね。」

「今にアメリカへ行くと、毎朝極まつて食べさせられるのだ。」

二人は何の意味もない話をして食事をしてゐる。とう〱サラドの附いたものが出て、杯にはシヤンパニエが注がれた。

女が突然「あなた少しも妬《ねた》んでは下さらないのね」と云つた。※チエントラアルテアアテルがはねて、※ブリユウル石階の上の料理屋の卓に、丁度こんな風に向き合つて据わつてゐて、おこつたり、中直りをしたりした昔の事を、意味のない話をしてゐながらも、女は想ひ浮べずにはゐられなかつたのである。女は笑談のやうに言はうと心に思つたのが、図らずも真面目に声に出たので、悔やしいやうな心持がした。

渡辺は据わつた儘《まゝ》に、シャンパニェの杯を盛花より高く上げて、はつきりした声で云つた。

„Kosinski soll leben!”※

凝《こ》り固まつたやうな微笑を顔に見せて、黙つてシャンパニェの杯を上げた女の手は、人には知れぬ程顫《ふる》つてゐた。

＊　＊　＊　＊　＊

まだ八時半頃であつた。灯火の海のやうな銀座通を横切つて、ヱエル※に深く面を包んだ女を載せた、一輛の寂しい車が芝の方へ駈けて行つた。

（『鷗外全集』第七巻　岩波書店　昭和四七・五）

注

9頁　※アザレエ…仏語。アザレア。セイヨウツツジ。
9頁　※ロドダンドロン…仏語。シャクナゲ。
9頁　※クウヱエル…仏語。ナイフ、フォークなど食卓用具の一揃い。
9頁　※カナル…仏語。堀割。水路。
9頁　※大教正…明治一七年まであった、国民を教化するための役職である教導職の最高位。主に神官や僧侶が任じられた。
9頁　※神代文字…漢字渡来以前にあったとされた日本固有の文字。現在では否定されている。
9頁　※バチスト…仏語。肌着に用いる薄地の平織物。
9頁　※ジユポン…仏語。ペチコート。アンダースカート。
10頁　※ヲラン…仏語。縁飾り。フリル。
10頁　※ブリユネット…仏語。褐色の髪。
10頁　※ポラック…独語。ポーランド人の蔑称。
11頁　※フイリステル…独語。（軽蔑的に）小市民。俗物。
11頁　※シャンブル・セパレエ…仏語。個室。
11頁　※シエリイ…仏語。シェリー酒。
11頁　※チエントラアルテアアテル…ドレスデン（ドイツ）の中央劇場。
11頁　※ブリユウル石階…ドレスデンのエルベ河畔にある石造のテラス。ブリュールのテラス。
12頁　※Kosinski soll leben!…「コジンスキー・ゾル・レーベン」は独語でコジンスキーの健康を祈って、の意。
12頁　※ヱエル…仏語。顔を出す布、網。ベール。

森鷗外《もりおうがい》　1862―1922

本名、林太郎。陸軍の軍医を務めるかたわら、小説、翻訳、劇作、評論など、多くの作品を残した。現在の島根県鹿足郡津和野町で、津和野藩の典医（医師）の長男として生まれる。東京帝国大学医学部を卒業後、陸軍軍医となり、一八八四〜八八年ドイツへ留学。帰国後、その体験をもとに「舞姫」「うたかたの記」「文づかひ」などを発表する一方、坪内逍遥との間に没理想論争を闘わせるなど、近代文学の新しい方向性の一つを示した。九州・小倉への赴任のあと、日露戦争従軍を経て、一九〇七年に陸軍軍医総監に就任。軍医の最高位に登りつめた。一九〇九年の『スバル』創刊とともに再び創作活動を活発化し、「半日」「ヰタ・セクスアリス」（発禁）「青年」**「普請中」**「雁」、ハウプトマン「寂しき人々」の翻訳などを次々に発表。自然主義隆盛の文壇で、非主流派の一人として存在感を示し、後続の作家たちの支柱となった。その後、「興津弥五右衛門の遺書」「阿部一族」「渋江抽斎」などの歴史小説、史伝へと向かい、晩年は歴史考証の道へ進んだ。「テエベス百門の大都」と木下杢太郎が評したように、文学、医学、官職いずれにおいても大きな足跡と影響を残した近代日本の巨人である。一九二二年七月九日、死去。

日本はまだ普請中だ

「普請中」は一九一〇（明治43）年六月、『三田文学』に発表された。前年の『スバル』創刊に合わせるかのように再び創作活動を活発化した鷗外のこの時期は、〈豊熟の時代〉ともいわれる。ここに取り上げた「普請中」は、短いがしかしさまざまな読みを誘発してきた、この時期の好篇のひとつだ。

読んですぐさま気づくのは、この作品が「舞姫」のヒロイン、エリスとの関係の後日譚として読みうるということだ。エリスのモデルとなった女性は、実際に鷗外を追いかけて来日している。「普請中」は、鷗外の彼女への対応を考える基礎資料の一つであり、また彼の作品を系譜的に読み解いていく上での重要な参照点でもある。

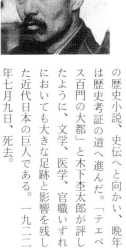

さらに「日本はまだ普請中だ」という作品中で渡辺参事官が発する印象的なセリフが注目を集めてきた。この言葉は近代国家日本に対する鷗外の批評のまなざしとして捉えられ、森鷗外個人の見解にとどまらず、明治後期の日本を批判的に考察するうえで、さまざまなニュアンスを込めて拡張的に使用されてきた。

「普請中」は大変短い作品だ。しかも、ストーリーの展開上、さして大きな事件が起こるわけでもない。だが、作品に織り込まれた言葉には、さまざまな指標が埋め込まれていることに、注意深い読者は気づくだろう。先に述べた作家論的なテーマや文化批評的な試みを考えるにしても、別のテーマを見い出すにしても、こうしたテクストの細部をいかに読み込むかが、読解の重要な課題となる。簡潔に必要な情報だけを記述していく作品の文体は、主人公渡辺の視線に浮かぶ種々雑多なものの入り混じった日本社会のようすや、渡辺の静穏だが彫りの深い自己省察、陰影に富んだ男女の会話などを鋭く切り取っている。これらをいかに読み込むかが、問われるのである。

たとえば、作中に実名で登場するさまざまな地名や建築物を追いかけてみる。もちろんそれにかさねて、精養軒ホテルの構造や店内の装飾も分析されるべきだろう。それらをまなざす渡辺の視線の行方と道筋をたどりながら作品の空間表現を考察していく作業は、「普請中」という文学テクストのみならず、「近代化」途上の〈日本〉というテクストを読み解いていく一つの強力なアプローチとなるに違いない。

渡辺と女、二人の思惑が複雑にからみあう、儀礼とほのめかしと底意に満ちた会話も、読者のさまざまな読みの可能性に開かれている。二人の出会いの経緯、現在おかれた状況、女の企みと、それをむかえる渡辺の真意、そうしたさまざまな要素が会話の背後に織りこまれているのだ。

このほか、各登場人物の人物造形、物語を紡ぎだす語り手の戦略など、いずれも精密にたどってみる価値がある。「普請中」はそうした精読にたえる表現の強度をもっている。

以前、外国（ドイツ）滞在中に交渉のあった女性と、みずからの母国において再会する。二人の関係はかつてのようではすでになく、置かれた立場もそれぞれに変化している。男は「官吏」としての道の途上にあり、女は「伴奏」者をともなってロシアから日本、そしてアメリカへと舞台を求めて流れていくさなかだ。久しぶりの邂逅に際し、複雑な感情をもつであろう二人の前に、日本の帝都・東京はその整わぬ、中途半端なありさまを、ありありと展開する。「日本はまだ普請中だ。」——そこで発せられたこの名高いセリフの響きを、私たちは今どのように聞くことができるだろうか？

視点1　かつての二人の立場、関係を想定し、現在のそれとの落差を考察する。

視点2　「ポラック」という言葉のニュアンスや、彼女の仕事の性質に注目する。また それに対する渡辺の態度を考える。

視点3　登場する地名や店名を調べ、作品を歴史的・空間的に位置づけなおして分析する。

〈参考文献〉三島由紀夫「鷗外の短篇小説」（『文藝』一九五六・一一）、三好行雄「普請中」頭注（『近代文学注釈大系　森鷗外』有精堂、一九六六）、平川祐弘『「普請中」の国日本』（『和魂洋才の系譜』河出書房新社、一九七一）、大塚美保「『普請中』——序論にかえて」（『鷗外を読み拓く』朝文社、二〇〇二）

（日比嘉高）

国木田独歩　武蔵野

一

「武蔵野の俤《おもかげ》は今纔《わずか》に入間《いるま》郡《ごほり》に残れり」と自分は文政年間に出来た地図で見た事がある。そして其地図に入間《いるま》郡「小《こ》手指原《てさしはら》久米川は古戦場なり太平記元弘三年五月十一日源平小《こ》手指原《てさしはら》にて戦ふ事一日か内に三十余度日暮れは平家三里退て久米川に陣を取る明《あく》れは源氏久米川の陣へ押寄ると載せたるは此辺なるべし」と書込んであるのを読んだ事がある。自分は武蔵野の跡の纔に残て居る処とは定めて此古戦場あたりではあるまいかと思て、一度行て見る積《つもり》で居て未だ行かないが実際は今も矢張其通りであらうかと危ぶんで居る。兎《と》も角《かく》、画や歌で計り想像して居る武蔵野を其俤ばかりでも見たいものとは自分ばかりの願ではあるまい。それほどの武蔵野が今は果していかゞであるか、自分は詳はしく此問に答へて自分を満足させたいとの望を起したことは実に一年前の事であつて、今は益ゝ此望が大きくなつて来た。

　さて此望が果して自分の力で達せらるゝであらうか。自分は出来ないとは言はぬ。容易でないと信じて居る、それ丈け自分は今の武蔵野に趣味を感じて居る。多分同感の人も少なからぬことゝ思ふ。

　それで今、少しく端緒をこゝに開いて、秋から冬へかけての自分の見て感じた処を書て自分の望の一少部分を果したい。先づ自分が彼問に下すべき答は武蔵野の美《び》今も昔に劣らずとの一語である。昔の武蔵野は実地見てどんなに美であつたことやら、それは想像にも及ばむほどであつたに相違あるまいが、自分が今見る武蔵野の美しさは斯《か》ゝる誇張的の断案を下さしむるほどに自分を動かして居るのである。自分は武蔵野の美と言つた、美といはんより寧ろ詩趣《しゅ》といひたい、其方が適切と思はれる。

二

　そこで自分は材料不足の処から自分の日記を種にして見たい。自分は二十九年の秋の初から春の初まで、渋谷村の小さな茅屋《ばうをく》に住で居た。自分が彼望を起したのも其時の事、又た秋から冬の事のみを今書くといふのも其わけである。

九月七日——『昨日も今日も南風強く吹き雲を送りつ雲を払ひつ、雨降りみ降らずみ、日光雲間をもるゝとき林影一時に煌《きら》めく、——』

これが今の武蔵野の秋の初である。林はまだ夏の緑の其ままであり乍《なが》ら空模様が夏と全く変つてきて雨雲《あまぐも》の南風につれて武蔵野の空低く頻《しき》りに雨を送る其晴間には日の光水気《すゐき》を帯びて彼方《かなた》の林に落ち此方《こなた》の杜《もり》にかゞやく。自分は屢ゝ《しば〱》思つた、こんな日に武蔵野を大観することが出来たら如何に美しい事だらうかと。二日置て九日の日記にも『風強く秋声野《や》にみつ、浮雲変幻《ふうんへんげん》たり』とある。恰度《ちやうど》此頃はこんな天気が続て大空と野との景色が間断なく変化して日の光は夏らしく雲の色風の音は秋らしく極めて趣味深く自分は感じた。

先づこれを今の武蔵野の秋の発端《ほつたん》として、自分は冬の終はるころまでの日記を左に並べて、変化の大略と光景の要素とを示して置かんと思ふ。

九月十九日――『朝、空曇り風死す、冷霧寒露、虫声しげし、天地の心なほ目さめぬが如し。』

同二十一日――『秋天拭ふが如し、木葉火の如くかゞやく。』

十月十九日――『月明かに林影黒し。』

同二十五日――『朝は霧深く、午後は晴る、夜に入りて雲の絶間の月さゆ。朝まだき霧の晴れぬ間に家を出で野を歩み林を訪《おとな》ふ。』

同二十六日――『午後林を訪ふ。林の奥に座して四顧し、傾聴し、睇視し、黙想す。』

十一月四日――『天高く気澄む、夕暮に独り風吹く野に立てば、天外の富士近く、国境をめぐる連山地平線上に黒し。星光一点、暮色漸く到り、林影漸く遠し。』

同十八日――『月を踏で散歩す、青煙地を這ひ月光林に砕く。』

同十九日――『天晴れ、風清く、露冷やかなり。満目黄葉の中緑樹を雑《まじ》ゆ。小鳥梢に囀《てん》ず。一路人影なし。独り歩み黙思口吟し、足にまかせて近郊をめぐる。』

同二十二日――『夜更けぬ、戸外は林をわたる風声ものすごし。滴声《てきせい》頻《しきり》なれども雨は已に止みたりとおぼし。』

同二十三日――『昨夜の風雨にて木葉殆ど揺落せり。稲田も殆ど刈り取らる。冬枯の淋しき様となりぬ。』

同二十四日――『木葉未だ全く落ちず。遠山を望めば、心も消え入らんばかり懐《なつか》し。』

同二十六日――夜十時記す『屋外は風雨の声ものすごし。滴声相応ず。今日は終日霧たちこめて野や林に永久《とこしへ》の夢に入りたらんごとく。午後犬を伴ふて散歩す。林に入り黙坐す。犬眠る。水流林より出でゝ林に入る、落葉を浮べて流る。をり〱時雨しめやかに林を過ぎて落葉の上をわたりゆく音静かなり。』

同二十七日――『昨夜の風雨は今朝なごりなく晴れ、日うらゝかに昇りぬ。屋後の丘に立て望めば富士山真白ろに連山の上に聳《そび》ゆ。風清く気澄めり。

げに初冬の朝なるかな。

田面《たおも》に水あふれ、林影 倒《さかしま》に映れり。』

十二月二日――『今朝霜、雪の如く朝日にきらめきて美事《みごと》なり。暫くして薄雲かゝり日光寒し。』

同二十二日――『雪初て降る。』
三十年一月十三日――『夜更けぬ。風死し林黙す。雪頻りに降る。灯をかゝげて戸外をうかゞふ、降雪火影《ほかげ》にきらめきて舞ふ。あゝ武蔵野沈黙す。而《しか》も耳を澄せば遠き彼方《かなた》の林をわたる風の音す、果して風声か。』
同十四日――『今朝大雪、葡萄棚堕ちぬ。
夜更けぬ。梢をわたる風の音遠く聞ゆ、あゝこれ武蔵野の林より林をわたる冬の夜寒《よさむ》の凩《こがらし》なるかな。雪どけの滴声軒をめぐる。』
同二十日――『美しき朝。空は片雲なく、地は霜柱白銀の如くきらめく。小鳥梢に囀ず。梢頭《せうとう》針の如し。』
二月八日――『梅咲きぬ。月漸《やうや》く美なり。』
三月十三日――『夜十二時、月傾き風急に、雲わき、林鳴る。』
同二十一日――『夜十一時。屋外の風声をきく、忽《たちま》ち遠く忽ち近し。春や襲ひし、冬や遁れし。』

三

昔の武蔵野は萱原《かやはら》のはてなき光景を以て絶類の美を鳴らして居たやうに言ひ伝へてあるが、今の武蔵野は林《はやし》である。林は実に今の武蔵野の特色といつても宜《よ》い。則ち木は重に楢《なら》の類で冬は悉《ことごと》く落葉し、春は滴る計りの新緑萌え出づる其変化が秩父嶺以東十数里の野一斉に行はれて、春夏秋冬を通じ霞に雨に月に風に霧に時雨に雪に、緑蔭に紅葉に、様々《さまざま》の光景を呈する其妙は一寸《ちよつと》西国地方又た東北の者には解し兼ねるのである。元来日本人はこれまで楢の類《たぐひ》の落葉林の美を余り知らなかつた様である。林といへば重に松林のみが日本の文学美術の上に認められて居て、歌にも楢林の奥で時雨を聞くといふ様なことは見当らない。自分も西国に人となつて少年の時学生として初て東京に上つてから十年になるが、かゝる落葉林の美を解するに至たのは近来の事で、それも左の文章が大に自分を教えたのである。

『秋九月中旬といふころ、一日自分がさる樺《かば》の林の中に座してゐたことが有ツた。今朝から小雨が降りそゝぎ、その晴れ間にはをり〳〵生ま暖かな日かげも射してまことに気まぐれな空《そら》合ひ。あわ〳〵しい白ら雲が空ら一面に棚引くかと思ふと、フトまたあちこち瞬く間雲切れがして、無理に押し分けたやうな雲間から澄みて怜悧《さか》し気に見える人の眼の如くに朗かに晴れた蒼空《あをぞら》がのぞかれた。自分は座して、四顧して、そして耳を傾けてゐた。木の葉が頭上で幽かに戦《そよ》いだが、その音を聞たばかりでも季節は知られた。それは春先する、面白さうな、笑ふやうなさゞめきでもなく、夏のゆるやかなそよぎでもなく、永たらしい話し声でもなく、また末の秋のおど〳〵した、うそさぶさうなお饒舌《しやべ》りでもなかつたが、只漸く聞取れるか聞取れぬ程のしめやかな私語《さゝやき》の声で有つた。そよ吹く風は忍ぶやうに木末《こずゑ》を伝ッた、照ると曇るとで雨にじめつく林の中のやうすが間断なく移り変ッた、或はそこに在りとある物総て一時に微笑したやうに、隈なくあかみわたツて、さのみ繁くもない樺のほそ〴〵とした幹は思ひがけずも白絹めく、やさしい光沢を帯び、地上に散り布いた、細かな落ち葉は俄《にはか》に日に映じてまばゆきまでに金色を放ち、頭をかきむしツたやうな「パアポロトニク」（蕨の類ゐ）のみごとな茎、加之《しか》も熟《つ》え過ぎた葡萄めく色を帯びたのが、際限もなくもつれつからみつして目前に透かして見られた。

　或はまた四辺《あたり》一面俄かに薄暗くなりだして、瞬く間に物のあいろも見えなくなり、樺の木立ちも、降り積ツた儘《まゝ》でまた日の眼に逢はぬ雪のやうに、白くおぼろに霞む――と小雨が忍びやかに、怪し気に、私語するやうにバラ〳〵と降ツて通ツた。樺の木の葉は著しく光沢が褪《さ》めても流石《さすが》に尚ほ青かツた、が只そちこちに立つ稚木のみは総て赤くも黄ろくも色づいて、をり〳〵日の光りが今ま雨に濡れた計りの細枝の繁みを漏れて滑りながらに脱けて来るのをあびては、キラ〳〵ときらめいた。』

　則ちこれはツルゲー子フの書たるものを二葉亭が訳して『あひびき』と題した短編の冒頭にある一節であつて、自分がかゝる落葉林の趣きを解するに至つたのは此微妙な叙景の筆の力が多い。これは露西亜の景で而も林は樺の木で、武蔵野の林は楢の木、植物帯からいふと甚だ異て居るが落葉林の趣は同じ事である。自分は屢々思ふた、若し武蔵野の林が楢の類《たぐひ》でなく、松か何かであつたら極めて平凡な変化に乏しい色彩一様なものとなつて左まで珍重するに足らないだらうと。

　楢の類だから黄葉する。黄葉するから落葉する。時雨《しぐれ》が私語《さゝや》く。凩《こがらし》が叫ぶ。一陣の風小高い丘を襲へば、幾千万の木の葉高く大空に舞ふて、小鳥の群かの如く遠く飛び去る。木の葉落ち尽せば、数十里の方域に亘《わた》る林が一時に裸体《はだか》になつて、蒼《あを》ずんだ冬の空が高く此上に垂れ、武蔵野一面が一種の沈静に入る。空気が一段澄みわたる。遠い物音が鮮かに聞へる。自分は十月二十六日の記に、林の奥に座して四顧し、傾聴し、睇視し、黙想すと書た。『あひびき』にも、自分は座して、四顧して、そして耳を傾けたとある。此耳を傾けて聞くといふことがどんなに秋の末から冬へかけての、今の武蔵野の心に適《かな》つてゐるだらう。秋ならば林のうちより起る音、冬ならば林の彼方《かなた》遠く響く音。

　鳥の羽音、囀《さへづ》る声。風のそよぐ、鳴る、うそぶく、叫ぶ声。叢《くさむら》の蔭、林の奥にすだく虫の音。空車《からぐるま》荷車《にぐるま》の林を廻《めぐ》り、坂を下り、野路《のぢ》を横ぎる響。蹄《ひづめ》で落葉を蹶散《けち》らす音、これは騎兵演習の斥候か、さなくば夫婦連れで遠乗に出かけた外国人である。何事をか声高《こわだか》に話しながらゆく村の者のだみ声、それも何時しか、遠かりゆく。独り淋しさうに道をいそぐ女の足音。遠く響く砲声。隣の林でだしぬけに起る銃音《つゝおと》。自分が一度犬をつれ、近処の林を訪ひ、切株に腰をかけて書《ほん》を読んで居ると、突然林の奥で物の落ちたやうな音がした。足もとに臥《ね》て居た犬が耳を立てゝきつと其方を見詰めた。それぎりで有つた。多分栗が落ちたのであらう、武蔵野には栗樹《くりのき》も随分多いから。

若《も》し夫れ時雨《しぐれ》の音に至てはこれほど幽寂のものはない。山家の時雨は我国でも和歌の題にまでなつて居るが、広ひ、広ひ、野末から野末へと林を越へ、杜《もり》を越へ、田を横ぎり、又た林を越へて、しのびやかに通り過《ゆ》く時雨の音の如何にも幽《しづ》かで、又た鷹揚《おうやう》な趣きがあつて、優《やさ》しく懐《ゆか》しいのは、実に武蔵野の時雨の特色であらう。自分が嘗《かつ》て北海道の深林で時雨に逢た事がある、これは又た人跡絶無の大森林であるから其趣は更に深いが、其代り、武蔵野の時雨の更に人なつかしく、私語《さゝや》くが如き趣はない。

　秋の中ごろから冬の初、試みに中野あたり、或は渋谷、世田ケ谷、又は小金井の奥の林を訪ふて、暫く座《すわつ》て散歩の疲を休めて見よ。此等の物音、忽ち起り、忽ち止み、次第に近づき、次第に遠ざかり、頭上の木の葉風なきに落ちて微《かす》かな音をし、其も止んだ時、自然の静蕭〔ママ〕を感じ、永遠《エタルニテー》の呼吸身に迫るを覚ゆるであらう。武蔵野の冬の夜更て星斗闌干《せいとらんかん》たる時、星をも吹き落しさうな野分がすさまじく林をわたる音を、自分は屢々日記に書た。風の音は人の思を遠くに誘《いざな》ふ。自分は此物凄い風の音の忽ち近く忽ち遠きを聞ては、遠い昔からの武蔵野の生活を思ひつゞけた事もある。

　熊谷直好の和歌に、

　　　よもすから木葉かたよる音きけは
　　しのひに風のかよふなりけり

といふがあれど、自分は山家の生活を知て居ながら、此歌の心をげにもと感じたのは、実に武蔵野の冬の村居の時であつた。

　林に座つて居て日の光の尤も美しさを感ずるのは、春の末より夏の初であるが、それは今こゝには書くべきでない。其次は黄葉の季節である。半ば黄ろく半ば緑な林の中に歩て居ると、澄みわたつた大空が梢々《こずゑ〳〵》の隙間《すきま》からのぞかれて日の光は風に動く葉末《はずゑ》〳〵に砕け、其美さ言ひつくされず。日光とか碓氷《うすひ》とか、天下の名所は兎も角、武蔵野の様な広い平原の林が隈なく染まつて、日の西に傾くと共に一面の火花を放つといふも特異の美観ではあるまいか。若し高きに登て一目に此大観を占めることが出来るなら此上もないこと、よし其れが出来難いにせよ、平原の景の単調なる丈けに、人をして其一部を見て全部の広ひ、殆ど限りない光景を想像さする者である。其想像に動かされつゝ夕照に向て黄葉の中を歩ける丈け歩くことがどんなに面白からう。林が尽きると野に出る。

四

　十月二十五日の記に、野を歩み林を訪ふと書き、又十一月四日の記には、夕暮に独り風吹く野に立てばと書てある。そこで自分は今一度ツルゲーネフを引く。

『自分はたちどまつた、花束を拾ひ上げた、そして林を去ツてのらへ出た。日は青々とした空に低く漂《たゞよ》ツて、射す影も蒼ざめて冷かになり、照るとはなく只ジミな水色のぼかしを見るやうに四方に充ちわたつた。日没にはまだ半時間も有らうに、モウゆうやけがほの赤く天末を染めだした。

黄ろくからびた刈株《かりかぶ》をわたツて烈しく吹付ける野分に催されて、そりかへツた細かな落ち葉があはたゞしく起き上り、林に沿ふた往来を横ぎつて、自分の側を駈け通ツた、のらに向ツて壁のやうにたつ林の一面は総てざわ〳〵ざわつき、細末の玉の屑を散らしたやうに煌《きらめ》きはしないがちらついてゐた。また枯れ艸、莠《はぐさ》、藁の嫌ひなくそこら一面にからみついた蜘蛛の巣は風に吹き靡《なび》かされて波たツてゐた。

自分はたちどまつた……心細く成つて来た、眼に遮る物象はサツパリとはしてゐれど、おもしろ気もおかし気もなく、さびれはてたうちにも、どうやら間近になツた冬のすさまじさが見透かされるやうに思はれて。小心な鴉《からす》が重さうに羽ばたきをして、烈しく風を切りながら、頭上を高く飛び過ぎたが、フト首を回《めぐ》らして、横目で自分をにらめて、急に飛び上ツて、声をちぎるやうに啼きわたりながら、林の向ふへかくれてしまツた。鳩が幾羽ともなく群をなして勢込んで穀倉の方から飛んで来た、がフト柱を建てたやうに舞ひ昇ツて、さてパツと一斉に野面《のづら》に散ツた――ア、秋だ！　誰だか禿山の向ふを通ると見えて、から車の音が虚空に響きわたツた……』

これは露西亜の野であるが、我武蔵野の野の秋から冬へかけての光景も、凡《およ》そこんなものである。武蔵野には決して禿《はげ》山《やま》はない。しかし大洋のうねりの様に高低起伏して居る。それも外見には一面の平原の様で、寧ろ高台《たかだい》の処々が低く窪んで小さな浅い谷をなして居るといつた方が適当であらう。此谷の底は大概水田である。畑は重に高台にある、高台は林と畑とで様々の区画をなして居る。畑は即ち野である。されば林とても数里にわたるものなく否、恐らく一里にわたるものもあるまい、畑とても一眸《いちぼう》数里に続くものはなく一座の林の周囲は畑、一頃の畑の三方は林、といふ様な具合で、農家が其間に散在して更らにこれを分割して居る。即ち野やら林やら、たゞ乱雑に入組んで居て、忽ち林に入るかと思へば、忽ち野に出るといふ様な風である。それが又た実に武蔵野に一種の特色を与へて居て、こゝに自然あり、こゝに生活あり、北海道の様な自然そのまゝの大原野大森林とは異て居て、其趣も特異である。

稲の熟する頃となると、谷々の水田が黄《きば》んで来る。稲が刈り取られて林の影が倒《さか》さに田面に映《うつ》る頃ろとなると、大根畑の盛で、大根がそろ〳〵抜かれて、彼方此処の水溜《みづため》又は小さな流の潯《ほとり》で洗はれる様になると、野は麦の新芽で青々となつて来る。或は麦畑の一端、野原のまゝで残り、尾花野菊が風に吹かれて居る。萱原の一端が次第に高《たか》まつて、其《その》はてが天際をかぎつて居て、そこへ爪先《つまさき》あがりに登て見ると、林の絶へ間を国境に連る秩父《ちゝぶ》の諸嶺が黒く横はツて居て、あたかも地平線上を走ては又た地平線下に没して居るやうにも見える。さてこれより又た畑の方へ下《くだ》るべきか。或は畑の彼方の萱原に身を横へ、強く吹く北風を、積み重ねた枯草で避《よ》けながら、南の空をめぐる日の微温《ぬる》き光に顔をさらして畑の横の林が風にざわつき煌《きらめ》き輝くのを眺むべきか。或は又た直ちに彼林へとゆく路をすゝむべきか。自分は斯くためらつた事が屢〻ある。自分は困つたか否、決して困らない。自分は武蔵野を縦横に通じてゐる路は、どれを撰で行つても自分を失望さゝないことを久しく経験して知て居るから。

五

自分の朋友が甞て其郷里から寄せた手紙の中に『此間も一人夕方に萱原を歩みて考へ申候、此野の中に縦横に通せる十数の径の上を何百年の昔より此かた朝の露さやけしといひては出で夕の雲花やかなりといひてはあこがれ何百人のあはれ知る人や逍遥しつらん相悪《あひにく》む人は相避けて異なる道をへだゝりて往き相愛する人は相合して同じ道を手に手とりつゝかへりつらん』との一節があつた。野原の径を歩みては斯るいみじき想も起るならんが、武蔵野の路はこれとは異り、相逢はんとて往くとても逢ひそこね、相避けんとて歩むも林の回り角で突然出逢ふ事があらう。されば路といふ路、右にめぐり左に転じ、林を貫き、野を横ぎり、真直《まつすぐ》なること鉄道線路の如きかと思へば、東よりすゝみて又東にかへるやうな迂回の路もあり、林にかくれ、谷にかくれ、野に現はれ、又た林にかくれ、野原の路のやうに能《よ》く遠くの別路ゆく人影を見ることは容易でない。しかし野原の径の想にもまして、武蔵野の路にはいみじき実がある。

　武蔵野に散歩する人は、道に迷ふことを苦にしてはならない。どの路でも足の向く方へゆけば必ず其処《そこ》に見るべく、聞くべく、感ずべき獲物《えもの》がある。武蔵野の美はたゞ其縦横に通ずる数千条の路を当《あて》もなく歩《ある》くことに由て始めて獲られる。春、夏、秋、冬、朝、昼、夕、夜、月にも、雪にも、風にも、霧にも、霜にも、雨にも、時雨にも、たゞ此路をぶら〳〵歩て思ひつき次第に右し左すれば随処に吾等を満足さするものがある。これが実に又た、武蔵野第一の特色だらうと自分はしみ〴〵感じて居る。武蔵野を除《のぞい》て日本に此様な処が何処《どこ》にあるか。北海道の原野には無論の事、奈須野にもない、其外何処にあるか。林と野とが斯くも能く入り乱れて、生活と自然とが斯の様に密接して居る処が何処にあるか。実に武蔵野に斯る特殊の路のあるのは此の故である。

　されば君若し、一の小径を往き、忽ち三条に分るゝ処に出たなら困るに及ばない、君の杖を立てゝ其倒れた方に往き玉へ。或は其路が君を小さな林に導く。林の中ごろに到て又た二つに分れたら、其小なる路を撰んで見玉へ。或は其路が君を妙な処に導く。これは林の奥の古い墓地で苔むす墓が四つ五つ並で其前に少し計りの空地《あきち》があつて、其横の方に女郎花《をみなえし》など咲て居ることもあらう。頭の上の梢で小鳥が鳴て居たら君の幸福である。すぐ引きかへして左の路を進んで見玉へ。忽ち林が尽て君の前に見わたしの広い野が開ける。足元《あしもと》から少しだら〳〵下《さが》りに成り萱が一面に生え、尾花の末が日に光つて居る、萱原の先きが畑で、畑の先に背の低い林が一叢《むら》繁り、其林の上に遠い杉の小杜《こもり》が見え、地平線の上に淡々《あは〳〵》しい雲が集て居て雲の色にまがひさうな連山が其間に少しづゝ見える。十月小春の日の光のどかに照り、小気味よい風がそよ〳〵と吹く。若し萱原の方へ下《お》りてゆくと、今まで見えた広い景色が悉く隠れてしまつて、小さな谷の底に出るだらう。思ひがけなく細長い池が萱原と林との間に隠れて居たのを発見する。水は清く澄で、大空を横ぎる白雲の断片を鮮かに映してゐる。水の潯《ほとり》には枯蘆《かれあし》が少しばかり生えてゐる。此池の潯《ほとり》の径《みち》を暫くゆくと又た二つに分れる。右にゆけば林、左にゆけば坂。君は必ず坂をのぼるだらう。兎角武蔵野を散歩するのは高い処高い処と撰びたくなるのはなんとかして広い眺望を求むるからで、それで其の望は容易に達せられない。見下ろす様な眺望は決して出来ない。それは初めからあきらめたがいゝ。

若し君、何かの必要で道を尋ねたく思はゞ、畑の真中に居る農夫にきゝ玉へ。農夫が四十以上の人であつたら、大声をあげて尋ねて見玉へ、驚て此方を向き、大声で教えて呉れるだらう。若し少女《をとめ》であつたら近づいて小声できゝ玉へ。若し若者であつたら、帽を取て慇懃《いんぎん》に問ひ玉へ。鷹揚《おうやう》に教えて呉れるだらう。怒《おこ》つてはならない、これが東京近在の若者の癖であるから。

教えられた道をゆくと、道が又た二つに分れる。教えて呉れた方の道は余りに小さくて少し変だと思つても其通りにゆき玉へ、突然農家の庭先に出るだらう。果して変だと驚てはいけぬ。其時農家で尋ねて見玉へ、門を出るとすぐ往来ですよと、すげなく答へるだらう。農家の門を外に出て見ると果して見覚えある往来、なる程これが近路《ちかみち》だなと君は思はず微笑をもらす、其時初て教えて呉れた道の有難さが解《わか》るだらう。

真直《まつすぐ》な路で両側《がは》共十分に黄葉した林が四五丁も続く処に出る事がある。此路を独り静かに歩む事のどんなに楽しからう。右側の林の頂は夕照鮮《あざや》かにかゞやいて居る。をり〳〵落葉の音が聞える計り、四辺《あたり》はしんとして如何にも淋《さび》しい。前にも後にも人影見えず、誰にも遇はず。若し其れが木葉落ちつくした頃ならば、路は落葉に埋れて、一足毎にがさ〳〵と音がする、林は奥まで見すかされ、梢の先は針の如く細く蒼空《あをぞら》を指してゐる。猶更ら人に遇はない。愈々淋しい。落葉をふむ自分の足音ばかり高く、時に一羽の山鳩あわたゞしく飛び去る羽音に驚かされる計り。

同じ路を引きかへして帰るは愚《ぐ》である。迷つた処が今の武蔵野に過ぎない。まさかに行暮れて困る事もあるまい。帰りも矢張《やはり》凡その方角をきめて、別な路を当てもなく歩くが妙。さうすると思はず落日の美観をうる事がある。日は富士の背に落ちんとして未だ全く落ちず、富士の中腹に群《むら》がる雲は黄金色に染て、見るがうちに様々の形に変ずる。連山の頂は白銀の鎖《くさり》の様な雪が次第に遠く北に走て、終は暗憺《あんたん》たる雲のうちに没してしまう。

日が落ちる、野は風が強く吹く、林は鳴る、武蔵野は暮れむとする、寒さが身に沁《し》む、其時は路をいそぎ玉へ、顧みて思はず新月が枯林の梢の横に寒い光を放てゐるのを見る。風が今にも梢から月を吹き落しさうである。突然又た野に出る。

君は其時、

　山は暮れ野は黄昏の薄《すゝき》かな

の名句を思ひだすだらう。

六

今より三年前の夏のことであつた。自分は或友と市中の寓居を出で丶三崎町の停車場から境まで乗り、其処《そこ》で下りて北へ真直《まつすぐ》に四五丁ゆくと桜橋といふ小さな橋がある、それを渡ると一軒の掛茶屋がある、此茶屋の婆さんが自分に向て、「今時分、何にしに来たゞア」と問ふた事があつた。

　自分は友と顔見合せて笑て、「散歩に来たのよ、たゞ遊びに来たのだ」と答へると、婆さんも笑て、それも馬鹿にした様な笑ひかたで、「桜は春咲くこと知《しら》ねえだね」と言つた。其処《そこ》で自分は夏の郊外の散歩のどんなに面白いかを婆さんの耳にも解《わか》るやうに話して見たが無駄《むだ》であつた。東京の人は呑《のん》気《き》だといふ一語で消されて仕了《しま》つた。自分等は汗をふき〳〵、婆さんが剥《む》いて呉れる甜瓜《まくはうり》を喰ひ、茶屋の横を流れる幅一尺計りの小さな溝で顔を洗ひなどして、其処を立出でた。此溝の水は多分、小金井の水道から引たものらしく、能く澄で居て、青草の間を、さも心地よささうに流れて、をり〳〵こぼ〳〵と鳴ては小鳥が来て翼をひたし、喉を湿ほすのを待て居るらしい。しかし婆さんは何とも思はないで此水で朝夕、鍋釜を洗うやうであつた。

　茶屋を出て、自分等は、そろ〳〵小金井の堤を、水上の方へとのぼり初めた。あゝ其日の散歩がどんなに楽しかつたらう。成程小金井は桜の名所、それで夏の盛に其堤をのこ〳〵歩くも余所目には愚かに見へるだらう、しかし其れは未だ今の武蔵野の夏の日の光を知らぬ人の話である。

　空は蒸暑《むしあつ》い雲が湧《わ》きいでゝ、雲の奥に雲が隠れ、雲と雲との間の底に蒼空が現はれ、雲の蒼空に接する処は白銀の色とも雪の色とも譬《たと》へ難き純白な透明な、それで何となく穏かな淡々《あはく》しい色を帯びて居る、其処《そこ》で蒼空が一段と奥深く青々と見える。たゞ此《これ》ぎりなら夏らしくもないが、さて一種の濁《にごつ》た色の霞のやうなものが、雲と雲との間をかき乱して、凡《す》べての空の模様を動揺、参差《しんし》、任放、錯雑の有様と為し、雲を劈《つんざ》く光線と雲より放つ陰翳《いんえい》とが彼方此方に交叉して、不羈奔逸の気が何処ともなく空中に微動して居る。林といふ林、梢といふ梢、草葉の末に至るまでが、光と熱とに溶けて、まどろんで、怠《なま》けて、うつら〳〵として酔て居る。林の一角、直線に断《た》たれて其間から広い野が見える、野良《のら》一面、糸遊《いというう》上騰して永くは見つめて居られない。

　自分等は汗をふき乍ら、大空を仰いだり、林の奥をのぞいたり、天際の空、林に接するあたりを眺めたりして堤の上を喘《あへ》ぎ〳〵辿《たどつ》てゆく。苦しいか？、どうして！　身《み》うちには健康がみちあふれて居る。

　長堤三里の間、ほとんど人影を見ない。農家の庭先、或は藪の間から突然、犬が現はれて、自分等を怪しさうに見て、そしてあくびをして隠て仕了う。林の彼方では高く羽ばたきをして雄鶏が時をつくる、それが米倉の壁や杉の森や林や藪に籠《こも》つて、ほがらかに聞える。堤の上にも家鶏《にはとり》の群が幾組となく桜の陰などに遊で居る。水上を遠く眺めると、一直線に流れてくる水道の末は銀粉を撒《まい》たやうな一種の陰影のうちに消え、間近くなるにつれてぎら／＼輝て矢の如く走てくる。自分達は或橋の上に立て、流れの上と流れのすそと見比べて居た。光線の具合で流の趣が絶えず変化して居る。水上が突然薄暗くなるかと見ると、雲の影が流と共に、瞬《またゝ》く間に走て来て自分達の上まで来て、ふと止まつて、急に横にそれて仕了ふことがある。暫くすると水上がまばゆく煌《かゞやい》て来《き》て、両側の林、堤上の桜、あたかも雨後の春草のやうに鮮かに緑の光を放つて来《く》る。橋の下では何とも言ひやうのない優《やさ》しい水音がする。これは水が両岸に激して発するのでもなく、又浅瀬のやうな音でもない。たつぷりと水量《みづかさ》があつて、それで粘土質の殆ど壁を塗つた様な深い溝を流れるので、水と水とがもつれてからまつて、揉《も》み合て、自から音を発するのである。何たる人なつかしい音だらう！

“——Let us match
This water's pleasant tune
With some old Border song, or catch,
That suits a summer's noon.”

の句も思ひ出されて、七十二歳の翁と少年とが、そこら桜の木蔭にでも坐《すわ》つて居ないだらうかと見廻はしたくなる。自分は此流の両側に散点する農家の者を幸福《しやはせ》の人々と思つた。無論、此堤の上を麦藁帽子とステツキ一本で散歩する自分達をも。

七

自分と一所に小金井の堤を散歩した朋友は、今は判官になつて地方に行て居るが、自分の前号の文を読んで次の如くに書《かい》て送て来た。自分は便利のためにこれを此処に引用する必要を感ずる——武蔵野は俗にいふ関八州の平野でもない。また道灌が傘の代りに山吹の花を貰つたといふ歴史的の原でもない。僕は自分で限界を定めた一種の武蔵野を有《いう》して居る。其限界は恰《あたか》も国境又は村境が山や河や、或は古跡や、色々のもので、定めらるゝやうに自ら定められたもので、其定めは次の色々の考から来る。

僕の武蔵野の範囲の中には東京がある。しかし之は無論省《はぶ》かなくてはならぬ、なぜならば我々《われ／＼》は農商務省の官衙《くわんが》が巍峨《ぎが》として聳《そびえ》て居たり、※鉄管事件《てつくわんじけん》の裁判が有つたりする八百八街によつて昔の面影《おもかげ》を想像することが出来ない。それに僕が近《ちか》ごろ知合《しりあひ》になつた独乙《どいつ》婦人の評に、東京は「新《あたら》しい都《みやこ》」といふことが有つて、今日の光景では仮令《たとへ》徳川の江戸で有つたにしろ、此評語《このひやうご》を適当と考へられる筋もある。斯様なわけで東京は必《かなら》ず武蔵野から抹殺《まつさつ》せねばならぬ。

しかし其市の尽《つ》くる処、即ち町外づれは必《かなら》ず抹殺してはならぬ。僕が考には武蔵野の詩趣《しゆ》を描くには必ず此町外れを一の題目《だいもく》とせねばならぬと思ふ。例へば君が住はれた渋谷の道《だう》玄坂《げんざか》の近傍、目黒の行人坂《ぎやうにんざか》、また君と僕と散歩《さんぽ》した事の多い早稲田の鬼子母神辺《あたり》の町、新宿、白金……

　また武蔵野の味《あぢ》を知るにはその野から富士山《ふじさん》、秩父山脈国府台《ふのだい》等を眺めた考のみでなく、また其中央に包《つゝ》まれて居る首府《ふ》東京をふり顧《かへ》つた考で眺めねばならぬ。そこで三里五里の外《そと》に出で平原《へいげん》を描くことの必要が有る。君の一篇《ぺん》にも生活と自然とが密接《みつせつ》して居るといふことが有り、また時々色々なものに出遇《であ》ふ面白味が描《ゑがい》てあるが、いかにも左様《さやう》だ。僕は曾て斯ういふことが有《あ》る、家弟をつれて多摩川の方へ遠足《ゑんそく》したときに、一二里行き、また半里《はんりゆ》行きて家並が有り、また家並《やなみ》に離れ、また家並に出《で》て、人や動物《どうぶつ》に接し、また草木ばかりになる、此変化《このへんくわ》のあるので処々に生活《せいくわつ》を点綴《てんてつ》して居る趣味の面白いことを感じて話したことが有《あ》つた。此趣味を描《ゑが》くために武蔵野に散在せる駅、駅といかぬまでも家並《やなみ》、即ち製図家《せいづか》の熟語でいふ※聯檐《れんたん》家屋を描写するの必要がある。

　また多摩川はどうしても武蔵野の範囲《はんゐ》に入れなければならぬ。六つ玉川などと我々の先祖《せんぞ》が名づけたことが有《あ》るが武蔵の多摩川の様な川《かは》が、外にどこにあるか。其川が平《たひら》な田と低い林《はやし》とに連接する処の趣味は、恰《あだか》も首府が郊外と連接《れんせつ》する処の趣味と共に無限の意義がある。

　また東の方の平面《へいめん》を考へられよ。これは余《あま》りに開けて水田が多くて地平線が少し低《ひく》い故、除外せられさうなれど矢張《やはり》武蔵野に相違ない。亀井戸の金糸堀《きんしぼり》のあたりから木下川辺《きねがはへん》へかけて、水田と立木と茅屋とが趣を成して居る矩合《ぐあひ》は武蔵野の一領分《りやうぶん》である。殊に富士で分明《わか》る。富士を高く見せて恰《あだか》も我々が逗子《づし》の「あぶずり」で眺むるやうに見せるのは此辺に限《かぎ》る。又た筑波《つくば》で分明《わか》る。筑波の影が低く遥かなるを見ると我々は関《くわん》八州《しう》の一隅に武蔵野が呼吸《こきふ》して居る意味を感ずる。

　しかし東京の南北にかけては武蔵野の領分《りやうぶん》が甚だせまい。殆ど無いといつてもよい。是れは地勢《ちせい》の然《しか》らしむる処で、且《かつ》鉄道《てつだう》が通じて居るので、乃ち「東京」が此線路に由《よつ》て武蔵野《むさしの》を貫いて直接《ちよくせつ》に他の範囲と連接して居るからで有る。僕はどうも左う感じる。

　そこで僕は武蔵野は先《ま》づ雑司谷《ざふしがや》から起つて線を引《ひ》いて見ると、それから板橋の中仙道の西側《にしがは》を通つて川越近傍まで達《たつ》し、君の一編に示された入間郡を包《つゝ》んで円《まる》く甲武線の立川駅に来る。此範囲《このはんゐ》の間に所沢、田無などいふ駅《えき》がどんなに趣味が多《おほ》いか……殊に夏の緑の深い頃は。扨《さ》て立川からは多摩川を限《げん》界《かい》として上丸《（マヽ）》辺まで下る。八王子は決して武蔵野には入れられない。そして丸子《まるこ》から下目黒《しもめぐろ》に返る。此範囲の間に布田、登戸、二子などのどんなに趣味が多いか。以上は西半面。

　東の半面は亀井戸辺より小松川《こまつがは》へかけ木下川《きねがは》から堀切を包んで千住近傍へ到て止まる。此範囲《このはんゐ》は異論が有れば取除《とりのぞ》いても宜い。併し一種の趣味が有つて武蔵野に相違《さうゐ》ない事は前に申した通りである——

八

自分は以上の所説《しよせつ》に少しの異存もない。殊に東京の町外《まちはづ》れを題目とせよとの注意《ちゆうい》は頗《すこぶ》る同意であつて、自分も兼《か》ねて思付て居た事である。町外《まちは》づれを「武蔵野」の一部に入《い》れるといへば、少し可笑《をか》しく聞えるが、実は不思議《ふしぎ》はないので、海を描《ゑが》くに波打ち際《ぎは》を描くも同じ事である。しかし自分《じぶん》はこれを後廻《あとま》はしにして、小金井堤上の散歩に引きつゞき、先づ今《いま》の武蔵野の水流《すゐりう》を説くことにした。

第一は多摩川《たまがは》、第二は隅田川、無論《むろん》此二流のことは十分に書て見たいが、さてこれも後廻《あとま》はしにして、更《さ》らに武蔵野を流《なが》るゝ水流を求めて見たい。

小金井の流《ながれ》の如き、其一である。此流《このながれ》は東京近郊に及んでは千駄ケ谷、代々木、角筈《つのはず》などの諸村の間を流《なが》れて新宿に入り四谷上水となる。又た井頭池《ゐのかしらいけ》善福池などより流れ出でゝ神田上水《かんだじやうすゐ》となる者。目黒辺を流れて品海《※ひんかい》に入る者。渋谷《しぶや》辺を流れて金杉《かなすぎ》に出づる者。其他名も知れぬ細流小溝《さいりうせうきよ》(ママ)に至るまで、若しこれを他所で見るならば格別《かくべつ》の妙《めう》もなけれど、これが今の武蔵野の平地高台《へいちたかだい》の嫌なく、林をくゞり、野を横切り、隠《かく》れつ現はれつして、しかも曲《まが》りくねつて（小金井は取除け）流るゝ趣は春夏秋冬《しゆんかしうとう》に通じて吾等の心を惹《ひ》くに足るものがある。自分はもと山多《やまおほ》き地方に生長《せいちやう》したので、河といへば随分大きな河でも其水は透明《とうめい》であるのを見慣れたせいか、初は武蔵野の流《ながれ》、多摩川を除《のぞ》いては、悉く濁《にごつ》て居るので甚だ不快《ふくわい》な感を惹《ひ》いたものであるが、だん〳〵慣《な》れて見ると、やはり此少《このすこ》し濁た流れが平原の景色に適《かな》つて見へるやうに思はれて来た。

自分が一度、今より四五年前の夏《なつ》の夜の事であつた、かの友《とも》と相携へて近郊《きんかう》を散歩した事を憶《おぼ》えて居る。神田上水の上《じやう》流《りう》の橋の一つを、夜の八時ごろ通《とほ》りかゝつた。此夜は月冴《さ》えて風清く、野《の》も林も白紗につゝまれしやうにて、何とも言ひ難き良夜《りやうや》であつた。かの橋の上には村のもの四五人集《あつま》つて居て、欄《らん》に倚て何事をか語り何事をか笑ひ、何事をか歌《うたつ》て居た。其中に一人の老翁《らうをう》が雑《まざつ》て居て、頻りに若い者の話や歌《うた》をまぜツかへして居た。月はさやかに照《て》り、此等の光景を朦朧《もうろう》たる楕円形の裡《うち》に描き出して、田園詩《でんゑんし》の一節のやうに浮べて居る。自分達も此画中《このぐわちゆう》の人に加はつて欄《らん》に倚《よつ》て月を眺めて居ると、月は緩《ゆ》るやかに流るゝ水面に澄《す》んで映て居る。羽虫《はむし》が水を搏《う》つ毎に細紋起て暫らく月《つき》の面《おも》に小皺《こじわ》がよる計り。流れは林《はやし》の間をくねつて出て来り、又た林の間に半円《はんゑん》を描いて隠《かく》れて仕了ふ。林の梢に砕けた月の光が薄暗《うすぐら》い水に落ちてきらめいて見える。水蒸気《すゐじようき》は流れの上、四五尺の処をかすめて居る。

大根《だいこん》の時節に、近郊《きんがう》を散歩すると、此等の細流《さいりう》のほとり、到る処で、農夫が大根の土《つち》を洗つて居るのを見る。

九

必ずしも道玄坂《だうげんざか》といはず、又た白金《しろがね》といはず、つまり東京市街の一端、或は甲州街道《かふしうかいだう》となり、或は青梅道《あをめみち》となり、或は中原道《なかはらみち》となり、或は世田《せた》ケ谷街道《やかいだう》となりて、郊外の林地田圃《りんちでんぼ》に突入する処の、市街ともつかず宿駅《しゆくえき》ともつかず、一種の生活と一種の自然《しぜん》とを配合して一種の光景を呈《てい》し居る場処を描写《べうしや》することが、頗る自分の詩興《しきよう》を喚《よ》び起すも妙ではないか。なぜ斯様《かやう》な場処が我等の感《かん》を惹《ひ》くだらうか。自分は一言にして答《こた》へることが出来る。即ち斯様な町外《まちはづ》れの光景は何となく人をして社会《しやくわい》といふものゝ縮図《しゆくづ》でも見るやうな思をなさしむるからであらう。言葉《ことば》を換えて言へば、田舎《ゐなか》の人にも都会の人にも感興を起《お》こさしむるやうな物語《ものがたり》、小さな物語、而《しか》も哀れの深い物語、或は抱腹《はうふく》するやうな物語が二つ三つ其処らの軒先《のきさき》に隠れて居さうに思はれるからであらう。更らに其《その》特点《とくてん》を言へば、大都会の生活の名残《なごり》と田舎の生活の余波《よは》とが此処《ここ》で落合つて、緩《ゆるや》かにうづを巻いて居るやうにも思はれる。

見給へ、其処《そこ》に片眼の犬が蹲《うづくまつ》て居る。此犬の名《な》の通つて居る限りが即ち此町外《このまちはづ》れの領分である。

見給へ、其此《そこ》に小さな料理屋がある。泣《な》くのとも笑《わら》ふのとも分らぬ声を振立てゝわめく女の影法師《かげぼふし》が障子に映《うつ》ゝて居る。外は夕闇《ゆふやみ》がこめて、煙の臭《にほひ》とも土の臭ともわかち難き香《かをり》が淀《よど》んで居る。大八車が二台三台と続て通る、其空車《そのからぐるま》の轍《わだち》の響が喧しく起りては絶え、絶えては起りして居る。

見給へ、鍛冶工《かぢや》の前に二頭の駄馬《だば》が立て居る其黒《そのくろ》い影の横の方で二三人の男が何事《なにごと》をか密《ひ》そ〱と話し合て居るのを。鉄蹄《てつてい》の真赤になつたのが鉄砧《かなしき》の上に置かれ、火花《ひばな》が夕闇を破て往来《わうらい》の中程まで飛んだ。話して居た人々がどつと何事《なにごと》をか笑つた。月が家並《やなみ》の後ろの高い樫の梢まで昇《のぼ》ると、向ふ片側《かたがは》の家根が白《し》ろんで来た。

かんてらから黒い油煙《ゆえん》が立て居る、其間を村《むら》の者町の者十数人駈け廻はつてわめいて居る。色々の野菜《やさい》が彼方此方に積《つ》んで並べてある。これが小さな野菜市《やさいゝち》、小さな糶売場《せりば》である。

日が暮れると直《す》ぐ寐て仕了《しま》う家《うち》があるかと思ふと夜《よ》の二時ごろまで店の障子に火影《ほかげ》を映して居る家がある。理髪所《とこや》の裏が百姓家《や》で、牛のうなる声が往来《わうらい》まで聞える、酒屋の隣家《となり》が納豆売の老爺の住家で、毎朝早く納豆《なつとう》々々《〱》と嗄声《しはがれごゑ》で呼で都の方へ向《むかつ》て出かける。夏の短夜が間もなく明けると、もう荷車《にぐるま》が通りはじめる。ごろ〱がた〱絶え間がない。九時十時となると、蟬《せみ》が往来から見《み》える高い梢で鳴きだす、だん〱暑《あつ》くなる。砂埃《すなぼこり》が馬の蹄、車の轍《わだち》に煽《あふ》られて虚空《こくう》に舞ひ上がる。蠅《はへ》の群が往来を横《よこ》ぎつて家から家、馬《うま》から馬へ飛んであるく。

それでも十※二時のどんが微かに聞《きこ》えて、何処《どこ》となく都の空の彼方で汽笛の響がする。

（『定本　国木田独歩全集』第二巻
学習研究社　昭和三九・七、増補版　平成七・七）

注

24頁　※鉄管事件…明治二八年に起きた、水道局役人が劣悪な品質の水道管を不正納入し逮捕された事件のこと。

25頁　※聯檐家屋…軒を連ねた家屋のこと。

26頁　※品海…品川沖の海。

27頁　※十二時のどん…正午の合図に打った号砲のこと。

国木田独歩《くにきだどっぽ》　1871―1908

本名、哲夫。教師、新聞記者、雑誌編集長を務めながら、詩や小説などの作品を残した。出生に関しては定かではないが、現在の千葉県銚子市で生まれたとされる。父の仕事の関係上、山口県に移住し、そこで育った。東京専門学校英語普通科に入学。徳富蘇峰が主宰する民友社と交流を持ち、随想等を雑誌に寄稿するようになる。この時期、キリスト教の洗礼も受けた。退学し、大分県佐伯で教師となるが、再び上京して民友社に入社。日清戦争時に海軍従軍記者として書いた記事が好評を博し、死後、『愛弟通信』として刊行された。一八九七年には田山花袋らとの合著『抒情詩』を刊行し、続いて「源おぢ」「**武蔵野**」「牛肉と馬鈴薯」「忘れえぬ人々」などの傑作を発表する。また死後に刊行された、独歩が二〇代の頃（一八九三～一八九七年）の日記『欺かざるの記』は、自然への賛美や自身の恋愛・破局の苦悩、青春期の思索などが書かれており、日記文学の名作とされている。作風も次第に初期の主観的記述から客観的記述へと移行していった。独歩の作品は日露戦争後、自然主義が隆盛となる中で、「自然主義文学の先駆」として特に注目されるようになり、後世に大きな影響を及ぼしている。一九〇八年六月二三日、死去。

「風景」を見出す〈眼差し〉

「武蔵野」は一八九八（明治31）年一月～二月、『国民之友』に二回に分けて発表された。原題は「今の武蔵野」であったが、短編集『武蔵野』刊行の際に「武蔵野」と改題された。独歩文学の出発点とも捉えられる作品である。と同時に、よく知られている景色を文語体で描写していた従来の自然描写と異なり、見過ごされがちであった生活の場としての自然に積極的に目を向け、それを言文一致体で描写した画期的な作品として位置づけられてきた。

「武蔵野」では、その原題が示すとおり、「自分が見て感じた」「今の武蔵野」の「詩趣」が魅力的な筆致で描かれている。もっともこの作品が、単に見たものを思いつくままに書いたものではないことは一目瞭然だろう。作品内では様々なテクストが引用されており、「仕掛け」が凝らされている。どのような「仕掛け」が機能しているのか？　それを読み解くためには一つ一つの言葉を丁寧に追いながら分析していく必要がある。

たとえば、ここで引用された古地図や古典、外国文学などの様々な先行テクストは、どのような意味を持つのだろうか。作品内で描写される「今の武蔵野」と、先行テクストの描写との差異、さらにはどのような「風景」が新しく「詩趣」あるものとして発見されているのかを丹念に調査、分析することは作品読解の上で重要な鍵となる。また、「抹殺せねばならぬ」「抹殺してはならぬ」東京と、「町外づれ」武蔵野の二者を対比させることによって、武蔵野に「小さな物語」を見出していくという、その〈眼差し〉のあり方を理解する上でも、当然、当時の東京と武蔵野の状況を調査する作業は欠かせない。こうした歴史的背景を踏まえた上での読解は、日本近代文学における「自然描写」の歴史を考えるための大きな手掛かりをも与えてくれるだろう。

もちろん「仕掛け」は単に先行テクストの引用ということに留まらない。たとえば、「一」から「五」章までの前半と、「六」から「九」章までの後半の構成・内容を対比させ、整理してみると、引用の配置を始め周到に構成されていることがわかる。

また、この作品は言文一致体で書かれているとはいえ、全て同一の文体で書かれているわけではない。引用された「日記」は文語体になっているが、なぜこのような使い分けがされているのだろうか。特に、言文一致体の文章で「君」など、読者へ呼びかける形式がとられていたり、「自分」の文を読んだ友人の手紙を引用して説明する形式がとられていたりすることには注意したい。こうした作品内の構成上の「仕掛け」を基に、この作品における読者の位置づけや、作品受容のあり方についてなど、問題をさらに広げて考察していくこともできる。

このほか、作品内の「自分」と独歩の経歴を重ねて読み解くことも可能だ。「自分」は一八九六年の秋から九七年の春まで渋谷村に住んでいたことになっているが、独歩もこの時期、渋谷に住んでいた。引用された「日記」と独歩自身の日記『欺かざるの記』などとを対応させ読み解くこともできるだろう。

様々なテクストを引用し「仕掛け」を凝らしながら描き出される「今の武蔵野」の「詩趣」。「東京は必ず武蔵野から抹殺せねばならぬ。しかし其市の尽くる処、即ち町外づれは必ず抹殺してはならぬ。」という鮮烈な言葉でも表現された、この武蔵野の「風景」とは果たして私達の目の前にどのように浮かび上がってくるのだろうか。――この作品は武蔵野に「詩趣」を見出す〈眼差し〉のあり方そのものを、ひいては私達自身の〈眼差し〉のあり方自体を問い直す作品でもあるのだ。

視点1　引用された先行テクストを調べ、引用のされ方、引用の意図を考える。

視点2　当時の東京及び武蔵野がどのような状況であったかを調査し、「町外づれ」の意味を考える。

視点3　前半と後半の構成を分析し、「自分」によって発見された「今の武蔵野」の「詩趣」がどのように語られているのかについて考察する。

〈参考文献〉関肇「国木田独歩『武蔵野』—作品世界の生成過程」(『日本近代文学』一九八七・五)、柄谷行人『日本近代文学の起源』(講談社文芸文庫、一九八八)、新保邦寛『独歩と藤村』(有精堂、一九九六)、藤井淑禎校注「武蔵野」(『新日本古典文学大系明治編　国木田独歩　宮崎湖処子集』岩波書店、二〇〇六)

(西川貴子)

十二月八日

太宰治

けふの日記は特別に、ていねいに書いて置きませう。昭和十六年の十二月八日には日本のまづしい家庭の主婦は、どんな一日を送つたか、ちよつと書いて置きませう。もう百年ほど経《た》つて日本が紀元二千七百年の美しいお祝ひをしてゐる頃に、私の此の日記帳が、どこかの土蔵の隅から発見せられて、百年前の大事な日に、わが日本の主婦が、こんな生活をしてゐたといふ事がわかつたら、すこしは歴史の参考になるかも知れない。だから文章はたいへん下手でも、嘘だけは書かないやうに気を附ける事だ。なにせ紀元二千七百年を考慮にいれて書かなければならぬのだから、たいへんだ。でも、あんまり固くならない事にしよう。主人の批評に依れば、私の手紙やら日記やらの文章は、ただ真面目なばかりで、さうして感覚はひどく鈍いさうだ。センチメントといふものが、まるで無いので、文章がちつとも美しくないさうだ。本当に私は、幼少の頃から礼儀にばかりこだはつて、心はそんなに真面目でもないのだけれど、なんだかぎくしやくして、無邪気にはしやいで甘える事も出来ず、損ばかりしてゐる。慾が深すぎるせゐかも知れない。なほよく、反省をして見ませう。

紀元二千七百年といへば、すぐに思ひ出す事がある。なんだか馬鹿らしくて、をかしい事だけれど、先日、主人のお友だちの伊馬さんが久し振りで遊びにいらつしやつて、その時、主人と客間で話合つてゐるのを隣部屋で聞いて噴《ふ》き出した。

「どうも、この、紀元二千七百年《しちひやくねん》のお祭りの時には、二千七百年《ななひやくねん》と言ふか、あるひは二千七百年《しちひやくねん》と言ふか、心配なんだね、非常に気になるんだね。僕は煩悶してゐるのだ。君は、気にならんかね。」

と伊馬さん。

「ううむ。」と主人は真面目に考へて、「さう言はれると、非常に気になる。」

「さうだらう、」と伊馬さんも、ひどく真面目だ。「どうもね、ななひやくねん、といふらしいんだ。なんだか、そんな気がするんだ。だけど僕の希望をいふなら、しちひやくねん、と言つてもらひたいんだね。どうも、ななひやく、では困る。いやらしいぢやないか。電話の番号ぢやあるまいし、ちやんと正しい読みかたをしてもらひたいものだ。何とかして、その時は、しちひやく、と言つてもらひたいのだがねえ。」

と伊馬さんは本当に、心配さうな口調である。

「しかしまた、」主人は、ひどくもつたい振つて意見を述べる。「もう百年あとには、しちひやくでもないし、ななひやくでもないし、全く別な読みかたも出来てゐるかも知れない。たとへば、ぬぬひやく、とでもいふ――。」

　私は噴き出した。本当に馬鹿らしい。主人は、いつでも、こんな、どうだつていいやうな事を、まじめにお客さまと話合つてゐるのです。センチメントのあるおかたは、ちがつたものだ。私の主人は、小説を書いて生活してゐるのです。なまけてばかりゐるので収入も心細く、その日暮しの有様です。どんなものを書いてゐるのか、私は、主人の書いた小説は読まない事にしてゐるので、想像もつきません。あまり上手でないやうです。

　おや、脱線してゐる。こんな出鱈目《でたらめ》な調子では、とても紀元二千七百年まで残るやうな佳《よ》い記録を書き綴る事は出来ぬ。出直さう。

　十二月八日。早朝、蒲団の中で、朝の支度に気がせきながら、園子《そのこ》（今年六月生れの女児）に乳をやつてゐると、どこかのラジオが、はつきり聞えて来た。

「大本営陸海軍部発表。帝国陸海軍は今八日未明西太平洋において米英軍と戦闘状態に入れり。」

　しめ切つた雨戸のすきまから、まつくらな私の部屋に、光のさし込むやうに強くあざやかに聞えた。二度、朗々と繰り返した。それを、じつと聞いてゐるうちに、私の人間は変つてしまつた。強い光線を受けて、からだが透明になるやうな感じ。あるひは、聖霊の息吹《いぶ》きを受けて、つめたい花びらをいちまい胸の中に宿したやうな気持ち。日本も、けさから、ちがふ日本になつたのだ。

　隣室の主人にお知らせしようと思ひ、あなた、と言ひかけると直ぐに、

「知つてるよ。知つてるよ。」

　と答へた。語気がけはしく、さすがに緊張の御様子である。いつもの朝寝坊が、けさに限つて、こんなに早くからお目覚めになつてゐるとは、不思議である。芸術家といふものは、勘《かん》の強いものださうだから、何か虫の知らせとでもいふものがあつたのかも知れない。すこし感心する。けれども、それからたいへんまづい事をおつしやつたので、マイナスになつた。

「西太平洋つて、どの辺だね？　サンフランシスコかね？」

　私はがつかりした。主人は、どういふものだか地理の知識は皆無なのである。西も東も、わからないのではないか、とさへ思はれる時がある。つい先日まで、南極が一ばん暑くて、北極が一ばん寒いと覚えてゐたのださうで、その告白を聞いた時には、私は主人の人格を疑ひさへしたのである。去年、佐渡へ御旅行なされて、その土産話に、佐渡の島影を汽船から望見して、満洲だと思つたさうで、実に滅茶苦茶だ。これでよく、大学なんかへ入学できたものだ。ただ、呆れるばかりである。

「西太平洋といへば、日本のはうの側の太平洋でせう。」

　と私が言ふと、

「さうか。」と不機嫌さうに言ひ、しばらく考へて居られる御様子で、「しかし、それは初耳だつた。アメリカが東で、日本が西といふのは気持の悪い事ぢやないか。日本は日出づる国と言はれ、また東亜とも言はれてゐるのだ。太陽は日本からだけ昇るものだとばかり僕は思つてゐたのだが、それぢや駄目だ。日本が東亜でなかつたといふのは、不愉快な話だ。なんとかして、日本が東で、アメリカが西と言ふ方法は無いものか。」

おつしやる事みな変である。主人の愛国心は、どうも極端すぎる。先日も、毛唐がどんなに威張つても、この鰹の塩辛《しほから》ばかりは嘗める事が出来まい、けれども僕なら、どんな洋食だつて食べてみせる、と妙な自慢をして居られた。

主人の変な呟きの相手にはならず、さつさと起きて雨戸をあける。いいお天気。けれども寒さは、とてもきびしく感ぜられる。昨夜、軒端《のきば》に干して置いたおむつも凍り、庭には霜が降りてゐる。山茶花が凛と咲いてゐる。静かだ。太平洋でいま戦争がはじまつてゐるのに、と不思議な気がした。日本の国の有難さが身にしみた。

井戸端へ出て顔を洗ひ、それから園子のおむつの洗濯にとりかかつてゐたら、お隣りの奥さんも出て来られた。朝の御挨拶をして、それから私が、

「これからは大変ですわねえ。」

と戦争の事を言ひかけたら、お隣りの奥さんは、つい先日から隣組長になられたので、その事かとお思ひになつたらしく、

「いいえ、何も出来ませんのでねえ。」

と恥づかしさうにおつしやつたから、私はちよつと具合がわるかつた。

お隣りの奥さんだつて、戦争の事を思はぬわけではなかつたらうけれど、それよりも隣組長の重い責任に緊張して居られるのにちがひない。なんだかお隣りの奥さんにすまないやうな気がして来た。本当に、之からは、隣組長もたいへんでせう。演習の時と違ふのだから、いざ空襲といふ時などには、その指揮の責任は重大だ。私は園子を背負つて田舎に避難するやうな事になるかも知れない。すると主人は、あとひとり居残つて、家を守るといふ事になるのだらうが、何も出来ない人なのだから心細い。ちつとも役に立たないかも知れない。本当に、前から私があんなに言つてゐるのに、主人は国民服も何も、こしらへてゐないのだ。まさかの時には困るのぢやないかしら。不精なお方だから、私が黙つて揃へて置けば、なんだこんなもの、とおつしやりながらも、心の中ではほつとして着て下さるのだらうが、どうも寸法が特大だから、出来合ひのものを買つて来ても駄目でせう。むづかしい。

主人も今朝は、七時ごろに起きて、朝ごはんも早くすませて、それから直ぐにお仕事。今月は、こまかいお仕事が、たくさんあるらしい。朝ごはんの時、

「日本は、本当に大丈夫でせうか。」

と私が思はず言つたら、

「大丈夫だから、やつたんぢやないか。かならず勝ちます。」と、よそゆきの言葉でお答へになつた。主人の言ふ事は、いつも嘘ばかりで、ちつともあてにならないけれど、でも此のあらたまつた言葉一つは、固く信じようと思つた。

台所で後かたづけをしながら、いろいろ考へた。目色、毛色が違ふといふ事が、之程までに敵愾心を起させるものか。滅茶苦茶に、ぶん殴りたい。支那を相手の時とは、まるで気持がちがふのだ。本当に、此の親しい美しい日本の土を、けだものみたいに無神経なアメリカの兵隊どもが、のそのそ歩き廻るなど、考へただけでも、たまらない。此の神聖な土を、一歩でも踏んだら、お前たちの足が腐るでせう。お前たちには、その資格が無いのです。日本の綺麗な兵隊さん、どうか、彼等を滅《め》つちやくちやに、やつつけて下さい。これからは私たちの家庭も、いろいろ物が足りなくて、ひどく困る事もあるでせうが、御心配は要《い》りません。私たちは平気です。いやだなあ、といふ気持は、少しも起らない。こんな辛《つら》い時勢に生れて、などと悔やむ気がない。かへつて、かういふ世に生れて生甲斐をさへ感ぜられる。かういふ世に生れて、よかつた、と思ふ。ああ、誰かと、うんと戦争の話をしたい。やりましたわね、いよいよはじまつたのねえ、なんて。

ラジオは、けさから軍歌の連続だ。一生懸命だ。つぎからつぎと、いろんな軍歌を放送して、たうとう種切れになつたか、敵は幾万ありとても、などといふ古い古い軍歌まで飛び出して来る仕末なので、ひとりで噴き出した。放送局の無邪気さに好感を持つた。私の家では、主人がひどくラジオをきらひなので、いちども設備した事はない。また私も、いままでは、そんなにラジオを欲しいと思つた事は無かつたのだが、でも、こんな時には、ラジオがあつたらいいなあと思ふ。ニユウスをたくさん、たくさん聞きたい。主人に相談してみませう。買つてもらへさうな気がする。

おひる近くなつて、重大なニユウスが次々と聞えて来るので、たまらなくなつて、園子を抱いて外に出て、お隣りの紅葉の木の下に立つて、お隣りのラジオに耳をすました。マレー半島に奇襲上陸、香港攻撃、宣戦の大詔、園子を抱きながら、涙が出て困つた。家へ入つて、お仕事最中の主人に、いま聞いて来たニユウスをみんなお伝へする。主人は全部、聞きとつてから、

「さうか。」

と言つて笑つた。それから、立ち上つて、また坐つた。落ちつかない御様子である。

お昼少しすぎた頃、主人は、どうやら一つお仕事をまとめたやうで、その原稿をお持ちになつて、そそくさと外出してしまつた。雑誌社に原稿を届けに行つたのだが、あの御様子では、またお帰りがおそくなるかも知れない。どうも、あんなに、そそくさと逃げるやうに外出した時には、たいてい御帰宅がおそいやうだ。どんなにおそくても、外泊さへなさらなかつたら、私は平気なんだけど。

主人をお見送りしてから、目刺《めざし》を焼いて簡単な昼食をすま

せて、それから園子をおんぶして駅へ買ひ物に出かけた。途中、亀井さんのお宅に立ち寄る。主人の田舎から林檎をたくさん送つていただいたので、亀井さんの悠乃《ゆの》ちやん（五歳の可愛いお嬢さん）に差し上げようと思つて、少し包んで持つて行つたのだ。門のところに悠乃ちやんが立つてゐた。私を見つけると、すぐにばたばたと玄関に駈け込んで、園子ちやんが来たわよう、お母ちやま、と呼んで下さつた。園子は私の背中で、奥様や御主人に向つて大いに愛想笑ひをしたらしい。奥様に、可愛い可愛いと、ひどくほめられた。御主人は、ジヤンパーなど召して、何やらいさましい恰好で玄関に出て来られたが、いままで縁の下に蓆《むしろ》を敷いて居られたのださうで、

「どうも、縁の下を這ひまはるのは敵前上陸に劣らぬ苦しみです。こんな汚い恰好で、失礼。」

とおつしやる。縁の下に蓆などを敷いて一体、どうなさるのだらう。いざ空襲といふ時、這ひ込まうといふのかしら。不思議だ。

でも亀井さんの御主人は、うちの主人と違つて、本当に御家庭を愛していらつしやるから、うらやましい。以前は、もつと愛していらつしやつたのださうだけれど、うちの主人が近所に引越して来てからお酒を呑む事を教へたりして、少しいけなくしたらしい。奥様も、きつと、うちの主人を恨んでいらつしやる事だらう。すまないと思ふ。

亀井さんの門の前には、火叩きやら、なんだか奇怪な熊手のやうなものやら、すつかりととのへて用意されてある。私の家には何も無い。主人が不精だから仕様が無いのだ。

「まあ、よく御用意が出来て。」

と私が言ふと、御主人は、

「ええ、なにせ隣組長ですから。」

と元気よくおつしやる。

本当は副組長なのだけれど、組長のお方がお年寄りなので、組長の仕事を代りにやつてあげてゐるのです、と奥様が小声で訂正して下さつた。亀井さんの御主人は、本当にまめで、うちの主人とは雲泥の差だ。

お菓子をいただいて玄関先で失礼した。

それから郵便局に行き、「新潮」の原稿料六十五円を受取つて、市場に行つてみた。相変らず、品が乏しい。やつぱり、また、烏賊《いか》と目刺を買ふより他は無い。烏賊二はい、四十銭。目刺、二十銭。市場で、またラジオ。

重大なニユウスが続々と発表せられてゐる。比島、グワム空襲。ハワイ大爆撃。米国艦隊全滅す。帝国政府声明。全身が震へて恥づかしい程だつた。みんなに感謝したかつた。私が市場のラジオの前に、じつと立ちつくしてゐたら、二、三人の女のひとが、聞いて行きませうと言ひながら私のまはりに集つて来た。二、三人が、四、五人になり、十人ちかくなつた。

市場を出て主人の煙草を買ひに駅の売店に行く。町の様子は、少しも変つてゐない。ただ、八百屋さんの前に、ラジオ

ニユウスを書き上げた紙が貼られてゐるだけ。店先の様子も、人の会話も、平生とあまり変つてゐない。この静粛が、たのもしいのだ。けふは、お金も、すこしあるから、思ひ切つて私の履物を買ふ。こんなものにも、今月からは三円以上二割の税が附くといふ事、ちつとも知らなかつた。先月末、買へばよかつた。でも、買ひ溜めは、あさましくて、いやだ。履物、六円六十銭。ほかにクリイム、三十五銭。封筒、三十一銭などの買ひ物をして帰つた。

帰つて暫くすると、早大の佐藤さんが、こんど卒業と同時に入営と決定したさうで、その挨拶においでになつたが、生憎、主人がゐないのでお気の毒だつた。お大事に、と私は心の底からのお辞儀をした。佐藤さんが帰られてから、すぐ、帝大の堤さんも見えられた。堤さんも、めでたく卒業なさつて、徴兵検査を受けられたのださうだが、第三乙とやらで、残念でしたと言つて居られた。佐藤さんも、堤さんも、いままで髪を長く伸ばして居られたのに、綺麗さつぱりと坊主頭になつて、まあほんとに学生のお方も大変なのだ、と感慨が深かつた。

夕方、久し振りで今《こん》さんも、ステッキを振りながらおいで下さつたが、主人が不在なので、じつにお気の毒に思つた。本当に、三鷹のこんな奥まで、わざわざおいで下さるのに、主人が不在なので、またそのままお帰りにならなければならないのだ。お帰りの途々、どんなに、いやなお気持だらう。それを思へば、私まで暗い気持になるのだ。

夕飯の仕度にとりかかつてゐたら、お隣りの奥さんがおいでになつて、十二月の清酒の配給券が来ましたけど、隣組九軒で一升券六枚しか無い、どうしませうといふ御相談であつた。順番ではどうかしらとも思つたが、九軒みんな欲しいといふ事で、たうとう六升を九分する事にきめて、早速、瓶を集めて伊勢元に買ひに行く。私はご飯を仕掛けてゐたので、ゆるしてもらつた。でも、ひと片附きしたので、園子をおんぶして行つてみると、向ふから、隣組のお方たちが、てんでに一本二本と瓶をかかへてお帰りのところであつた。私も、さつそく一本、かかへさせてもらつて一緒に帰つた。それからお隣りの組長さんの玄関で、酒の九等分がはじまつた。九本の一升瓶をずらりと一列に並べて、よくよく分量を見較べ、同じ高さづつ分け合ふのである。六升を九等分するのは、なかなか、むづかしい。

夕刊が来る。珍しく四ペエヂだつた。「帝国・米英に宣戦を布告す」といふ活字の大きいこと。だいたい、けふ聞いたラジオニユウスのとほりの事が書かれてゐた。でも、また、隅々まで読んで、感激をあらたにした。

ひとりで夕飯をたべて、それから園子をおんぶして銭湯に行つた。ああ、園子をお湯にいれるのが、私の生活で一ばん一ばん楽しい時だ。園子は、お湯が好きで、お湯にいれると、とてもおとなしい。お湯の中では、手足をちぢこめ、抱いてゐる私の顔を、じつと見上げてゐる。ちよつと、不安なやうな気もするのだらう。よその人も、ご自分の赤ちやんが可愛くて可愛くて、たまらない様子で、お湯にいれる時は、みんなめいめいの赤ちやんに頰ずりしてゐる。園子のおなかは、ぶんまはしで画いたやうにまんまるで、ゴム鞠のやうに白く柔く、この中に小さい胃だの腸だのが、本当にちやんとそなはつてゐるのかしらと不思議な気さへする。そしてそのおなかの真ん中より少し下に梅の花の様なおへそが附いてゐる。足といひ、手といひ、その美しいこと、可愛いこと、どうしても夢中になつてしまふ。どんな着物を着せようが、裸身の可愛さには及ばない。お湯からあげて着物を着せる時には、とても惜しい気がする。もつと裸身を抱いてゐたい。

銭湯へ行く時には、道も明るかつたのに、帰る時には、もう真つ暗だつた。灯火管制なのだ。もうこれは、演習でないのだ。心の異様に引きしまるのを覚える。でも、これは少し暗すぎるのではあるまいか。こんな暗い道、今まで歩いた事がない。一歩一歩、さぐるやうにして進んだけれど、道は遠いのだし、途方に暮れた。あの独活《うど》の畑から杉林にさしかかるところ、それこそ真の闇で物凄かつた。女学校四年生の時、野沢温泉から木島まで吹雪の中をスキイで突破した時のおそろしさを、ふいと思ひ出した。あの時のリユツクサツクの代りに、いまは背中に園子が眠つてゐる。園子は何も知らずに眠つてゐる。

背後から、我が大君に召されえたあるう、と実に調子のはづれた歌をうたひながら、乱暴な足どりで歩いて来る男がある。ゴホンゴホンと二つ、特徴のある咳をしたので、私には、はつきりわかつた。

「園子が難儀してゐますよ。」

と私が言つたら、

「なあんだ。」と大きな声で言つて、「お前たちには、信仰が無いから、こんな夜道にも難儀するのだ。僕には、信仰があるから、夜道もなほ白昼の如しだね。ついて来い。」

と、どんどん先に立つて歩きました。

どこまで正気なのか、本当に、呆れた主人であります。

（『太宰治全集』6　筑摩書房　一九九八・九）

太宰治《だざいおさむ》　1909―1948

本名、津島修治。青森県北津軽郡金木村（現在の青森県五所川原市）の富豪の子として生まれる。青森中学在学時より創作をはじめ、弘前高校を経て東京帝国大学に進学するも社会主義活動に身を投じ、また心中未遂を起こすなどすさんだ生活の中から作家の道を歩み始める。伊馬春部（一時期、伊馬鵜平という筆名も）と知り合うのは一九三三年ごろ。一九三五年、「逆行」が第一回芥川賞候補作となるも落選。審査を務めた川端康成を糾弾する「川端康成へ」を発表する。一九三六年、処女作品集『晩年』を刊行。出版記念会で亀井勝一郎と知り合う。生活を改善し、一九三九年に石原美知子と結婚する。この年九月、三鷹村下連雀の借家に転居。「富嶽百景」「走れメロス」に代表される安定した作風を示し始めるのもこのころからである。一九四一年六月、長女・園子誕生。同年一一月に文士徴用を受けるも肺浸潤により免除。戦時中も**「十二月八日」**を皮切りに旺盛な執筆活動を続ける。戦後ふたたび生活はすさみ、「斜陽」「人間失格」「ヴィヨンの妻」といった代表作を書き上げるものの一九四八年六月一三日深夜、女性と玉川上水に身を投げて死去。薬物・自殺未遂・女性…と、スキャンダルに満ちた人生に目を奪われるが、短い生涯に遺した作品の表現にこそ目を向けたい。

〈十二月八日〉の感動はどう語られたか

「十二月八日」は一九四二（昭和17）年二月、『婦人公論』に発表された。作家の妻「私」の日記という体裁で太平洋戦争開戦の一日を描いた小説である。

一九四一（昭和16）年一二月八日、日本は米英に宣戦布告した。国内第一報は午前七時、JOAKラジオ（現在のNHK）の臨時ニュースであった。「私」はこの放送を「しめ切つた雨戸のすきまから、まつくらな私の部屋に、光のさし込むやうに強くあざやかに聞えた。二度、朗々と繰り返した。それを、じつと聞いてゐるうちに、私の人間は変つてしまつた。強い光線を受けて、からだが透明になるやうな感じ。あるひは、聖霊の息吹きを受けて、つめたい花びらをいちまい胸の中に宿したやうな気持ち。日本も、けさから、ちがふ日本になつたのだ。」と語る。

この放送に接した感動は、同時代のいくつもの文学作品に描かれている。「涙が流れた。言葉のいらない時が来た。必要ならば、僕の命も捧げねばならぬ。一兵たりとも、敵を我が国土に入れてはならぬ。」（坂口安吾「真珠」）「ラジオの音の洩れる家の前に立ちどまつてゐるうちに、身体の奥底から一挙に自分が新らしいものになつたやうな感動を受けた。」（伊藤整「十二月八日の記録」）「我々の住む世界は、それほどまでに新しい世界へ急展開したことを、私ははっきりと感じた。」（上林暁「歴史の日」）。「始終ラジオに支配され」（広津和郎「号外」）…といった表現である。

この硬直した感動の表現は、検閲や検挙を逃れる自己弁護以外に、近代日本の精神史における必然でもあった。後発の資本主義国家として帝国主義的な膨張政策をとった日本が欧米諸国に発展を妨げられてきたという意識は明治以来多くの言葉を積み重ねてきた。とくに反米の潮流は強く、文学領域でも未来の日米戦争を描いたSF小説がいくつもベストセラーになっている。対欧米戦争の予測もつねに語られて日中戦争が始まると、詩歌に始まり、小説、従軍記録と感動の表現は広がっていった。これらは、今日の文学全集や教科書には取り上げられない文学史の一面といえるだろう。

「十二月八日」もそうした情緒に押し流された好戦的な小説なのだろうか。これを「私」の書いた日記ととらえればそのような評価も可能だろう。しかしここでは、太宰が自分のイメージを利用し、私小説の手法を逆手に取った作家であったことを念頭に置きたい。たしかに亀井や伊馬、園子といった固有名は太宰治その人を連想させる。しかし作中の夫は、紀元二千七百年をどう読むかといったくだらない議論に花をさかせ、西太平洋をサンフランシスコの辺りかと真顔で聞き、その晩もいつものようにどこかへ出かけてしまう。言動で「私」の感動を裏切る、「本当に、呆れた主人」なのである。

「私」自身も周囲の日常から浮いている。お隣の奥さんに「これからは大変ですわねえ。」と声をかけると、お隣の奥さんは隣組の組長の職務と勘違いをする。亀井はこんな日になぜか縁の下に筵を敷いている。戦争の特別税に不平を鳴らしたり話題が脱線したりとその語りも心許なく、どこまで感動しているかよくわからない。つまり、作者自身の感慨が「私」にあるのか、その外部にあるのか、あるいはその両者なのか、どちらにもないのか、といった詮索が困難な構造になっているのだ。

「十二月八日」は研究者の間でも評価が分かれている。反戦小説としての評価から国策小説としての糾弾まで振れ幅は大きい。どちらかの立場に立てば異なる立場から必ず反証が提出される。しかしそういう多面性を作品の〈豊かさ〉とは考えられないだろうか。読者はあまりこの二者択一にこだわらないほうがいいと思う。まずは語りの機能に着目しながら丁寧に作品を分析し、その上で太宰治作品における語り手の機能や、参考文献欄に掲げた評論が紹介する他の一二月八日作品との差異などを検討してゆくべきだろう。

視点1　語り手「私」の機能に着目して各登場人物の行動と考えを読み解く。

視点2　太宰作品における語りの技法を検討する。とくに同時期の作品、女性一人称の語りや日記形式の作品との比較。

視点3　同時代文学における一二月八日表象と比較し、その共通性と固有性を確認する。

〈参考文献〉小田切進編「十二月八日の記録」（『文学』一九六一・一二、一九六二・四）、櫻本富雄『戦争はラジオにのって』（マルジュ社、一九八五）、松本和也「小説表象としての〝十二月八日〟」（『日本文学』二〇〇四・九）、山田風太郎『同日同刻』（ちくま文庫、二〇〇六）

（杉山欣也）

コラム

ディスカバー・ニッポン

一説に日本や日本人を論じた書物は1000冊を超えるとも言われるが、日本人ほど「〈日本〉とは何か」という問いにこだわる国民もめずらしいようだ。この国がアジア大陸の東の外れに位置する小さな島国であるという地政学的特徴に由来した性向とみてよい。自画像を素描しようとするそうした試みは、近代以降、鉄道をはじめとする国内交通網の整備と欧米からの新たな視線の内面化といった事態によって、より意識化される形で転回した。近代国民国家としての〈日本〉を可視化しようとする科学的・思想的な実験において、その風土・環境は、自らの特性を根拠づける指標として機能したのである。

近代（西洋）地理学による国土の切り取りに、古典文学からの豊富な引用を与えることで〈日本〉を「発見」した志賀重昂『日本風景論』（1894）、西洋崇拝／排斥といった対立を超えた国際比較論的な立場から著された和辻哲郎『風土――人間学的考察』（1935）は、その代表例である。これらの論考の国粋主義的な傾向を、膨張政策の先駆あるいは反映として位置づけるのは容易であろう。しかし、そうした批判をひとまず括弧に入れてみると、前者が〈文学〉を援用しながらその喚起力をもって〈日本〉を意味づけようとしたこと、また、後者が、近代人間主義的な文明観を超えて、人間と自然風土との相関関係・共生関係において文明を捉えようとする方向に向かっていたことなど、現在の視点から捉えるべき読みの可能性が浮かび上がってくる。

こうした言説との比較から、たとえば、自然との調和に日本人独自の美意識を説いた川端康成『美しい日本の私』（ノーベル文学賞受賞記念講演、1968）や、その反転としての大江健三郎『あいまいな日本の私』（同、1995）といった、ともに西欧に向けた文学者の発言を読み解くことも可能なはずである。

いわゆる「日本論」ばかりではない。高度成長を経た1970年に「ディスカバー・ジャパン」として欧米人の眼差しを内面化した旅行のあり方を国鉄（現在の JR グループ）が売り出してから久しいが、そこで「発見」すべき対象とされた〈日本〉が、オリエンタリズム（サイード）的な価値観に基づくものであることは言うまでもない。大都市への急速な集中とともに、かつてなかった形で〈日本〉が消費されようとする事態に対し、〈文学〉はどう与し、あるいはどう抗ったのか。今、われわれは内なる他者としての〈日本〉をどう眼差し、どう素描することができるのか。その問いを、様々な状況における文学的表現に対して発すること。それは、古くて新しい課題なのだ。

（日高佳紀）

Ⅱ　帝国〈日本〉

中島敦　マリヤン

マリヤンといふのは、私の良く知つてゐる一人の島民女の名前である。

マリヤンとはマリヤのことだ。聖母マリヤのマリヤである。パラオ地方の島民は、凡て発音が鼻にかかるので、マリヤンと聞えるのだ。

マリヤンの年が幾つだか、私は知らない。別に遠慮した訳ではなかつたが、つい、聞いたことがないのである。とにかく三十に間があることだけは確かだ。

マリヤンの容貌が、島民の眼から見て美しいかどうか、之も私は知らない。醜いことだけはあるまいと思ふ。少しも日本がかつた所が無く、又西洋がかつた所も無い（南洋で一寸顔立が整つてゐると思はれるのは大抵どちらかの血が混つてゐるものだ）純然たるミクロネシヤ・カナカの典型的な顔だが、私はそれを大変立派だと思ふ。人種としての制限は仕方が無いが、其の制限の中で考へれば、実にのび／＼と屈託の無い豊かな顔だと思ふ。しかし、マリヤン自身は、自分のカナカ的な容貌を多少恥づかしいと考へてゐるやうである。といふのは、後に述べるやうに、彼女は極めてインテリであつて、頭脳の内容は殆どカナカではなくなつてゐるからだ。それにもう一つ、マリヤンの住んでゐるコロール（南洋群島の文化の中心地だ）の町では、島民等の間にあつても、文明的な美の標準が巾をきかせてゐるからである。実際、此のコロールといふ街——其処に私は一番永く滞在してゐた訳だが——には、熱帯でありながら温帯の価値標準が巾をきかせてゐる所から生ずる一種の混乱があるやうに思はれた。最初此の町に来た時はそれ程に感じなかつたのだが、其の後一旦此処《こゝ》を去つて、日本人が一人も住まない島々を経巡つて来たあとで再び訪れた時に、此の事が極めてハツキリと感じられたのである。此処では、熱帯的のものも温帯的のものも共に美しく見えない。といふより、全然、美といふものが——熱帯美も温帯美も共に——存在しないのだ。熱帯的な美を有つ筈のものも此処では温帯文明的な去勢を受けて萎びてゐるし、温帯的な美を有つべき筈のものも熱帯的風土自然（殊に其の陽光の強さ）の下に、不均合な弱々しさを呈するに過ぎない。此の街にあるものは、唯、如何にも植民地の場末と云つた感じの・頽廃した・それでゐて、妙に虚勢を張つた所の目立つ・貧しさばかりである。とにかく、マリヤンは斯うした環境にゐるために、自分の顔のカナカ的な豊かさを余り欣んでゐないやうに見えた。豊かといへば、しかし、容貌よりも寧ろ、彼女の体格の方が一層豊かに違ひない。身長は五尺四寸を下るまいし、体重は少し痩せた時に二十貫といってゐた位である。全く、羨ましい位見事な身体であつた。

私が初めてマリヤンを見たのは、土俗学者H氏の部屋に於てであつた。夜、狭い独身官舎の一室で、畳の代りにうすべりを敷いた上に坐つてH氏と話をしてゐると、窓の外で急にピピーと口笛の音が聞え、窓を細目にあけた隙間から（H氏は南洋に十余年住んでゐる中に、すつかり暑さを感じなくなつて了ひ、朝晩は寒くて窓をしめずにはゐられないのである。）若い女の声が「はひつてもいい？」と聞いた。オヤ、この土俗学者先生、中々油断がならないな、と驚いてゐる中に、扉をあけてはひつて来たのが、内地人ではなく、堂々たる体軀の島民女だつたので、もう一度私は驚いた。「僕のパラオ語の先生」とH氏は私に紹介した。H氏は今パラオ地方の古譚詩の類を集めて、それを邦訳してゐるのだが、其の女は――マリヤンは、日を決めて一週に三日だけ其の手伝ひをしに来るのだといふ。其の晩も、私を側に置いて二人は直ぐに勉強を始めた。

パラオには文字といふものが無い。古譚詩は凡てH氏が島々の故老に尋ねて歩いて、アルファベットを用ひて筆記するのである。マリヤンは先づ筆記されたパラオ古譚詩のノートを見て、其処に書かれたパラオ語の間違を直す。それから、訳しつつあるH氏の側にゐて、H氏の時々の質問に答へるのである。

「ほう、英語が出来るのか」と私が感心すると、「そりや、得意なもんだよ。内地の女学校にゐたんだものねえ」とH氏がマリヤンの方を見て笑ひながら言つた。マリヤンは一寸てれたやうに厚い唇を綻ばせたが、別にH氏の言葉を打消しもしない。

あとでH氏に聞くと、東京の何処とかの女学校に二三年（卒業はしなかつたらしいが）ゐたことがあるのださうだ。「さうでなくても、英語だけはおやぢに教はつてゐたから、出来るんですよ」とH氏は附加へた。「おやぢと云つても、養父ですがね。そら、あの、ウィリアム・ギボンがあれの養父になつてゐるのですよ。」ギボンと云はれても、私にはあの浩瀚なローマ衰亡史の著者しか思ひ当らないのだが、よく聞くと、パラオでは相当に名の聞えたインテリ混血児（英人と土民との）で、独領時代に民俗学者クレエマア教授が調査に来てゐた間も、ずつと通訳として使はれてゐた男だといふ。尤も、独逸語ができた訳ではなく、クレエマア氏との間も英語で用を足してゐたのださうだが、さういふ男の養女であつて見れば、英語が出来るのも当然である。

私の偏屈な性質のせゐか、パラオの役所の同僚とはまるで打解けた交際が出来ず、私の友人といつていいのはH氏の外に一人もゐなかつた。H氏の部屋に頻繁に出入するにつれ、自然、私はマリヤンとも親しくならざるを得ない。

マリヤンはH氏のことををぢさんと呼ぶ。彼女がまだほんの小さい時から知つてゐるからだ。マリヤンは時々をぢさんの所へうちからパラオ料理を作つて来ては御馳走する。その都度、私がお相伴に預かるのである。ビンルンムと称するタピオカ芋のちまきや、ティティンムルといふ甘い菓子などを始めて覚えたのも、マリヤンのお蔭であつた。

　或る時H氏と二人で道を通り掛かりに一寸マリヤンの家に寄つたことがある。うちは他の凡ての島民の家と同じく、丸竹を並べた床《ゆか》が大部分で、一部だけ板の間になつてゐる。遠慮無しに上つて行くと、其の板の間に小さなテーブルがあつて、本が載つてゐた。取上げて見ると、一冊は厨川白村の「英詩選釈」で、もう一つは岩波文庫の「ロティの結婚」であつた。天井に吊るされた棚には椰子バスケットが沢山並び、室内に張られた紐には簡単着の類が乱雑に掛けられ（島民は衣類をしまはないで、ありつたけだらしなく干物《ほしもの》のやうに引掛けておく）竹の床の下に鶏共の鳴声が聞える。室の隅には、マリヤンの親類でもあらう、一人の女がしどけなく寝ころんでゐて、私共がはひつて行くと、うさん臭さうな目を此方に向けたが、又其の儘向ふへ寝返りを打つて了つた。さういふ雰囲気の中で、厨川白村やピエル・ロティを見付けた時は、実際、何だかへんな気がした。少々いたましい気がしたといつてもいい位である。尤も、それは、其の書物に対して、いたましく感じたのか、それともマリヤンに対していた〳〵しく感じたのか、其処迄はハツキリ判らないのだが。

其の「ロティの結婚」に就いては、マリヤンは不満の意を洩らしてゐた。現実の南洋は決してこんなものではないといふ不満である。「昔の、それもポリネシヤのことだから、よく分らないけれども、それでも、まさか、こんなことは無いでせう」といふ。

　部屋の隅を見ると、蜜柑箱の様なものの中に、まだ色々な書物や雑誌の類が詰め込んであるやうだつた。その一番上に載つてゐた一冊は、たしか（彼女が曾て学んだ東京の）女学校の古い校友会雑誌らしく思はれた。

　コロールの街には岩波文庫を扱つてゐる店が一軒も無い。或る時、内地人の集まりの場所で、偶〻私が山本有三氏の名を口にしたところ、それはどういふ人ですと一斉に尋ねられた。私は別に万人が文学書を読まねばならぬと思つてゐる次第ではないが、とにかく、此の町は之程に書物とは縁の遠い所である。恐らく、マリヤンは、内地人をも含めてコロール第一の読書家かも知れない。

　マリヤンには五歳《いつつ》になる女の児がある。夫は、今は無い。H氏の話によると、マリヤンが追出したのださうである。それも、彼が度外《はづ》れた嫉妬家《やきもちや》であるとの理由で。斯ういふと、マリヤンが如何にも気の荒い女のやうだが、――事実また、どう考へても気の弱い方ではないが――之には、彼女の家柄から来る・島民としての地位の高さも、考へねばならぬのだ。彼女の養父たる混血児のことは前に一寸述べたが、パラオは母系制だから、之はマリヤンの家格に何の関係も無い。だが、マリヤンの実母といふのが、コロールの第一長老家イディヅ家の出なのだ。つまり、マリヤンはコロール島第一の名家に属するのである。彼女が今でもコロール島民女子青年団長をしてゐるのは、彼女の才気の外に、此の家柄にも依るのだ。マリヤンの夫だつた男は、パラオ本島オギワル村の者だが、（パラオでは女系制度ではあるが、結婚してゐる間は、矢張、妻が夫の家に赴いて住む。夫が死ねば子供等をみんな引連れて実家に帰つて了ふけれども）斯うした家格の関係もあり、又、マリヤンが田舎住ひを厭ふので、稍〻変則的ではあるが、夫の方がマリヤンの家に来て住んでゐた。それをマリヤンが追出したのである。体格から云つても男の方が敵はなかつたのかも知れぬ。しかし、其の後、追出された男が屢〻マリヤンの家に来て、慰藉料《ツガキーレン》などを持出しては復縁を嘆願するので、一度だけ其の願を容れて、又同棲したのださうだが、嫉妬男《やきもちをとこ》の本性は依然直らず（といふよりも、実際は、マリヤンと男との頭脳の程度の相違が何よりの原因らしく）再び別れたのだといふ。さうして、それ以来、独りでゐる訳である。家柄の関係で、（パラオでは特に之がやかましい）滅多な者を迎へることも出来ず、又、マリヤンが開化し過ぎてゐる為に大抵の島民の男では相手にならず、結局、もうマリヤンは結婚できないのぢやないかな、と、H氏は言つてゐた。さういへば、マリヤンの友達は、どうも日本人ばかりのやうだ。夕方など、何時も内地人の商人の細君連の縁台などに割込んで話してゐる。それも、どうやら、大抵の場合マリヤンが其の雑談の牛耳を執つてゐるらしいのである。

私はマリヤンの盛装した姿を見たことがある。真白な洋装にハイ・ヒールを穿き、短い洋傘を手にしたいでたちである。彼女の顔色は例によつて生《いき》々と、或ひはテラ〳〵と茶褐色に飽く迄光り輝き、短い袖からは鬼をもひしぎさうな赤銅色の太い腕が逞しく出てをり、円柱の如き脚の下で、靴の細く高い踵が折れさうに見えた。貧弱な体軀を有つた者の・体格的優越者に対する偏見を力めて排しようとはしながらも、私は何かしら可笑しさがこみ上げて来るのを禁じ得なかつた。が、それと同時に、何時か彼女の部屋で「英詩選釈」を発見した時のやうないたましさを再び感じたことも事実である。但し、此の場合も亦、其のいたましさが、純白のドレスに対してやら、それを着けた当人に対してやら、はつきりしなかつたのだが。

彼女の盛装姿を見てから二三日後のこと、私が宿舎の部屋で本を読んでゐると、外で、聞いたことのあるやうな口笛の音がする。窓から覗くと、直ぐ傍《そば》のバナナ畑の下草をマリヤンが刈取つてゐるのだ。島民女に時々課せられる此の町の勤労奉仕に違ひない。マリヤンの外にも、七八人の島民女が鎌を手にして草の間にかがんでゐる。口笛は別に私を呼んだのではないらしい。（マリヤンはH氏の部屋には何時も行くが、私の部屋は知らない筈である。）マリヤンは私に見られてゐることも知らずにせつせと刈つてゐる。此の間の盛装に比べて今日は又ひどいなりをしてゐる。色の褪せた、野良仕事用のアッパッパに、島民並の跣足《はだし》である。口笛は、働きながら、時々自分でも気が付かずに吹いてゐるらしい。側の大籠に一杯刈り溜めると、かがめてゐた腰を伸ばして、此方に顔を向けた。私を認めると、ニッと笑つたが、別に話しにも来ない。てれ隠しの様にわざと大きな掛声を「ヨイショ」と掛けて、大籠を頭上に載せ、その儘さよならも言はずに向ふへ行つて了つた。

　去年の大晦日《みそか》の晩、それは白々とした良い月夜だつたが、私達は――H氏と私とマリヤンとは、涼しい夜風に肌をさらしながら街を歩いた。夜半迄さうして時を過ごし、十二時になると同時に南洋神社に初詣でをしようといふのである。私達はコロール波止場の方へ歩いて行つた。波止場の先にプールが出来てゐるのだが、其のプールの縁に我々は腰を下した。

　相当な年輩のくせにひどく歌の好きなH氏が大声を上げて、色んな歌を――主に氏の得意な様々のオペラの中の一節だつたが――唱つた。マリヤンは口笛ばかり吹いてゐた。厚い大きな唇を丸くとんがらせて吹くのである。彼女のは、そんなむづかしいオペラなんぞではなく、大抵フォスターの甘い曲ばかりである。聞きながら、ふと、私は、其等が元々北米の黒人共の哀しい歌だつたことを憶ひ出した。

た。

　何のきつかけからだつたか、突然、H氏がマリヤンに言つた。

「マリヤン！　マリヤン！（氏がいやに大きな声を出したのは、家を出る時一寸引掛けて来た合成酒のせゐに違ひない）マリヤンが今度お婿さんを貰ふんだつたら、内地の人でなきや駄目だなあ。え？　マリヤン！」

「フン」と厚い唇の端を一寸ゆがめたきり、マリヤンは返辞をしないで、プールの面を眺めてゐた。月は丁度中天に近く、従つて海は退潮なので、海と通じてゐる此のプールは殆ど底の石が現れさうな程水がなくなつてゐる。暫くして、私が先刻のH氏の話のつづきを忘れて了つた頃、マリヤンが口を切つた。

「でもねえ、内地の男の人はねえ、やつぱりねえ。」

　なんだ、此奴、やつぱり先刻からずつと、自分の将来の再婚のことを考へてゐたのかと、急に私は可笑《をか》しくなつて、大きな声で笑ひ出した。さうして、尚も笑ひながら「やつぱり内地の男は、どうなんだい？　え？」と聞いた。笑はれたのに腹を立てたのか、マリヤンは外《そ》つぽを向いて、何も返辞をしなかつた。

　此の春、偶然にもH氏と私とが揃つて一時内地へ出掛けることになつた時、マリヤンは鶏をつぶして最後のパラオ料理の御馳走をして呉れた。

　正月以来絶えて口にしなかつた肉の味に舌鼓を打ちながら、

H氏と私とが「いづれ又秋頃迄には帰って来るよ」（本当に、二人ともその予定だつたのだ）と言ふと、マリヤンが笑ひながら言ふのである。

「をぢさんはそりや半分以上島民なんだから、又戻って来るでせうけれど、トンちやん（困つたことに彼女は私のことを斯う呼ぶのだ。H氏の呼び方を真似たのである。初めは少し腹を立てたが、しまひには閉口して苦笑する外は無かつた）はねえ。」

「あてにならないといふのかい？・」と言へば、「内地の人といくら友達になつても、一ぺん内地へ帰つたら二度と戻って来た人は無いんだものねえ」と珍しくしみ〴〵と言った。

我々が内地へ帰ってから、H氏の所へ二三回マリヤンから便りがあつたさうである。其の都度トンちやんの消息を聞いて来てゐるといふ。

私はといへば、実は、横浜へ上陸するや否や、忽ち寒さにやられて風邪をひき、それがこじれて肋膜になつて了つたのである。再び彼の地の役所に戻ることは、到底覚束無い。

H氏も最近偶然結婚（随分晩婚だが）の話がまとまり、東京に落着くこととなつた。勿論、南洋土俗研究に一生を捧げた氏のこと故、いづれは又向ふへも調査には出掛けることがあるだらうが、それにしても、マリヤンの予期してゐたやうに彼の地に永住することはなくなつた訳だ。

マリヤンが聞いたら何といふだらうか？

（『中島敦全集』1　筑摩書房　二〇〇一・一〇）

中島《なかじま》 敦《あつし》　1909—1943

和漢洋の文学的素養に恵まれた小説家。宿痾の喘息に悩まされ、三三歳の若さで逝去している。当時から坂口安吾などに注目されていたが、昭和一〇年代を代表する文学者としての評価は没後に定着した。父は中学校の漢文の教員（敦の幼少時に両親は離婚。彼は父方の実家にひきとられる。父方の叔父と祖父は漢学者である）。東京市四谷箪笥町に生まれ、京城区公立京城中学校、第一高等学校文科甲類を経て東京帝国大学国文学科に入学。英国大使館駐在武官の日本語教師を一年間務め、また大連や京城など各地を旅した。卒業論文「耽美派の研究」（四二〇枚）を提出し、卒業後は大学院に進学。と同時に私立横浜高等女学校の教壇に立ち、英語、国語、歴史、地理を教える。一九三四年、「虎狩」が『中央公論』の新人特集号の佳作となる。一九四一年には、南洋庁国語教科書編集書記としてパラオに赴任。翌一九四二年には、深田久彌に託してあった「山月記」「文字禍」「光と風と夢」が『文学界』に掲載。また初の小説集である『光と風と夢』が刊行され、さらに実際の南洋生活をもとにして書いた「幸福」や**「マリヤン」**を収めた『南島譚』が出版される。すでに南洋庁を辞して療養と創作に専念していた敦だが、一二月に急逝。没後に「弟子」「李陵」などが発表された。

マリヤンが聞いたらなんといふだらうか？

「マリヤン」は、一九四二（昭和17）年一一月に刊行された『南島譚』（今日の問題社）に収録された作品のひとつである。厳密に言うと『南島譚』は、五つの総題のもとに纏められた五編の短編集によって構成されており、「環礁―ミクロネシア巡島記抄」という総題が付けられた一編の中に「マリヤン」が含められている。南洋庁を辞して療養と創作に専念していたこの時期の中島敦は、戦時下にあっていよいよ本格的な文学活動を展開するはずであったが、急逝してしまう。

私たち読者に残された作品数は決して多くはないが、北方にも南方にも西方にもベクトルをもつ彼の作品世界の広がりは小さくない。ここにとりあげた「マリヤン」もまた、〈南洋〉を舞台としながら、〈熱帯〉〈温帯〉〈西洋〉〈内地〉〈パラオ語〉〈英語〉〈独逸語〉〈混血〉〈文字〉といった参照項を必然的に引き寄せるようにして記述されている。そうした広がりが確認されるとき、読者の多くは、中島敦自身の姿をそこに重ね合わせようとするだろう。実際「マリヤン」は、中島敦の南洋体験の内実や体験前後の南洋観の変容を考える際の基礎資料のひとつとして読まれてきた。他方で、公開されている「日記」における事実性を前提にして登場人物である〈私〉〈H氏〉〈マリヤン〉のモデルを推定したり、「事実」を再構成（虚構化）している部分を指摘する試みもなされてきた。

さて作品の冒頭は、〈内地〉に帰ってきた〈私〉が〈マリヤン〉という〈一人の島民女〉を回想する形式で始まる。語り手の〈私〉は時間軸に沿って語り、マリヤン像を造型する。〈私〉は、〈南洋〉という地における〈美〉や〈開化〉の概念上の再検討を〈マリヤン〉をめぐる具体的な事例に沿っておこないつつ、二度にわたり〈いたましさ〉を感じる。この〈いたましさ〉の認識と、末尾の「マリヤンが聞いたら何といふだらうか？」という日本語による問いかけにつきまとうある種の後ろめたさとを、どのように捉えるかが解釈上のひとつの争点となるだろう。さらには、ここで想定されている読者の範囲（果たして〈日本人〉だけが読者なのか?!）についても視野に入れて、今後は読むべきであろう。

「マリヤン」は小品ともいうべき短い作品である。しかし、そこからは多くの指標をひきだし、考えるべき多様なテーマを見出すことができる。この豊穣なテクストを読み解くためには、〈私〉の職業、〈マリヤン〉らがおこなっている〈勤労奉仕〉、あるいは〈南洋神社〉の存在などを手がかりにして作品の歴史的コンテクストの調査を進めて理解を深め、戦時下の日本と南洋の関係（あるいは植民地というテクスト）に対する「マリヤン」の位置を詳細に検討することが必要である。また、〈私〉と〈マリヤン〉、〈H氏〉と〈マリヤン〉それぞれの関係性を、文明と未開、旅人（観光客）と地元民（ネイティブ）、調査研究の主体と客体（協力者）といった関係性と比較しながら考察し、同様の関係性を描いた他のテクストとの関連を追究する作業も重要だ（もちろん本文中に引用されている『英詩選釈』や『ロティの結婚』とのインターテクスチュアリティも問題になる）。

作家論的なアプローチをするにせよ、文明批評的なテーマを見出すにせよ、テクストに刻印された異文化接触、対外交渉史、国際関係の歩みなどを読み込み、あらためて〈日本〉及び〈日本人〉とは何かと問い直し続けることこそが、今日の、そして未来の読者に課せられた課題となるのだ。

視点1　〈私〉の眼を通して描かれた〈マリヤン〉像を詳細に検討し、中島敦をはじめとする諸テクストの南洋表象や他民族表象の系譜の中で位置づける。

視点2　〈私〉と〈マリヤン〉の関係性、〈H氏〉と〈マリヤン〉の関係性を歴史的・社会的に分析し、その背後にある地政学的関係、移動の力学、異人種間恋愛譚、植民地関係表象史との関連において考察する。

視点3　〈美〉〈開化〉をめぐる批評、〈いたましさ〉という概念設定、末尾の問いかけに注目する。またそれらを語る〈私〉の姿勢を考える。

〈参考文献〉佐々木充「『南島譚』三篇」（『中島敦の文学』桜楓社、一九七三）、濱川勝彦「『南島譚』の世界」（『中島敦の作品研究』明治書院、一九七六）、島尾敏雄「中島敦と南島」（『中島敦全集』第三巻「月報」3、筑摩書房、一九七六）、諸岡知徳「中島敦『マリヤン』論―一九四二年のマリヤン」（『阪神近代文学研究』二〇〇〇・七）、岡谷公二「パラオ好日―土方久功と中島敦」（『新潮』二〇〇二・五）（**土屋忍**）

牛島春子　祝といふ男

県長弁公処《べんこうしよ》付きの通訳 祝 廉天《しゆくれんてん》の、人気は副県長の更迭を前にして日に日に悪化し、県公署《けんこうしよ》内の日系職員はいふに及ばず、他の機関の日系の間でも、今度の更迭を機運に、是が非でも祝追放にこぎつけねばならぬときほい立つてゐるのであつた。かういふ機会を利用するのでなければ、とても祝廉天を県公署から根こそぐ事は出来ぬ。それほど祝廉天の存在はいざとなると人々の手にあまるものであつたし、刃物の険しさを思はせる痩せた肩をそびやかして署内を歩きまはる彼は、誰からでもひそかに恐れ煙たがられてゐた。日系職員達が理屈は兎も角、たゞもう無やみと祝を憎悪し出してゐたとすると、それは彼の噂されてゐる悪徳のせゐばかりではなく、実はあの祝がもつ満系《まんけい》らしからぬ一種の険しさ、鋭さにであつたかもしれなかつた。

風間真吉は赴任前から祝廉天の噂は聞いてゐた。今度赴任する県に非常に悪質な満系通訳がゐる。それは真吉にとつて別に驚くにあたらぬことであつた。啞や聾も同様の異つた民族同士が、通訳を中にして意志を取交し、政治を敷いて行かうと云ふのであるからそこに色々の間隙が出来て来るのはやむを得ぬのである。通訳達がそれに乗じて自分の職能と地位を悪用したことはむしろ田舎では常識ですらあつたのだ。真吉はさうした実例を幾つも数へたてゝみせる事が出来る。さうした醜草を見捨てゝおく訳にいかぬことは無論のことであつたけれども、真吉は赴任早々日系職員達が口々に告げる祝廉天についての悪罵を成程成程と聞いて自分も一緒にいきり立つわけにはいかなかつた。祝廉天が官吏としてあるまじき瀆職行為を働いたと云ふことは肯けるけれども、それよりもすこし浮づつた感情的な言葉で、祝の悪党ぶりを最大限に表現しやうとする人達の方にも真吉は何か安心してついて行けぬものを感じるのであつた。協和会事務長の河上は偶然に真吉の古くからの友人だつたので、副県長といふ顔でなしに「祝と云ふ男はどうかね」と聞いて見た。

「うん、非常に評判の悪い男だ。クビになつた前の指導官と何かあつたらしいんだね」「悪い事をした確証と云ふのを誰れか握つてゐるのかね」「さあ、そいつは良く知らんがね。兎に角あまり印象の好い男ぢやないな」河上は昔通りのくせで小首をかしげながらいつた。

「第一非常に官僚的※だよ。満系であれ程傲慢な奴はゐないな。県公署に行つても、あいつが一番威張つてる」

「なんだ、そんな事なのか」真吉は笑ひ出した。「それぢや祝排撃の理由にならんぢやないか」

「そりやそうだ」河上も笑ひ出した。

それにしてもこれほど周囲の人人の神経を搔きまはす祝廉天とは一体どんな人間なのか、相当なしたゝか者には間違ひないが、それならそれで尚更自分の目でぢかに見極めぬことには、下手な判断は下せぬ、と真吉は思ふのだつた。

所が、間もなく祝廉天は真吉が思ひもかけなかつたタイプの人間として真吉の前に登場して来たのである。県長弁公処には県長副県長のほか三人の満系通訳とタイピスト、若い日系雇員などがゐたがその中で、他の課の職員達と交つてゐても一人際立つて身のこなしの敏捷な、日本語の達者な満系がゐるのだつた。誰彼の区別なく無遠慮に相手を見据ゑてづけづけと物を云ふ。歩く時、机に向つてゐる時、不用意の手のあげさげにも何か確信あり気な、※不屈なものを感じさせる。これはもうまるで激しい日本人のタイプぢやないかと真吉がひそかに目を見はつて眺めた男が、祝廉天なのであつた。

真吉が祝廉天を見覚えて二三日たつた晩の七時過ぎ、当の祝廉天は突然裏庭づたひに真吉の公館に音もたてずに訪ねて来た。真吉の居間の入口ちかく、協和服の膝を曲げて坐つた祝廉天の肉のそげた蒼白な顔は、やゝ斜からさしかゝつたほの暗い電灯の光りで骸骨のやうな翳をつくり、気のせゐかさすがに荒れた索漠としたものが感ぜられた。口を開くときらきらと金歯が光る。

祝廉天が今度のやうな窮地に追ひ込まれ、自腹でも切らねば所詮収まるまいと思はれるやうになつたのも、日系職員にいはすればむしろ遅すぎた位だつたのである。

祝はもと南満の営口《えいこう》県で軍の通訳をしてゐたが、建国当初の初代指導官として、軍曹あがりの吉村が入県して来た時、軍で知り合つてゐた祝が吉村の肝煎りで一緒に県公署入りをしたのであつた。吉村と祝とははたの想像以上に深い交はりがあつたらしく、いはば主従の間柄とでもいふやうな関係と思はれた。その吉村が二年後他県に転出することになつた時、祝廉天は県内の農村を廻つて吉村の餞別を調達したといふのが問題になつたのであつた。この事は間もなく省の検察庁にもれて、検察官が正式に取調べに出向いて来た。その結果他県にゐた吉村は免職になり、祝は始末書をとられて鳧がついたのであつたが、この結果からすると、瀆職の罪を犯した張本人は吉村であり、祝は事件に片棒かつぎはしたが、それは瀆職まではいかない極く軽い性質のものであつたことになる。けれど日系職員達はそれだからといつて決して祝から疑ひの目を放さなかつた。彼等にいはせると、吉村より祝の方が役者は数段上手で、吉村こそ飼ひ犬に手をかまれたやうなものだといふのである。あのさかしい目から鼻へ抜けるやうな祝が、各村から集めてまはつた金をそつくりおめおめと吉村に渡すはずはない。恐らく集めた金はその倍額で、半分は自分が着服したとしか信じられぬ。それにもつと人々の反感をそゝつたことは、取調べの時祝が吉村との関係をべらべらと問はれるまゝに喋つてしまつたといふ事であつた。人々はそれを潔しと見ないで、反対に主《しゅ》を売る無節操で利己的で冷酷無比な男といふ風に一種倒錯した義憤にかられてゐるのだつた。瘠せたきめのこまかい頰、くぼんだ眼の奥にはまり込んだ茶つぽい目、高い先のすこし垂れさがつた鼻、何か猛禽類を思はせる祝の外貌は、如何にもさういふ印象をあたへるのに適応しい。

「副県長殿、ぶしつけな質問でございますが、祝はくびになりますでせうか」真吉の前に坐つた祝のそれがのつけの言葉だつた。真吉はぴくりと眉を動かして黙つてゐた。

「それは、君の口から僕に訊く言葉かね、一体」暫くしてにやりとしながらいつた。

「は、それはさうでございますけれども、私は最近役所に出勤しましても落つきませんです。それは祝は吉村さんの事件で取調べを受けました。あゝいふ不祥事件に係はりあつたのは祝の不徳で、まことに申訳ありませんです。けれども祝は決して悪い事はしてをりません。祝が悪いならその他にまだ悪い事をやつてゐる職員が警察官あたりにゐます。祝は百姓や弱い者いぢめはやりませんです。――最近は役所に行きましても仕事が与へられず、何だか大分祝はあちこちから反感を買つてゐるやうでいつそ自分からやめた方がさつぱりすると此の頃は思つてをりました」祝廉天は目を据ゑ早口で云つた。

「うん、君も気づいてゐる通り君の評判は大分悪いやうだな。僕が赴任して来てあちこちから何を聞かされたかといふと、祝通訳は悪い奴だ、県のためにならぬからくびにして呉れ、と云ふ声だ。どうしてかう云ふ空気を醸成したかそれは君自身が一番よく知つてゐる筈だ」

「知つてをりますです」祝は一寸目を伏せたが声の調子は変へずに、

「吉村さんの事件です。吉村さんが転任される時、吉村さんの御命令で、各村から村長を通じて餞別金を集めました。千五百円集まりましたから吉村さんにさしあげましたです」

「それ丈かね」真吉はうすく笑つた。

「君はその報酬として吉村君からいくらか貰ひはしなかつたかね」

「いゝえ一銭も頂きません。吉村さんにはお世話になりました。上司でもありますので命令はその通りに致しましたけれども、報酬は一銭も頂きませんです」

「ふん」真吉はあぐらを軽く揺すぶりながら暫らく祝をみてゐたが、

「かりに君の今云ふことが事実としてもだよ。満洲官界の通念としてだね。君の今云つた事を果して本当と人々が思ふかどうか、それは長く官庁のめしを喰つて居た君にはよく判つてゐる筈だが」

「は」祝は突き出してゐた首をちぢめて黙した。

　祝が自分から語る所によると、祝と吉村の関係はそれ丈ではなかつた。吉村は免職になると何処か南満※あたりに立ち去つたが、一年ばかりして又舞ひ戻つて来た。鉄道沿線の隣県の宿屋に下宿をして祝を呼び、陶器の卸の斡旋方を祝にたのんだのであつた。それで祝は大車に積んだ陶器類を県内の飯店とか荒物屋に二回ばかり売捌いてやつたこともあるのである。その時も祝は全然無報酬でそれをしてやつたと云ふのである。吉村は今でも隣県にをり、手紙が来れば返事も出し、ついでの時は会ひもする関係が続いてゐるのであつた。

「君は何かね、吉村君に痛い所でも握られてゐるのではないかね」真吉は突然ぴしりと云つた。

「いゝえ、そんなことはありません。絶対にありませんです」祝は少しせき込んでむきに抗弁した。そんなら吉村君と手を切つたらどうだ。それより他に君の潔白を証明するてだてはないではないかと真吉がつゝ込むと、祝は今更もう云ふ事も出来かねる長いつき合ひだからとはつきり拒否するのだつた。

それから祝は問はず語りに、自分の財産と云つては、未だ治安が回復しなかつた頃、まるでたゞのやうな値段で土地を三十晌ばかり買つて置いたのが、今では相当値が出て小作料もあがつてゐる他時々知人に内輪な小金を貸付けて利子をとつてゐること等を話し、するかと思ふと無遠慮に「副県長殿は協和会事務長の河上さんとはお友達ださうで――はゝあ三十歳になられますか。私は三十九歳になります」と云つたり、それに続いて県下の各機関や、県公署内の風潮日系同士が猫のひたひほどのこの土地で、時々縄張根性やら小姑根性をむき出しにしてなぐり合ひをはじめる事などを冷然と半ば嘲るやうに語るのだつた。それは真吉にとつては少なからず興味のある話だつた。日系達のつくろはない動きが、黙々とはたから観望してゐる満系にどういふ印象を与へるものであるか、それはゆるがせに出来ない事なのである。二時間以上も喋ると祝は急に坐りなほし真吉と後にづつとお茶をくみながら話を聞いてゐた妻のみちの方に向きなほつて、

「副県長殿、奥さん、祝は使つて頂きますなら誠心県のため働く覚悟であります。どうぞ祝をよろしくお願ひ申上げます」と二三度たてつゞけに頭をさげて、又庭づたひに帰つて行つた。

祝廉天が帰つたあと真吉は未だ祝と向ひあつた姿勢で黙つて考へてゐた。

「よく喋る男ね」みちが横からいつたのも「うん」と碌々聞こえないやうだつた。今真吉を強く捉へてゐるのは南満にゐた頃の同僚であつた陳克洪と祝廉天といちじるしい類似点であつた。官吏になりたての真吉に、王道建設の高い夢に背馳する幾多のどす黒い醜悪が今もなほ政治の手の届かぬ農村の裏に、永い伝統と因習を根深にして毒虫のやうに執拗に農民達の血をすゝりあげてゐる姿を、まざまざと覗かせてくれたのは陳克洪であつた。彼はそれらを発き、満人達の隠蔽主義をひつくりかへして行つたゝめに、周囲の満系からも日系からも快く思はれてゐない男であつた。

けれど、無論祝廉天と陳克洪とは他の点で幾つもちがつてゐる。現に今夜の祝の複雑な幾つにも分裂した印象は陳克洪

にはないものである。風のやうに祝廉天が立ち去つたあと、今まで祝が坐つてゐた空間に何かしら不安な翳が、たゆたい、しかも強く惹かれて行くものもある。毒にも薬にもなる果物の誘惑――祝廉天が真吉夫婦に与へて去つたものはそれかもしれなかつた。

＊　＊　＊

旬《じゅん》日を出ずに祝廉天はくびになるだらうとひそかに期待し、そのあと味を愉しみにしてゐた人々は真吉から悪事を働いた時にくびにしてもいゝし、暫く使つて見ようと思ふ。そのかはり監視は厳重にするといふ意向を聞かされた時には、ひよいと肩すかしを喰はされてよろけた時のやうに何ともまとまりのつかぬ表情をし、ありありと力を落した。人々は口にこそださなかつたが内心若い副県長の物好きをあやぶみ、腹に据ゑかねてゐた。

祝はあの晩真吉に半ば哀願したことも忘れたやうに相変らず痩せた肩をそびやかし、無遠慮に大股で各課を歩きまはり日系職員達と一緒に入口に近い机で満文の翻訳をやつたり、書類の整理などをしてゐた。真吉は素知《そし》らぬ顔で祝にも仕事を分担させたし通訳にも使つた。

或朝真吉が出勤すると祝は一枚の紙切れを持つて真吉の机の前にやつて来た。

「お早やうございます副県長殿、今朝受けつけにかう云ふ訴状を持つて参りました。日文に訳しておきました」真吉は受け取つて目を通した。徐《じよ》と云ふ男が、張《てう》と云ふ隣屯の農夫を、自分の実兄の殺害者として訴へてゐるのである。祝は立ち去らずに真吉の読み終るのを待つてゐたが、

「副県長殿、かう云ふ訴状は山田さん（初代参事官）の頃もよく参つてをりました。これは大事に見てやらにやいかんと思ひますですな。今までも祝が大抵扱つてをりましたが、副県長殿あてに来る訴状を大切に見てやるといふと、第一役人が悪いことが出来なくなりますよ。祝は日曜日に出勤してやつたこともあります」

「うむ面白い。調べて見よう」真吉は祝のづけづけした物のいひ方が快よかつた。翌日訴人の徐を先づ呼んで聴取りを開始した。成程祝のやり方は只の通訳とはちがつてゐた。彼は相手がすこしあいまいな物腰になると急に目を光らし真吉の質問をひつたくるやうにして通訳したが、体をのり出し威嚇するやうな激しい勢だつた。彼は訊問のつぼつぼをよく心得てゐて巧《たくみ》に男からのつぴきならぬ返答を誘ひ出した。男はのちには祝の方に拝むやうにして答弁をした。真吉にはかうした場合、満人達に現れる色々な反応を的確に読み取る修練がまだ積んでゐない。そこはさすがに祝の領分だつた。満系である祝には男からその背後にある生活環境まで見通すことが出来るのである。

「副県長殿、こりやあの訴へた奴の方が怪しいですな」

「うん、さうかな」真吉は素直にうなづいた。その通りだつた。徐の実兄が不慮の死をとげたことは事実であつたが、張が殺したのではなかつた。徐の実兄は子がなかつたので張か

ら女の子を一人貰ひ受けて養女にしてゐたが、あまりいゝ待遇をせぬので張は連れ戻してしまつた。最近徐は賭博の金に窮した揚句、その女の子を金に換へるつもりで自分に譲つて呉れるやうにと再三張に申入れたが、その度に拒絶されたので、その意趣がへしに今度のやうな訴へをしたのである。真吉は徐を誣告罪で留置場に放り込むやうに命じた。

真吉達にとつて最も必要なことは、満人の社会の実情を正しく知ることである。所がこれが実は仲仲困難なことなのだ。役所の中でも仕事の上から視る時は、日系と満系がさほど距りをもつて向き合つてゐるとは感じられないのに、生活を徹してみる時二者ははつきりと別の世界に住んでゐるのである。それも日系の暢気で開けつぴろげな無関心さとはちがつて、満系は自分等の世界の上に共同で一種の掩護幕をはつて、日本人が踏み込んで来るのを守り合はうとする意識をもつてゐるのである。彼等はそしてさうするほどうはべは如才なく、巧みな社交技術で受け流して日本人をそらさない。それは一見陰険にも狡猾にも見えるけれど、これも永い被抑圧者の生活が教へた智慧かもしれぬ。だから満系達は日本人のやうに相手の弱点を発きあつて満人の目の前で大ぴらに喧嘩をやるやうなことはほとんどない。彼等は日本人の前に出ると、一様にお互のことについて口をつぐんだ表情になつてしまふ。さうした満系官僚を知つてゐる真吉は祝廉天があたりかまはず日系を皮肉り、満系の怠惰怯懦を憎み、かびのやうにはびこる悪徳を罵るのをみると、やはり面白いと真吉は祝の方へ膝をのり出さずにはをれなかつた。

真吉は又実際に一つの県を預つてみて三十余万の県民の上に生きた政治をしいて行くとなると日本人が日本人的な感覚で満人達を割り切つて行くことがどのやうに危険なものであるか、このやうな善意な不用意さがどんなに満人達に大きな誤解と、乖離した心理を産みつけて行くものであるかに思ひ及び背筋が寒くなるやうな気がした。そのためにも祝のやうな人間を傍にひきつけておくことは必要であつた。

真吉が着任すると間もなく雪が降り、それは北国《ほっこく》を支配する自然の掟でもあるやうにそのまゝ地面にどすぐろく凍りついて動かなくなつた。長い冬の営みがはじめられたのである。警務科では賭博のことが問題になつた。これから頻繁に行はれる満人間の賭博をどういふ風に扱ふか。日本では射倖心を刺戟し、怠惰に導く道徳に反するものとして賭博は法律で禁止してゐるけれど、満人の社会では賭博は只の娯楽でしかない。長い凍りつくやうな大陸の冬がやつて来ると、彼等は野菜を貯へ、家屋を修理して炕の上に冬ごもりの生活をはじめる。賭博はさうした退屈な暗い長い生活を慰める唯一の楽しみになるのである。こゝでは日本での罪悪感なぞてんで通用しない。

賭博は好い事ではない。やはりやめさせねばならない。けれどだからといつて日本人の道徳観念を押しつけて性急に禁止してしまつたらどうだらう。彼等は面喰ひ、自分等の娯楽を突然とりあげる日本人の為政に対して理解どころか反感をもつ以外の結果にはならないだらう。かうした日本人の偏狭な潔癖が、ますく彼等を日本人から遠ざけ、彼等のみの密かな世界を形造る結果になつて行かぬとはいへない。

それで間もなく年が暮れて、御用納めの日がやつて来ると真吉は式のあと全員に「正月を過ぎて賭博をやつたものには厳罰に処す方針をとる」といふ形変りの訓示をした。どうにでもとれる含みのある所がこの訓示のみそであつた。

年があけ休みも終つて再び役所がはじまると、真吉は二、三の満系に「賭博はやつたか?」と気軽に訊いて見た。やりませんと云ふ者もあつたしもぞもぞしながらはい一度と小さな声で云つて恐縮する者もあつたりした。真吉は祝に水を向けて見た。

「どうだ、ばくちはやつたかい?」「はいやりました。三十円儲けました。」にこりともせず祝は報告をはりとでも云ひさうな調子で云つた。

「さうか、三十円儲けたか?」真吉はあまり悪くない気分でほゝゐんだ。真吉が祝の性格を摑んでゐるのか、祝が真吉の気質を摑んでゐるのか、かういふ時はどちらか判らぬことがある。永らく日本軍の通訳をしてゐたと云ふ祝は出所進退の明かなてきぱきした動作の大半はそこで身につけた習慣であると思へた。

もうやがて旧正月がやつて来ると云ふ或朝、県公署の門前の告示板に、満系警察官の乱行を認めた赤い紙が貼り出してあつた。それは県民の仕草と思へた。それを発見した職員は真吉の所に持つて来た。真吉はそれを見て祝が訪ねて来た晩ほのめかした言葉を思ひ出した。「くびにするなら祝よりもつと悪いことをしてゐる職員が警察官あたりにゐます。」真吉はその紙切れを祝に読ませた。黙つて読んでゐた祝は、

「みな事実ですな。」と判り切つたことといはぬばかりの口吻りだつた。それで真吉は警務科の方で自主的に解決させるためその紙切れを警務科にまはすやうに命じた。

「副県長殿、警務科の方にまはされますか。埒があきますかな。」祝は紙片を持ち去りながら不服さうであつた。それから五日たつ間祝は何かぶつくさ独り言をいつて舌うちをしたり、鼻を鳴らしたりしてしきりにやきもきしてゐるのが真吉にはよく判つたが真吉はみぬふりをしてゐた。一週間たつたが、警務科の方で手を下しさうな気配もみえぬ。真吉は祝を呼んだ。

「例の件、手を入れるから、君もその積りでゐてくれ。」祝は急に生々と目を輝かして「かしこまりました。祝には大体判つてをりますが、確証を握ることが必要です。阿片屋《あへんや》、風呂屋、芝居小屋——あの辺をお調べになれば大体間違ひないと思ひます」

「うむ、今夜めしを喰つたら僕の家に来てくれ。」

「は、馬車の支度をして参ります。」祝は万事呑み込んだやうにうなづいた。

北満の冬は四時にはもううす暗くなる。真吉が夕食をすまして一服してゐると、表の方で轍のきしむ音がし、それから

ちりんちりんと馬夫の踏む涼しい鈴がなつた。

「今晩は」妻のみちが出てみると獺の帽子を被つて外套の衿をたてた祝が約束通り玄関に立つてゐた。真吉も身支度をして表に出た。二人は黙つて馬車にのつた。乗る時祝の右のポケツトのあたりに何かこつんと固いものが真吉の体に触れた。拳銃だな、と真吉はその感触から察した。

平康里《り》、阿片窟、風呂屋、芝居小屋、さういつたものゝ一塊りになつた一角を南市場といふ。馬車はもはや闇に包まれた道を、表通を避けて走つた。

十一時近く、真吉と祝をのせた馬車は再び公館の前にとまつて凍る闇にリンリン鈴をならした。

「ぢや失礼します。おやすみ下さい。」

「やあ御苦労さんでした。」祝は大股で庭つゞきの自分の宿舎へ帰つて行つた。

真吉は家《うち》に入り、妻が着せかけて呉れる丹前に手を通しながらやれやれと煙草に火を点けた。

凡そ二週間ばかり前、県城で只一つの大きな風呂屋「金華《きんくわ》池《ち》」では次のやうなことが行はれてゐた。晩の八時頃、警尉、警長級の正服を着た満系警察官が五、六人どやどやと入つて来て、奥の客間に陣取り、持参の酒で酒盛りを始めた。一人二人残つてお茶を呑んでゐた客もそれを見るとそゝくさと帰へり、家の者もなるべく近づかぬやうに敬遠してゐると、彼等は長い間声高に喋りながら呑み食ひしてゐたが、その内に一人の若い警長が出て行つて、隣りの芝居小屋の俳優をしてゐる養子娘《むすめ》を連れて来た。一同を一足先に帰へしたあと、先ほどから連中の音頭取りらしく見えた警尉が一人残つてゐたが、その娘が来ると風呂の中につれ込み、拳銃をつきつけて無理やりに自由にしてしまつた。かういふ厭な事でも、相手が警察官ならば――と「金華池」のてらてらと頭の禿げた掌櫃は最初は遠慮がちに真吉の顔をうかがつてゐたのが、のちには双《そう》の目に憤懣の色を漲らせて語つたのである。それを聞いてゐた祝は蒼白くなり、掌櫃に摑みかゝらんばかりの形相をしてゐた。真吉に通訳しながら時時つまづいては何度も口をへしまげた。真吉はその被害者の娘と養父を呼ぶやうに低く命じた。

十九か二十位に見えるその娘は実に楚々とした美人だつた。憂ひを通りこして、半ば呆けたやうな顔は妖しいまでだつた。その夜養父は娘を連れに来た警長に軽く拒んだばかりに、撲り倒されて人事不省に陥り、もよりの医院に担ぎこまれ、暫く入院したりしてゐた。真吉は手当をしたといふその医者も呼んでみたが、頭に受けた傷は全治二週間の打撲傷だつたと証言した。

「金華池」を出ると祝は鴉片屋《へん》に馬車をまはさせたのだつた。ここで件の警長達は幾百回に亘つて鴉片を強要してゐた。真吉は彼等の氏名と持ち去つた鴉片の数量と価格を書き込んである帳簿を暫く預かるやうに祝に命じて外へ出たのである。

翌日、職員一同が退庁したあと真吉は一味八人の取調を行つた。その中には保安股長も交つてゐた。警務科の満系科長と三人の日系がそれに立ち会ふことになつた。保安股長は年も若く、自在に日本語を使ひこなし、頭も働く惜しいやうな男であつた。前任首席の指導官から人一倍目をかけられ腹心となつてゐた彼は指導官が去つてから後も科内の満系には侮りがたい勢力を持つてゐた。

その保安股長の他科内で若手のばりばりだと云はれた連中が八人裁きの座に据ゑられてゐる。さすがに立ちあふ日系警察官の顔には興奮の色をうち消すことは出来なかつた。

訊問が始まると祝はぴつたりと真吉の傍にゐて、真吉の鋭い訊問を注意深く、正確に通訳して行つた。興奮もしてゐず、顔色も動かさない。その機械のやうな非情さは無気味にすら見えた。かういふ時、祝の持つあの鋭利な刃物にひやりと触れる気がする。

「君達はいやしくも、皇帝陛下の官服着用を許された身で、果してそれに適応しい行為をして来たか。お前達のやつて来たことを、今此処でいへるならいつてみよ」と真吉は一喝した。彼等は悪事もするかはり、諦めも早い。真吉の机の上に重ねあげられた鴉片屋の帳簿をみた彼等は、もはや凡てを観念したのか案外悪びれずに自供した。一人丈白《しら》をきらうとしたので真吉は怒つて二度ばかり平手をくはせた。

四人は懲戒免職、四人を始末書で、真吉はこの事件を終りにした。いふまでもなく有形無形の祝の協力は大きいものであつた。真吉は一度ならず祝と云ふ人間にひそかに舌を捲くのである。真吉が着任一週間目に囚人の脱獄事件が起きた時も、真吉の傍にゐて現場におもむいたのは祝であつた。途中真吉達の馬車が、門のかんぬきで頭を割られて、血だるまになつて連れられて来る看手に遭ふと、祝は「県立病院へ行け。しつかりしろ。」ときつとした声で半ば命令した。あの時の眉一つ動かさぬ冷然とした祝の顔を真吉は忘れてゐない。着任後日浅い真吉の方がむしろ興奮してゐたのだ。真吉は祝こそ空おそろしい人間だと思ふのだつた。

そろ〳〵雪の解けおちる日が重なりはじめるやうになると、真吉の県では募兵を行ふことになつた。「良い鉄は釘にならず、良い人は兵隊にならない」といふ満洲の諺がある。金があり、教養ある人間は決して兵隊にならない。人間の屑ばかりが兵隊になるのだといふのがこの国の昔からの観念であつた。だから募兵とはいつても、官が強力な意志を働かせねば集まるものではない。集まつたものでも、兵営に送られる途中、よく金とか穀物とかを交換条件にして替玉をつかふことがはやつた。はじめ各村に出向いて行つて下検査を行ひ、それに合格したものが今度は県城で省から来た係員の本検査を受けることになつてゐた。

真吉は三十三ケ村の下検査の日程表を警務科長に作らせ、祝をそれに協力させた。

県下のK村に県内きつての大地主で、大変有力者があつた。すると警務科長と祝は下検査の第一日目をK村にし、真吉達四、五人が出かけて行つた時には、祝はその有力者の次男坊を第一番目の列の先頭にならばせたのだつた。真吉はさういふ事は知らずに、その次男坊を第三番目の合格者にした。がつしりした良い体格の若者だつた。そのあとで祝からそのことを聞かされたのである。

祝の意図は明らかである。つまり、これからの募兵といふものは金持だらうが有力者だらうが、そんなものに物をいはせてのがれやうとしても無駄で、凡ては厳正に公平に行はれるものであるといふ観念を村民達に植ゑつけやうとしたのである。この効果は噂早い農村だけにてき面だと思はれた。ああいふ家からでも兵隊にとられるのだからと村民達は何がなしに安堵し、募兵そのものゝ性質も見なほしたやうに見受けられ、凡ては案外スムースに運んだ、ほかに原因もあつたであらうが、兎も角真吉のやつた募兵では一人の脱走者も、替玉もなかつたことは事実であつた。

この頃から日系職員の祝に対する物腰が変つて来てゐた。いやもつと早くからだつたかもしれない。もともと祝に恨みがあつたわけではない。祝のあのカンの鋭さ。縦横の才智が満系だと思ふと何となく神経にさはつて仕方がなかつた程度のもので、根は正直ないゝ人達ばかりなのである。自分達が何時頃から祝と呼び捨てにしてゐたのを祝君に昇格させたのか自分でも気づかないうちに自然と祝への悪いしこりは霧散してしまつた形だつた。そればかりか、すこし骨のある相談ごとには祝が一枚加はらねば何となくたよりなく思ふやうにすらなつて来てゐた。只年とつた温容な県長丈が最初から祝を嫌つてゐた。県長はもう慈父のやうに豁達で優しく、祝のやうなとげとげしい刃物を使ひこなす年ではなかつたのだ。

祝廉天はどういふ時でも拳銃を肌身につけてゐた。それを知つてゐる者は真吉以外に、さう沢山はゐない。役所では机の抽斗にしまつておき、帰る時は又身につけて帰つた。或時彼は真吉に云つた。「満洲国が潰れたら、祝はまつ先にやられますな」半ばはまじめに半ばはうそぶくやうな態度だつた。彼はやはり同族の敏感さで、一見忠実に為政にしたがひ、巽議らしいことも申立てぬ柔和な相貌の者達の幾部かゞ、もし一朝ことあつた場合、突然反満抗日の旗をかゝげ、銃をあべこべに擬して立ち上らぬとも限らぬ、さうしたものを嗅ぎ取つてゐたのだらうか。さうでなくとも、ひそかに拳銃を肌から離さぬ祝の心底には何か悲劇めいた匂ひがなくはない。彼には高い教養も、烈々とした高邁な魂も感じられない。彼の正義感が非情な冷酷さと一緒に住んでゐる際、或ひは自分の一身の利害に直接かゝはつてくれば何時でもかなぐり捨てられる正義感なのではないだらうかと疑はれて来る。祝を動かしてゐるものは、今は満洲国に進んで忠節であることこそ流れに掉さすもつともさかしい生き方なのだといふ処世上の知恵でしかないやうに見える。

祝の家族と云つては、まだ元気な太つた老母と、家事にか※まけてゐる色の黒い細君と三人の子供とであつた。一番上の子はもう女学校に通ふ年であつた。温かくなると宿舎の裏の空地を何時の間にか耕かして、沢山の野菜や包米を育てゝゐる。何処にでもある田舎の中流所の家庭と変りはなかつたが祝の身につけてゐる雰囲気は家庭でもちがふ、ちぐはぐなものがあつた。真吉の妻のみちが急用が出来たりして暑い盛りに呼びに行つたりすると、鶏や豚を飼つてある古びた家の中から、白い日本の湯あがりにぐるぐる兵児帯をまきつけ、ほゝ歯の下駄をつゝかけた祝が出て来た。物珍しさに着てゐると も見えず、自然に平気で着ながしてゐるのだつた。

祝が仲々ゆるがせに出来ぬ働きを現したのに、も一つ軍馬購買があつた。それは七月末の暑い盛りであつた。真吉の県から三百頭近くの馬が軍用として買ひあげられる事となり、軍からは五名の将校と、廿名の下士官、兵卒が出向いて来た。購買場は県城外れの広場を選び、そこには二日間の真吉達の下検査で県城と、県に隣接した五ケ村の馬の中から選び出された百頭の馬が、馬主名と番号の札を首にかけ、持主に引かれて早朝から出揃つて来た。村民達は軍馬購買をあまり好んでゐなかつた。

広場の四方に馬を繋ぐ柱がうたれ、番号順に馬が整列し、係の下士官達が一匹づつ広場の中央にひいて来た馬を検査する。まづ身長をはかり、それから口を開けさせて歯を調べて年齢をみる。最後に広場を駈足《かけあし》で半周させてみて検査は終るのである。合格した馬は別の柱につながれた。真吉達はテントのなかでそれを眺め、時々検査に立会つたり、村民の方に行つて今年の作物の出来について話したりしてゐた。祝は検査の場所につき切りでゐて、馬をひいて来た村民を適当の位置に据ゑたりして世話をしてゐた。下士官は身長を計つたあと「看々口《かんかんこう》」「看々口《かんかんこう》」を連発して馬に口を開けさせようとするが、馬は嫌がつて仲々開けず、持主は恐縮してまごつくばかりなので下士官達は癇癪を起して怒鳴りつけたり、邪慳に馬をつゝいたりした。すると祝はそ知らぬ顔つきでそんなに怒鳴つても、馬はあばれるばかりで云ふ事は聞かんなと聞こえよがしに云ふので、下士官はこれで黙つてしまつた。かう云ふやうな一種の牽制を祝は無遠慮にやつてまはり、それ丈け村民達の気持をらくにしてやつた。誰もこのづけづけした無遠慮な満系に一目おき「祝さん」は購買班の相談役になつてしまつた。

いよいよ検査が済んで、馬の標準価格が取きめられる段になると軍の査定と、持主達の希望とには当然いくらかのひらきがあつた。その折衝のため真吉は三度ほど価格を引きあげてくれるやうに軍に交渉した。大学出のインテリばかりであつた五人の将校は、紳士的にその度に集まつて協議を重ねたその様子を見てゐた祝は何を思つたのか、立ち会ひに来てゐる村長達の所にづかづか歩いて行つて、何か低く話してゐたが、やがて村長の一人が真吉の所にやつて来て「副県長の我々を思つて下さるお気持は十分判つてをります。私共は軍の都合でおきめになる価格ならば決して不服は申しませんからどうぞこれ以上御心配下さいませんやうに」といふのだつた。祝がそれを通訳した。真吉は目をみはつてまじまじと村長をみつめた。不覚にもジンと目頭が熱くなり涙ぐみさうだつた。「有難う」真吉は思はず云つた。価格はきめられた。それが発表されると、馬主《うまぬし》達の間にはざわざわと動揺の色が拡がった。何となく相好を崩してそはそはする馬主達の顔―それは馬主達を十分満足させる価格であつたことが判る。ばかりでなく、彼等にとつてはよほど予想外だつたと見えて、今度は代金の内から一円づつ出し合つて一同献金したいとすら村長を通じて申出たのだつた。その申出に強ひられた作為は感ぜられなかつた。いふまでもなく軍馬購買は大成功に終つた。痩せた肩をそびやかした祝は相変らずあちこちを歩きまはつてゐた。

　やがて真吉が着任して満一年にならうとしてゐた。もう北満の野は秋の装ひを終へ、収穫を終つて大豆や高粱畑の黒い地肌が広々とし、寒風《かんぷう》にさらされる頃、真吉は転任の電報を受取つた。報せを聞いてぞくぞく尋ねて来る人達の応接や、のこした仕事の整理やらで真吉は出発までの幾日かを忙殺されてゐた。「副県長殿」退庁後のひと時を誰もゐない副県長室で事務の整理をしてゐた真吉の所へ、とつくに帰つたと思つてゐた祝が歩みよつて来た。

「御栄転おめでたうございます」事務的にそこまで云ふと彼は急に黙りこんでじつと立つてゐた。真吉は目をあげてそれに答へやうと祝をみたが、思はず開きかゝつた口をつぐんでしまつた。

　一年間只の一度も見せ※たことのなかつた祝の顔――弱々しく、哀れみを乞ふやうな姿がそこにあつた。

「副県長殿には色々とお世話様になりました。祝は大変残念であります」

「有難う、僕こそ君には色々とお世話になつた。これからと云ふ時に転任になるのは僕も心残りだがこればかりは仕方がない。まあ僕がゐなくなつても今まで通りしつかり県のために働いて呉れ」真吉は机の上を片づけながら立ちあがつた。はじめて真吉は祝と温かい人間らしさでふれ合つたやうに思ひ、祝をいとほしむ愛情を深々と感じて来た。

「はつ」祝は言葉すくなに答へて上半身を傾けて一礼し、馬車の支度をさせるために出て行つた。

　祝は今まで通り、多忙な真吉のそばにゐてきぱきと仕事を助けて行つた。もうあの二人丈の時にみせたうちのめされたやうな弱々しい姿は何処にも見られなかつた。祝の目は再び冷たい光を宿し、痩身は体温のない機械のやうだつた。真吉の転任で最もショックを受ける者は祝だ、と誰しも考へられることであるのに、当の祝のみじんも動かぬ石のやうに冷やかな表情にはふつとはたの者は不安にさへなつた。そして祝が吉村の事件で取調べの時にとつた態度が思ひかえされる。

「君は調べられる時、吉村のことをすつかり喋つたといふではないか。世話になつた吉村君に対してさういふ事をして済まぬとは思はなかつたのか、かばつてやらうといふ気は起きなかつたのか」真吉はついでの時聞いてみた。

「気の毒だつたとは思ひます。けれど副県長殿、吉村さんも上司なら、検察官も上司です。祝は上司に対して正直であつたまでゝす」祝は恬淡としてゐた。

もはや真吉は祝の上司ではなくならうとしてゐる。祝の利害を左右する権利が真吉から去らうとしてゐる。すると祝は何事もなかつたやうに冷やかに立ち去る真吉を見送らうといふのであらうか。其やうな疑ひさえ湧きかねないほど祝の無表情さの中には非常な、心の冷えて行くものがあるのだつた。

出発の前日、真吉の妻のみちは衣服を改めて挨拶まはりをした。二棟の日系家族の宿舎、その後が満系宿舎で、祝の家は左端にあつた。老母と細君に会ひ通り一ぺんな簡単な挨拶を済してみちは帰つて来た。そのあと幾時間かたつて祝は真吉達の家を訪ねて来た。特に奥さんにといふ取次なので、みちはいぶかりながら出てみた。

「奥さん僅かですがお餞別のおしるしに！」祝はいきなりさう云つて小さな封筒をみちの前にさし出した。その時、じつとみちを見る祝の顔に寸時ほのかなものが動いたやうであつた。それきりであつた。

翌朝、真吉達は県をあげての盛大な見送りの中に何か胸が一つぱいになる思ひで城門を出たが、真吉達ののつたトラックが出発するまで、祝の冷たい化石したやうな顔は動かなかつた。

（終り）

（『満洲新聞』満洲新聞社
昭和一五・九・二七〜二九、同年一〇・一〜六、八）

編者付記　本文は初出によったが、文意の通じない箇所（文中の※）については、再録時に加えられた変更にもとづいて校訂した。掲載本文と初出の対応は以下の通りである。

頁数　本文（変更が加えられた版）／初出
50頁　官僚的（『文藝春秋』一九四一・三）／宣伝的
51頁　不屈な（『文藝春秋』一九四一・三）／不届きな
52頁　南満（『文藝春秋』一九四一・三）／南海
57頁　みちが出てみると（『日満露在満作家短篇選集』一九四〇）／みちがでてみると
59頁　家事にかまけて（『文藝春秋』一九四一・三）／家事になまけて
61頁　見せたこと（『日満露在満作家短篇選集』一九四〇）／見せたいこと

牛島春子《うしじまはるこ》　1913—2002

現在の福岡県久留米市本町にて、洋品店を営む父烝太郎、母アヤメの次女として生まれる。一九二九年、県立久留米高等女学校を卒業した後、共産主義に傾倒し労働運動に参加、二度にわたり検挙され、一九三五年、懲役二年執行猶予五年の判決を受けた。一九三六年、牛嶋晴男と結婚し、満州へ。属官となった晴男の赴任先である奉天にて、短篇小説「豚」を執筆。第一回建国記念文芸賞の二等一席となり、本格的な文学活動をはじめる。一九三七年、拝泉へ。晴男は副県長。翌年には晴男の転勤で新京へ移るが、拝泉は、満州での作品の主な舞台となった。一九四〇年、『満洲新聞』の企画で**「祝といふ男」**を連載。企画者山田清三郎編集の『日満露在満作家短篇選集』（春陽堂、一九四〇）に収録、第一二回芥川賞候補作となった。終戦を満州でむかえ、子供三人を抱えて帰国したのは、一九四六年七月。戦後は、実際の事件・裁判を描いた小説『霧雨の夜の男―菅生事件』（一九六〇）、随想集『ある微笑―わたしのヴァリエテ』（一九八〇）などがある。随想では、満州について当時感じた魅力や愛情が、他民族を支配し抑圧したという「棘」を含んだ認識の深まりとともに、繰り返し回想されている。二〇〇二年一二月、没。

満人を描く

満州国は、一九三二（昭和７）年に建国され、一九四五（昭和20）年に姿を消した。「五族（漢・満・蒙・日・朝）協和」を理念として掲げ、複合的民族国家であることを建前としていたが、大日本帝国の傀儡国家であることは、明らかだった。「偽」の、あるいは「架空」の国家ともいわれるが、しかしその捻れの中を生きた人々の存在は、偽でも架空でもない。植民地主義的な力学によって統括されたその場を、牛島春子は日本人官僚の妻として経験した。「祝といふ男」は、著者自身が明らかにしているように、自らの体験をもとに描いた作品である。

　基本的に視点人物となっているのは、真吉である。真吉の目を通して、祝は、自らの立場について非常に鋭敏な批評性を持つ男として描かれている。発表当時から「個性的な有為の人物の風貌性格をよく把握し」「複雑な人と事」を描いている（佐藤春夫「第十二回芥川賞選評」）と認められ、戦後も「他民族と協和するということがいかに困難であるか」を端的に語った作品（尾崎秀樹）と評されている。満州を描いた作品群の中でも、とりわけ民族問題の複雑さに敏感な作品として、評価を得てきた。

　ただし、同時に注意を向けるべきなのは、祝を語るその外側には、視点人物である真吉についての語りが用意されているということだ。祝が示した複雑さは、真吉が理解したこととして描かれている。そして、その理解の深さは、祝の鋭さを、的確かつ慎重に用い得る日本人官僚としての真吉の統治能力の高さを示すことになってもいる。となれば、祝という男を描く力学は、自国中心的な、また植民地主義的な枠組みから自由になっているといえるのかどうか。物語内容のほとんどは、真吉が経験した統治の苦労を語るエピソードで埋められている。真吉は、祝という部下を慎重に生かすことによって、一つ一つ成功を収めていくのである。

　さて、こうした力学があることをふまえた上で、さらに、みちという妻の存在に目を向けたい。祝のプライベートな側面が語られるとき、視点人物はみちとなる。真吉からずれてところどころに挟まれた、最も春子自身に近いと思われるこの目は、意味づけに消極的なようだ。また、真吉の視点で語られる祝の特徴が、動揺しない冷徹さにあるのと異なり、最後にみちを訪ねてきた場面、あるいは「金華池」で少女の暴行事件を聞く場面など、祝の気持ちが動いた瞬間が語られている（少女暴行のエピソードは、祝の大きな動揺を語る特異な部分であるが、真吉の帰宅後、過去を振り返って語るという変則的な形式、つまりみちを聞き手として挟んだ形式がとられている）。また、「その娘が来ると風呂の中につれ込み、拳銃をつきつけて無理やりに自由にしてしまった」という核心的な部分には、初出以降はかき消えるという本文事情がある。事件は、即座に隠蔽される性暴力である。祝の激しい憤りに、みち、そして春子の共感が密かに寄せられていると読むこともできるのではないか。

　春子は、満州に大きな魅力を感じていたと語っている。「祝といふ男」には、日本人の立場を超えて理解や共感へ向かう姿勢と、日本人以外の何者でもないという限界、そしてそうした一対をなす問題からさらにはみ出す意味づけられない動揺という、複数の水準が重ね合わされている。大日本帝国の植民地主義を生きるということは、どのように単純でどのように複雑なのか、その揺れの振幅を受け止めてみたい。

視点1　真吉の視点による祝という男の描かれ方を整理し、類型化された「満人」像との関係について考える。

視点2　真吉が祝を部下に持つ日本人統治者であることに注意し、その能力の描かれ方について考察する。

視点3　みちの視点には、どのような特徴があるか。真吉の視点と比較する。

〈参考文献〉川村湊『異郷の昭和文学―「満州」と近代日本』（岩波新書、一九九〇）、尾崎秀樹「「満洲国」における文学の種々相」（『近代文学の傷痕―旧植民地文学論』岩波書店、一九九一）、坂本正博「拝泉へのまなざし―旧満洲での牛島春子の作品」（上・下）（『敍説』二〇〇一・一、〇一・八）、坂本正博「牛島春子年譜（第三稿）」（「スカラベの会」サイト内、http://www.k3.dion.ne.jp/˜scarabee/sukajin-a-u.html#ushijimaharuko）、田中益三「牛島春子の戦前・戦後」（『朱夏』二〇〇三・六）

（飯田祐子）

金鍾漢　幼年、辻詩　海、合唱について、くらいまつくす

幼年

ひるさがり
とある大門のそとで　ひとりの坊やが
グライダアを飛ばしてゐた
それが　五月の八日であり
この半島に　徴兵のきまつた日であることを
知らないらしかつた　ひたすら
エルロンの糸をまいてゐた

やがて　十ねんが流れるだらう
すると　かれは戦闘機に乗組むにちがひない
空のきざはしを　坊やは
ゆんべの夢のなかで　昇つていつた
絵本で見たよりも美しかつたので
あんまり高く飛びすぎたので
青空のなかで　お寝小便《ねしょ》した

ひるさがり
とある大門のそとで　ひとりの詩人が
坊やのグライダアを眺めてゐた
それが　五月の八日であり
この半島に　徴兵のきまつた日だつたので
かれは笑ふことができなかつた
グライダアは　かれの眼鏡をあざけつて
光にぬれて　青瓦の屋根を越えていつた

（『たらちねのうた』人文社　一九四三）

辻詩　海

あの日から
海は私たちのものとなつた
私たちは海のものとなつた
路を歩いてゐても
新緑の梢に潮騒《しほさゐ》を見た
味噌汁を吸つてゐても
そのなかに海鳴りを聴いた

あの日から　この半島に
海軍特別志願兵制の決つた
あの日から
海は私たちのものとなつた

（『国民文学』一九四三・六）

合唱について

きみは　半島から来たんぢやないですか
だうりで　すこし変つた顔をしてゐると思つた
でも　そんな心細い思ひをすることはないですよ
ほら　松花江《スンガリイ》の上流からも　はろばろ
南京の街はづれからも　来てゐるではないか
スマトラからも　ボルネオからも　いまには
重慶の防空壕からも　やつてくるでせう
では　みんな並んで下さい　おお
砲口のやうだ　整列されてゐる口の横隊
それは　待つてゐる　待ちあぐんでゐる
タクトの指さす方向へ　未来へ
やがて　声の洪水が発砲されるでせう
くりひろげられた　煙幕のやうに
余韻は渦巻いて　渦巻いて流れるでせう

このステエジの名を　きみは知つてゐる
このステエジの名を　ぼくも知つてゐる
ほら　タクトが上つたではないか　指揮刀のやうだ
もはや　私にはいふべき言葉がない
ただ　歌ふことだけが残されてゐる　声をかぎりに
ただ　歌ふことだけが残されてゐる

（『たらちねのうた』人文社　一九四三）

くらいまつくす

三本の絃《いと》が切れても
G線上のありあは奏でられる

ぴん止めにされた蝶よ
はかない生命《いのち》よ　はばたくがよい

はばたくがよい
死と生の刃《やいば》のうへで
お祈りした三十歳の言葉は
高麗古磁の意匠よりも絢爛であつた

こはれた楽器のやうに
音楽を欲しながら

（『新時代』一九四四・一一、遺作）

金鍾漢《キム・ジョンハン》　1914—1944

日本が朝鮮の植民地支配を強化した第二次世界大戦末期に、朝鮮語と日本語を用いて活動した朝鮮人の詩人。朝鮮咸鏡北道明川郡西面立石洞生まれ。一九三四年に流行小曲の懸賞に当選し、新民謡・流行歌作家として頭角を現す。その後、故郷の私立学校に在職したが、一九三七年前後に日本へ渡り、日本大学専門部芸術科に入学した（一九三九年、卒業）。一九三八年から佐藤春夫に師事する。この頃から詩人の道を歩みはじめ、日本語詩も発表した。一九三九年には、鄭芝溶《チョン・ジヨン》の支持をえて詩壇で認められ、同年から婦人画報社へ勤務。同社では、雑誌『婦人画報』の「学芸欄」や「特集・朝鮮の生活と文化」（一九四〇・一二）の編集を手がけ、評論活動や朝鮮語詩の日本語訳も行った。一九四二年に朝鮮へ戻り、日本の国策雑誌『国民文学』の編集に加わる。この頃、日本式の氏名（「創氏名」）で「月田茂」とも名乗った。この氏名は、달밭집《タルバッチプ》（直訳で、月の畑の家）と呼ばれていた金鍾漢の生家の呼び名に由来する。一九四三年には、『たらちねのうた』（人文社）、『雪白集』（博文書館）という二冊の日本語詩集を「京城」（現ソウル）で刊行した。一九四四年、毎日新報社に入社したが、急性肺炎で夭折。享年、三一歳（数え年）。

日本語の〈声〉とは何なのか？

金鍾漢が活動した時期は、韓国併合（一九一〇年）以来の、日本による朝鮮の植民地支配が、徹底的に強化された時期にあたる。当時、日本は「鮮内一体」のスローガンのもとで、朝鮮人を日本人に同化するための数々の政策（「皇民化政策」）を推し進め、朝鮮人の神社参拝や日本語使用などを強要した。この時期に、朝鮮人であるにもかかわらず日本語で詩を書き、さらに「創氏名」も使用した金鍾漢は、第二次世界大戦後には、日本の植民地支配に協力した「親日派」詩人として、朝鮮の近代文学史における批判の対象となった。

近年、彼の朝鮮語と日本語の作品や、編集した雑誌記事、関連文献などを網羅した全集も刊行されたわけだが、この詩人を早くから評価していた作家がいた。プロレタリア文学の旗手として活動し、一九三三年の左翼運動弾圧後も日本の帝国主義に批判的な視線を送っていた中野重治である。中野は、死の直前に二冊の日本語詩集を刊行した金鍾漢と書簡を交わし、さらに第二次大戦後には、「幼年」「合唱について」といった金鍾漢の詩を、日本の植民地支配に抵抗した作品として紹介していたのである（詳細は、後掲『金鍾漢全集』収録の大村益夫「金鍾漢について」を参照）。このように、金鍾漢の詩は「親日」と「反日」の狭間で揺れ動いていた。

その金鍾漢は「朝鮮詩壇の現状」（『蠟人形』一九四一・二、全集未収録）で、「母語でない言語で詩を創作するといふことは、不可能だ」と、母語（朝鮮語）を禁じられた朝鮮詩人たちの境遇を代弁している。同じ文中には次のようにも記された。いわく、日本人の「三好達治にしても、彼の詩から日本語の伝統的なエスプリと美とをマイナスしたら何が残るか」。何も残らないではないか、と。ただし、この文にも彼の意向は十分に表明されてはいない。この言葉さえも、支配者の検閲を受ける言語（日本語）だったのだから。

しかし、その日本語を用いながらも、金鍾漢は朝鮮の大地に身を置き、その場所から詩の言葉を紡ぎだそうとしていた（彼の「創氏名」が故郷朝鮮の生家の名だったように）。例えば、「幼年」「辻詩　海」に記された日付（「五月の八日」「あの日」）に刻印されているのは、日本のために徴兵された朝鮮人にとっての、忘却できない時と場所の記憶といえるだろう。それは、被支配者（朝鮮人）である「私たち」（「辻詩　海」）の感情や身体性を、支配者の言語（日本語）に刻みつけようとする「不可能」な試みでもあった。

一方、「合唱について」「くらいまつくす」には、その詩人の身体から発せられた〈声〉が記されている。その〈声〉は、バイオリンの最も低音の弦（G線）だけで演奏される曲（J・S・バッハ作曲「G線上のアリア」）のように、かすかなものだ。だがそれと同時に、その〈声〉の重低音には、日本語で歌いそして詩作することの根源的な矛盾が、批判的に強く響いている。この〈声〉については、「声の祝祭」（坪井秀人）と論じられるところの、戦時下日本の戦争詩の朗読やラジオ放送における「声」と比較・検討することも有効だろう。

金鍾漢の詩は、歴史的状況を探るほどに、現代の読者を容易に寄せつけない〈声〉を発するだろう（その意味で、彼の詩と完全に感情を同化できるという幻想は傲慢ともいえる）。だが、詩の言葉と一体化できないことを突き詰めてゆく過程で、はじめて生まれる他者への想像力も存在するはずだ。金鍾漢が日本語の詩に刻みつけた日付は一年毎に必ずやって来る。それと同様に詩の〈声〉も、単なる同化のためではなく、読み手と対話するために今も訪れ、鳴り響く。

視点1　**人物（「坊や」「私たち」「私」など）の状況や身体性を、他の細部の表現と対応させて考える。**
視点2　**歴史的事柄（日付や、「スマトラ」「ボルネオ」の人々が詩に登場する理由など）を考えながら、詩が表現しようとしている空間を考察する。**
視点3　**戦時下日本の戦争詩の朗読やラジオ放送について調べ、その上で金鍾漢の詩の〈声〉を分析する。**

〈参考文献〉林鍾国『親日文学論』（大村益夫訳、高麗書林、一九七六）、藤石貴代「金鍾漢論」（『九州大学東洋史論集』一九八九・一）、坪井秀人『声の祝祭』（名古屋大学出版会、一九九七、特に第八章～第十章、付属CDは戦争詩朗読放送を収録）、藤石貴代・大村益夫・沈元燮・布袋敏博編『金鍾漢全集』（緑蔭書房、二〇〇五）

（**西村将洋**）

コラム

歴史小説と〈日本〉のアイデンティティ

〈日本〉を考えるとき、その過去の姿をたどり直す作業がしばしば重要視される。それは過去から未来へ続く連続性を確認し、そのなかに今を位置づけてとらえるという意味において、〈日本〉というもののアイデンティティを構築する作業に等しいからである。歴史は、〈日本〉の履歴書なのだ。この履歴書は、いわゆる歴史書によってのみ書かれているのではないということに注意しよう。我々の現代社会には、テレビドラマや漫画、映画などの形をとって膨大な日本史についての情報が流通、蓄積している。むろん歴史小説も、その重要な一部だ。

昨日自分の身に起こった出来事を「事実」そのままに文章化できるかどうか考えてみればわかるように、我々は出来事を「生」の状態では語れない。理解し、記憶し、語るときには、ほぼ必ず因果関係や順序づけ、取捨選択などの秩序化がともなう。つまりストーリーやプロットが現れる。歴史と物語との関係を問い直す歴史学と文学研究の現代的課題の一つは、まさにここに存在する。この視点からすれば、歴史小説もまた、歴史の語り方の一つなのだ。

歴史が物語であるとするならば、その「語り」は誰による誰に向けられたものなのか、と問う道が開ける。たとえば、ある「歴史」が政治的な大事件と歴史上の大人物たちの事績のみを語っているとすれば、それは「公」を装って、それ以外の要素を消し去る機能を果たすだろう――学校教育における歴史のように。

歴史小説も、やはり誰かによる、誰かの歴史を語っている。このことは、吉川英治の『新書太閤記』や島崎藤村の『夜明け前』のように日本の著名な歴史的過去を直接扱った作品だけではなく、森鷗外、芥川龍之介ら近代作家によるさまざまな史伝や歴史小説、明治期から引き続く大衆向けの時代小説（いわゆる髷物《まげもの》）などにも、等しく言えるのである。こうしたさまざまな小説たちが、〈日本〉の履歴書を書き、そのアイデンティティをあるいは創り出し、あるいは書き直したりしているのが、現代社会における歴史と物語の動態だといえるだろう。

だとすれば、読者としての我々に必要なのは、それが誰のための、どんな物語を「歴史」として提示しているのか、問い返しながら読むことである。歴史を紡ぐ物語は、たんに過去のみを語らない。司馬遼太郎の『坂の上の雲』は日露戦争期を舞台に壮大なスケールで日本の近代を描いたというが、その「近代」とは誰の「近代」なのか？　藤沢周平の“下級武士＝サラリーマン”小説は、いかなる物語を現代の男性俸給生活者に語りかけているのか？

歴史小説・時代小説を読むときに問われているのは、我々の「今」なのだ。

（日比嘉高）

Ⅲ　〈戦後〉を生きる

野坂昭如　火垂るの墓

省線三宮駅構内浜側の、化粧タイル剝げ落ちコンクリートむき出しの柱に、背中まるめてもたれかかり、床に尻をつき、両脚まっすぐ投げ出して、さんざ陽に灼かれ、一月近く体を洗わぬのに、清太の痩せこけた頰の色は、ただ青白く沈んでいて、夜になれば昂ぶる心のおごりか、山賊の如くかがり火焚き声高にののしる男のシルエットをながめ、朝には何事もなかったように学校へ向かうカーキ色に白い風呂敷包みは神戸一中ランドセル背負ったは市立中学、県一親和松蔭山手ともんぺ姿ながら上はセーラー服のその襟の形を見分け、そしてひっきりなしにかたわら通り過ぎる脚の群れの、気づかねばよしふと異臭に眼をおとした者は、あわててとび跳ね清太をさける、清太には眼と鼻の便所へ這いずる力も、すでになかった。

三尺四方の太い柱をまるで母とたのむように、その一柱ずつに浮浪児がすわりこんでいて、彼等が駅へ集まるのは、入ることを許される只一つの場所だからか、常に人込みのあるなつかしさからか、水が飲めるからか気まぐれなおもらいを期待してのことか、九月に入るとすぐに、まず焼けた砂糖水にとかしてドラム罐に入れ、コップいっぱい五十銭にはじまった三宮ガード下の闇市、たちまち蒸し芋芋の粉団子握り飯大福焼飯ぜんざい饅頭うどん天どんライスカレーから、ケーキ米麦砂糖てんぷら牛肉ミルク罐詰魚焼酎ウイスキー梨夏みかん、ゴム長自転車チューブマッチ煙草地下足袋おしめカバー軍隊毛布軍靴軍服半長靴、今朝女房につめさせた麦シャリアルマイトの弁当箱ごとさし出して「ええ十円、ええ十円」かと思えば、はいている短靴くたびれたのを、片手の指にひっかけてささげ持ち「二十円どや、二十円」ひたすら食物の臭いにひかれてあてもなく迷いこんだ清太、防空壕の中で水につかり色の流れあせた母の遺身《かたみ》の長じゅばん帯半襟腰ひもを、ゴザ一枚ひろげただけの古着商に売りなんとか半月食いつなぎ、つづいてスフの中学制服ゲートル靴が失せ、さすがズボンまではとためらううち、いつしか構内で夜を過ごす習慣となり、疎開から引き揚げて来たらしくまだ頭巾をきちんとたたんでズックの袋にかけ、背負ったリュックサックには飯ごうやかん鉄かぶと満艦飾の少年と家族連れ、さだめし列車中の非常食に用意したのだろう、糠のむし団子糸ひいたのを、ここまで来れば安心とお荷物捨てるようにくれたり、あるいは復員兵士のお情け、同じ年頃の孫をもつ老婆のあわれみ、いずれも仏様に供えるようにややはなれた所にそっとおく食べ残しのパンおひねりのいり大豆、ありがたく頂戴し、時には駅員に追い立てられたが、改札に立番の補助憲兵逆にこれを張りとばし守ってくれ、水だけはいくらもあるから、居つくと根が生え、半月後に腰が抜けた。

ひどい下痢がつづいて、駅の便所を往復し、一度しゃがむと立ち上るにも脚がよろめき、把手のもげたドアに体押しつけるようにして立ち、歩くには片手で壁をたよる、こうなると風船のしぼむようなもので、やがて柱に背をもたせかけたまま腰を浮かすこともできなくなり、だが下痢はようしゃなく襲いかかって、みるみる尻の周囲を黄色く染め、あわてた清太はむしょうに恥かしくて、逃げ出すにも体はうごかず、せめてその色をかくそうと、床の上のわずかな砂や埃を掌でかきよせ、上におおい、だが手のとどく範囲はしれたもので、人が見れば飢に気のふれた浮浪児の、みずから垂れ流した糞とたわむれる姿と思ったかも知れぬ。

もはや飢はなく、渇きもない、重たげに首を胸におとしこみ、「わあ、きたない」「死んどんのやろか」「アメリカ軍がもうすぐ来るいうのに恥やで、駅にこんなんおったら」耳だけが生きていて、さまざまな物音を聞き分け、そのふいに静まる時が夜、構内を歩く下駄のひびきと、頭上を過ぎる列車の騒音、急に駈け出す靴音、「お母ちゃーん」幼児の声、すぐ近くでぼそぼそしゃべる男の声、駅員の乱暴にバケツをほうり出した音、「今、何日なんやろ」何日なんや、どれくらいたってんやろ、気づくと眼の前にコンクリートの床があって、だが自分がすわってる時のままの姿でくの字なりに横倒しになったとは気づかず、床のかすかなほこりの、清太の弱い呼吸につれてふるえるのをひたとみつめつつ、何日なんやろな、何日やろかとそれのみ考えつつ、清太は死んだ。

その前日、「戦災孤児等保護対策要綱」の決定された、昭和二十年九月二十一日の深夜で、おっかなびっくり虱だらけの清太の着衣調べた駅員は、腹巻きの中にちいさなドロップの罐をみつけ出し、ふたをあけようとしたが、錆びついているのか動かず「なんやこれ」「ほっとけほっとけ捨てとったらええねん」「こっちの奴も、もうじきいてまいよるで、眼ェポカッとあけてるようなったらあかんわ」むしろもかけられず、区役所から引きとりにくるまでそのままの清太の死体の横の、清太よりさらに幼い浮浪児のうつむいた顔をのぞきこんで一人がいい、ドロップの罐もて余したようにふると、カラカラと鳴り、駅員はモーションつけて駅前の焼跡、すでに夏草しげく生えたあたりの暗がりへほうり投げ、落ちた拍子にそのふたがとれて、白い粉がこぼれ、ちいさい骨のかけらが三つころげ、草に宿っていた螢おどろいて二、三十あわただしく点滅しながらとびかい、やがて静まる。

白い骨は清太の妹、節子、八月二十二日西宮満池谷横穴防空壕の中で死に、死病の名は急性腸炎とされたが、実は四歳にして足腰立たぬまま、眠るようにみまかったので、兄と同じ栄養失調症による衰弱死。

六月五日神戸はB二九、三百五十機の編隊による空襲を受け、葺合、生田、灘、須磨及び東神戸五ヵ町村ことごとく焼き払われ、中学三年の清太は勤労動員で神戸製鋼所へ通っていたのだが、この日は節電日、御影の浜に近い自宅で待機中を警報発令されたから、裏庭の家庭菜園トマト茄子胡瓜つまみ菜の中に掘った穴に、瀬戸火鉢を埋め、かねての手筈に従い台所の米卵大豆鰹節バター干鰊梅干サッカリン乾燥卵をおさめて土をかけ、病身の母にかわって節子を背負い、父は海軍大尉で巡洋艦に乗組んだまま音信なく、その第一種正装の姿写真立てからはずして胸に入れ、三月十七日、五月十一日二度にわたる空襲で、とても女子供連れでは焼夷弾消しとめるのは無理、家の床下に掘った壕も頼りにならぬと、まず母を町内会で設置した消防署裏の、コンクリートで固めたそれへ避難させ、洋服簞笥の中の父の私服、リュックにつめはじめると妙にはなやかな感じでカンカンキンキンと防空監視哨の鐘が交錯して鳴り、玄関にとび出る間もなく落下音に包まれ、第一波がすぎると、その落下音のすさまじさに、ふと静寂がおとずれたような錯覚があったが、ウォンウォンと押えつけるようなB二九の轟音切れ目がなく、ふりあおげば、これまではあるかなきほどの点からもくもくと飛行機雲ひいて、東へとぶ姿か、つい五日前大阪空襲の際、大阪湾上空を雲のあいまぬって進む魚のような群れを、工場の防空壕でながめただけ、今は、両手にあまる低空飛行で胴体下部にえがかれた太い線まで識別できる、海から山へむかいつと翼かたむけて西へ消え、ふたたび落下音、急に空気の密度がたかまったように、体が金しばりとなって立ちすくんでいると、ガラガラと物音がして屋根からころげた青色の、径五糎長さ六十糎ばかりの焼夷弾、尺取虫のように道をとびはねつつ油脂をまきちらし、清太はあわてていったん玄関へとびこんだが、家の中からすでに黒煙がゆっくりと流れ出し、ふたたび表へ出て、しかし何事もなかったような家並み、人影はなく前の家の塀に防火はたきとはしごが立てかけられ、とにかく母のいる壕へと、背中の節子しゃくり上げ歩きはじめたら、角の家の二階の窓から黒煙が噴き出し、申し合せたように、それまで天井屋根裏でくすぶっていたらしい焼夷弾、いっせいに火の手上げて庭木のパチパチはぜる音、軒端《のきは》を走る火やら燃えながらはずれておちる雨戸、視界は暗くなりみるみる大気は熱せられ、清太は突きとばされたように走り出し、かねて手はずは、石屋川の堤防へ逃げるさだめだから阪神電車の高架に沿って東へ走ったが、すでに避難の人でごったがえし、大八車ひいた人や布団包みかついだ男、金切声上げて人を呼ぶ老婆、じれったくなって海へむかい、その間にも火の粉が流れる、落下音に包まれる、三十石入りの酒樽の防水桶がこわされて水びたしになっていたり、病人を担架で運び出そうとしていたり、ある一画にまったく人がいないと思うと、通り一つ隔てて畳まで持ち出し大掃除のようなさわぎ、旧国道を抜け、せまい道を走りつづけ、すでに逃げた後なのか人っ子一人いない町のはずれに、見なれた灘五郷の黒い酒蔵、夏ならばここまで来ると、潮の香ただよい、幅五尺ばかりの蔵と蔵の間から夏の陽に輝く砂浜と、思いがけぬ高さに紺青の海がのぞく、今はそれどころでなく、海岸へ出たところで壕一つあるわけでなし只火からのがれるには水と、反射的に逃げて来たので、同じ思いの避難民、幅五十米ばかりの砂浜の、漁船や網を捲き上げる轤のかげに身を寄せ、清太は西へ歩いて、石屋川の川床の、昭和十三年の水害以後二段になったその上段のところどころにあるくぼみに身をかくした、おおいはないが、とにかく穴にひそんでいれば心強く、腰を下すと激しい動悸、喉がかわき、ほとんどかえりみるゆとりもなかった節子を、おぶい紐から解いて抱きおろそうとすると、それだけのことで膝がガクガクとくずれそうになり、だが節子は泣きもせず、ちいさなかすりの防空頭巾かぶり白いシャツに頭巾と同じもんぺ赤いネルの足袋片方だけ黒塗りの大事にしていた下駄はいて、手に人形と母の古い大きな蟇口をしっかりと抱える。きな臭いにおいと、風に乗ってすぐそこのようにきこえる火事の物音、はるか西の方に移って俄か雨の如き落下音、時に怯えながら兄妹体を寄せあい、思いついて防空袋から、昨夜、母がもう残しといてもしかたないからと思い切って白米だけの飯を炊き、その残りと今朝の大豆入り玄米の、白黒半々にまじった弁当ひろげれば、うっすらとすでに汗をかいていて、その白い部分を節子に食べさせる、見上げる空はオレンジ色に染まり、かつて母が、関東大震災の朝、雲が黄色くなったといったことを思い出す。

「お母ちゃんどこにいった?」「防空壕にいてるよ、消防裏の壕は二百五十キロの直撃かて大丈夫いうとったもん、心配ないわ」自分にいいきかせるようにいったが、時折り堤防の松並木ごしに見すかす阪神浜側の一帯、ただ真赤にゆれうごいていて、「きっと石屋川二本松のねきに来てるわ、もうちょっと休んでからいこ」あの焔の中からは逃げのびたはずと、考えをかえ、「体なんともないか節子」「下駄一つあらんようなった」「兄ちゃん買うたるよ、もっとええのん」「うちもお金もってるねん」蟇口をみせ、「これあけて」頑丈な口金をはずすと一銭五銭玉が三つ四つあって、他に鹿の子のおジャミ、赤黄青のおはじき、一年前、節子はおはじきをのみこみ、その日から庭に新聞敷いてウンコをさせ、翌日夕方首尾よくあらわれたそれと同じもの。「お家焼けてしもたん?」「そうらしいわ」「どないするのん?」「お父ちゃん仇とってくれるて」見当ちがいの答えだったが清太にもこの先どうなるかわからず、ただようやく爆音遠ざかり、やがて五分ほど夕立ちのように雨が降って、その黒いしみをみると、「ああこれが空襲の後で降るいう奴か」恐怖感ようやくうすらぎ、立ち上って海をながめると、束の間に一面黒く汚れおびただしい浮遊物が浮き沈みしている、山はそのままで、一王山の左に山火事らしく、むしろのんびり紫の煙がたなびき、「よっしゃ、おんぶし」節子を堤防にすわらせ、清太が背をむけるとのしかかってきて、逃げる時はまるで覚えなかったのにズシリと重く、草の根たよりに堤防を這いずり上る。

上ってみると御影第一第二国民学校御影公会堂がこっちへ歩いてきたみたいに近くみえ、酒蔵も兵隊のいたバラックも、さらに消防署松林すべて失せて阪神電車の土手がすぐそこ、国道に電車三台つながって往生しとるし、上り坂のまま焼跡は六甲山の麓まで続くようにみえ、その果ては煙にかすむ、十五、六ヵ所でまだ炎々と煙が噴き出し、ズシーンと不発の発火か時限爆弾か、かと思えば木枯しのような音立ててつむじ風がトタン板を宙にまき上げ、節子の背中にひしとしがみつくのがわかったから、「えらいきれいさっぱりしてもたなあ、みてみい、あれ公会堂や、兄ちゃんと雑炊食べにいったろ」話しかけても返事がない。ちょっとまってなとゲートルまき直し、堤防の上を歩き進むと、右手に三軒の焼け残り、阪神石屋川の駅は屋根の骨組だけ、その先のお宮もまっ平らになって御手洗の鉢だけある、次第に人の数が増え、皆家族連れ道ばたにへたりこんで、口ばかりいそがしくしゃべり合い、やかんを木の先にひっかけ、くすぶる石炭で湯をわかし、干藷を焼いたり、二本松は国道をさらに山へ向かった右側にあり、たどりついたものの母の姿なく、みな川床をのぞきこんでいるからみると、うつむいたり大の字になってたり窒息の死体が五つ水の涸れた砂の上にいて、清太はすでにそれが母ではないかとたしかめる気持がある。

　母は節子を産んで後、心臓を患い夜中に発作を起しては、清太に水で胸を冷やさせ、苦しいと上半身起し座布団つみかさねて体をもたせる、その左の乳房は寝巻きの上からでも、鼓動につれてブル、ブルンと震えるのが見えて、もっぱら薬は漢方薬、赤い粉を朝夕のんで、手首など掌が二まわりするほどに細い。走れないから先に壕へ入れたのだが、いったん壕が火にとりかこまれたら、多分そこが母の終焉の場所となろう、わかっていながらただ壕への近道を火にさえぎられただけで、母の安否念頭から失せ、一散に逃げ出した自分を、清太は責めたが、しかしかりにたどりついていてもどうなろうか、「節子と一緒に逃げて頂戴、お母ちゃんは自分一人なんとでもします、あんたら二人無事に生きてもらわな、お父ちゃんに申しわけない、わかったね」冗談のように母はいっていた。

　国道を海軍のトラックが西へ向かって二台走る、自転車に乗った警防団の男がメガフォンでなにか怒鳴っている、「直撃二発おちよってん、むしろかぶせてほったろか思うたって油脂こぼれよってからになあ」同じ年頃の少年が友人と話をしている、「御影国民学校へ集合して下さい、上西、上中、一里塚の皆さん」清太の住む町名を呼ばれ、とたんにそや学校に避難しとるかも知れん、堤防降りかけると、またも爆発音がする、まだ瓦礫の中の火はおさまらずよほど広い道でないと熱気にあおられて歩けず、「もうちょっとここにおろ」節子にいうと、声かけられるのを待っていたように「兄ちゃんおしっこ」よっしゃとおろし、くさむらにむけて節子の脚をかかえる、思いがけず勢いよく小水ほとばしり、手ぬぐいでふき、「もう頭巾とってええわ」みるとすすけた顔だから、水筒の水で「こっちはきれいやからな」手ぬぐいの一方の端しめらせて清める、「眼ェいたいねん」煙のせいか赤く充血していて、「学校へいったら洗うてくれるよ」「お母ちゃんどないしたん?」「学校におるわ」「ほな学校へいこ」「いこいうたかてまだ熱うて歩かれへん」学校いこと節子は泣き出し、それは甘えているのでも、痛がっているのでもない、妙に大人びた声だった。「清太さん、お母さんに会いはった?」向いの家の嫁ぎおくれた娘に声かけられ、清太は学校の校庭で衛生兵に節子の眼を洗ってもらい、一度ではまだ痛がるのでまた行列のしりにならんだところで「ううん」「はよいったげな、怪我しはったのよ」すいませんけど節子を頼むというより先に娘は「うちみてたげる、怖かったねえ節ちゃん、泣かんかった?」日頃特に親しくもしてなかったのに、いやに優しいのは母の状態のよほどわるいと知ってのことか、清太は行列をはなれ、六年間学んだ校舎、勝手知った医務室へ行くと血の色をみたした洗面器、ほうたいの切れはし床看護婦の白衣すべて血潮ににじみ、うつぶせになりびくとも動かぬ国民服の男もんぺの片脚むき出してほうたい巻かれた女、なんとたずねていいかわからずだまって立っていると、町会長の大林さんが「ああ清太くん探してたんや、元気やった?」肩に手をかけ「こっちや」廊下に連れ出し、大林さんはもう一度医務室へもどると、膿盆のガーゼの中からリング切られたヒスイの指輪をとり出し「これお母さんのや」たしかに見覚えがある。

一階のはずれの工作室、ここに重傷者が収容されていて、そのさらに危篤に近い者は奥の教師の部屋にねかされ、母は上半身をほうたいでくるみ、両手はバットの如く顔もぐるぐるまきに巻いて眼と鼻、口の部分だけ黒い穴があけられ、鼻の先は天婦羅《てんぷら》の衣そっくり、わずかに見覚えのあるもんぺのいたるところ焼け焦げできていて、その下のラクダ色のパッチがのぞく、「今ようやく寝はったんや、どっか病院あったら入れた方がええねんけどな、きいてもろてんねん、西宮の回生病院は焼けんかったらしいけどな」寝入るというよりは昏睡状態なので、呼吸は不規則だし「あの、お母ちゃん心臓わるいんですけど、その薬もらえませんか」「あああきいてみような」うなずきながら、しかしとてもそれは無理と清太にもわかる。母の隣に横たわる男は呼吸のたび鼻口から血泡を吹き、気持わるいのかいたたまれないのか、あたり見まわしてはセーラー服の女学生てぬぐいでふきとり、その向うの中年の女は下半身あらわにしわずかに局部にガーゼ置いただけ、左脚が膝からなく、「お母ちゃん」低く呼んでみたが実感がわかず、とにかく節子のことが気になって校庭へ出ると、鉄棒のある砂場に娘といて、「わかった?」「はあ」「お気の毒やねえ、なにかできることあったらいうて頂戴、そや乾パンもうもろた?」首をふると、ではとってきてあげると去り、節子は砂の中から拾い出したアイスクリームしゃくる道具を玩具にしている。「この指輪、財布へなおしとき、失くしたらあかんで」蟇口におさめ「お母ちゃんちょっとキイキわるいねん、じきようなるよってな」「どこにおるのん？」「病院や、西宮のな。そやから今日は学校へ兄ちゃんと泊って、明日西宮のおばちゃん知ってるやろ、池のそばの、あしこへ行こ」節子はだまって砂のかたまりをいくつもつくり、「うちら二階の教室やねん、みんないてるからきいへん？」茶色い袋の乾パン二つ持って娘がもどってきた。後でいきますと、両親そろっている家族に立ちまじれば、節子がかわいそうで、というより清太自身泣き出すかも知れず「食べるか」「お母ちゃんとこいきたい」「明日ならな、もうおそいやろ」砂場のふちにすわりこみ、そやと「みてみ、兄ちゃんうまいで」清太は鉄棒にとびつくと、大ぶりで体を乗せ、くるくると果てしなく前まわりをはじめ、国民学校三年十二月八日戦争のはじまった朝、同じ鉄棒で清太は四十六回の前まわり記録をつくったことがある。二日目、病院へ運ぶといっても背負ってはいけずようやく焼け残った六甲道駅近くの人力車を頼み、「ほな、あんた学校まで乗りなはれ」生れて始めて人力に乗り、焼跡の道を走って、着くとすでに危篤で、動かすことなどかなわず、車夫は手をふって車代を断り帰り、その夕刻、母は火傷による衰弱のため息をひきとった、「ほうたいとって顔みせてもらえませんか」清太の頼みに、白衣を脱ぐと軍医の服装の医者は「みない方がいいよ、その方がいい」ぴくとも動かぬほうたいだらけの母の、そのほうたいに血がにじみ、おびただしいハエがむらがって、血泡の男も片脚切断の女もすべて死に、警官が一言二言遺族にたずねては、何ごとか記録し「六甲の火葬場の庭に穴掘って焼くよりしゃあない、今日からでもトラックで運ばな、なんせこの陽気ではなあ」誰にともなくいい、敬礼して出ていく、香華《こうげ》もなく枕団子も読経もなく、泣くものさえいなくて、遺族の女の一人、眼をつぶったまま年寄りに髪をとかさせ、一人は胸はだけて赤ん坊に乳ふくませ、また少年はすでにしわくちゃのタブロイド版の号外片手に、「すごいなあ三百五十機来襲の六割撃墜やてえ」感歎していい、清太もまた三百五十機の六割は二百十機かと、母の死とは縁遠い暗算をする。

節子は西宮の、遠い親戚にとりあえず預け、ここはお互いに焼けたら身を寄せあう約束の家で、未亡人と商船学校在学中の息子と娘、それに神戸税関へ勤める下宿人。六月七日昼から一王山の下で荼毘《だび》に付すという母親の死体、手首のほうたいをとって針金で標識を結び、ようやくみる母の皮膚は黒く変色していて人のものとも思われず、担架にのせたとたんころころと蛆虫がころげおち、気がつくと幾百、千という蛆虫が工作室をはいずり、委細かまわず踏みつぶしながら死体搬出され、焼け焦げた丸太棒状はむしろにくるんでトラックに積み、窒息死傷害致死などは座席はずしたバスにそのまま一列にならべて運ぶ。

一王山下の広場に径十米ほどの穴、そこへ建物疎開の棟木柱障子襖が乱雑に積まれていて、その上に死体を置き、警防団員が重油の入ったバケツを、防火訓練のようにたたきつけ、ぼろに火をつけて投ずるとたちまち黒煙上げて燃えさかり、火のついたままころげおちる死体は、鳶口《とびぐち》でひっかけて火中にもどし、かたわらの白布をかけた机の上に、粗末な木箱が数百あって、これに骨を収めるのだった。

　遺族がいては邪魔と追い立てられ、乞食坊主すらいない火葬の果ては、夜になって配給うけとるように消炭で名前しるした木箱の骨渡され、標識がどれほど役に立ったものやら、黒煙のわりには真白な指の骨が入っていた。

　夜ふけて西宮の家へたどりつき「お母ちゃんまだキイキ痛いのん？」「うん空襲で怪我しはってん」「指輪もうせえへんのかな、節子にくれはったんやろか」骨箱は、違い棚の上の戸袋にかくしたが、ひょっとあの白い骨に指輪をはめたさま思い浮べあわてて打ち消し、「それ大事なんやからしもうとき」敷布団の上にちょこんと坐り、おはじきと指輪であそぶ節子にいう。清太は知らなかったが、母はこの西宮の親戚に着物夜具蚊帳を疎開させてあって、未亡人は「海軍さんはええわ、トラック使うてはこぶんやから」いや味ともつかずいいながら廊下の隅に、唐草の風呂敷でおおわれた荷物をしめし、中の行李《こうり》をあけると節子、清太の下着類から、母のふだん着があらわれ、洋服箱にはよそいきの、袖の長い着物もあり、ナフタリンの臭いがなつかしい。

　玄関わきの三畳をあてがわれ、罹災証明があれば、米鮭牛肉煮豆の罐詰が特配になったし、ほとぼりのさめた焼跡の、これがまあ我が住んでいたところかとあきれるほど狭い敷地の、心当りを掘ると瀬戸火鉢におさめた食料は無事で、大八車を借り石屋、住吉、芦屋、夙川《しゅくがわ》と四つの川をわたって一日がかりで運び、玄関につみ上げれば、ここでも未亡人「軍人さんの家族ばっかりぜいたくして」文句いいつつ、うれしそうに我物顔で近所にまで梅干しのおすそ分けをし、断水が続いていたから清太の男手は、三百米はなれた井戸の水汲みにもありがたいはず、しばらくは女学校四年で中島飛行機へ動員の娘も休んで節子をあやす。

　水汲みには、近くの出征兵士の妻と、同志社大学の、半裸体に角帽かぶった学生が大胆にも手をつないであらわれ、近隣の噂の的となり、また清太と節子も、海軍大尉の家族で、空襲により母を失った気の毒な子供と、これは恩着せがましい未亡人の吹聴《ふいちょう》したためで同情をひいた。

　夜に入ると、すぐそばの貯水池の食用蛙が、ブオンブオンと鳴き、そこから流れ出る豊かな流れの、両側に生い繁る草の、葉末に一つずつ平家蛍が点滅し、手をさしのべればそのまま指の中に光が移り、「ほら、つかまえてみ」節子の掌に与えると、節子は力いっぱいにぎるから、たちまちつぶれて、掌に鼻をさすような生臭いにおいが残る、ぬめるような六月の闇で、西宮とはいっても山の際、空襲はまだ他人《ひと》ごとのようだった。

　呉鎮守府気付で父に手紙を出したが、返事はなく、そのかえり母にねだったので覚えている神戸銀行六甲支店、住友銀行元町支店をたずね預金を確認し、その七千円ばかりの額をつげると未亡人は、「私の主人が亡くなった時は退職手当七万円やった」胸を張り、「幸彦は中学三年やったけど、社長さんに立派にあいさつして賞められたもんです、しっかりしとったわ、あのこは」息子の自慢、夜なかなか寝つかず、時おり怯えたように泣きさけび、そのつど目覚めて、つい朝おそくなる清太へのあてこすりときこえ、十日ばかりのうちに広口瓶の梅も乾燥卵バターたちまちなくなり、罹災者特配も消えて二合三勺も半分は大豆麦唐きびとなっては、食べ盛りの二人だけに未亡人、おのが分まで食われるのではないかと疑い、三食の雑炊もやがてぐいと下までしゃくって飯のあたりを娘によそい、清太節子にはすいとつまみ菜ばかりの汁を茶碗にもり、時に気がとがめるのか「こいさんお国のための勤労動員やもん、ようけ食べて力つけてもらわんと」台所ではいつも、焦げた雑炊の底をお玉でがりがりけずる音がし、さぞかし味がしみて香ばしく歯ごたえのあるそのお焦げ、未亡人のむさぼる姿思うと腹が立つよりつばきがにじむ。税関に勤める下宿人は闇のルートにくわしく、牛肉水あめ鮭罐を未亡人におくって、ごきげんとり結び、娘に気があった。

「海行ってみよか」梅雨の晴れ間に、清太はひどい節子の汗もが気になり、たしか海水でふいたら直るはず、節子は子供心にどう納得したのかあまり母を口にしなくなり、ただもう兄にすがりついて、「うん、うれしいな」去年の夏までは、須磨に部屋を借りて、夏を過ごし、節子を浜に置去りにして、沖に浮かぶ漁師の網の硝子玉まで往復し、浜茶屋といっても一軒、甘酒をのます店があって、二人でしょうがのにおいのそれを、フウフウと飲み、かえれば母のつくったハッタイコ、節子は口いっぱいほおばってむせかえり顔中粉だらけ。節子覚えてるやろかと、口に出しかけて、いやうっかり想い出させてはあかん。

小川に沿って浜へむかうと、一直線に走るアスファルト道路の、ところどころに馬力がとまっていて、疎開荷物を運び出している、神戸一中の帽子かぶり眼鏡かけた小肥りの男が、むつかしそうな本を両手いっぱいにかかえて荷台に置き、馬はただものうげに尻尾をはねかしている、右へ曲ると夙川の堤防に出て、その途中に「パボニー」という喫茶店、サッカリンで味をつけた寒天を売っていたから買い喰いし、最後までケーキを出していたのは三宮のユーハイム、半年前にこれで店閉まいだからと、デコレーションケーキをつくり、母が一つ買って来た、あすこの主人はユダヤ人で、ユダヤ人といえば昭和十五年頃、清太が算術なろうとった篠原の近くの赤屋敷に、ようけユダヤの難民が来て、みな若いのに鬚を生やし、午後四時になると風呂屋へ行列つくって行く、夏やいうのに厚いオーバー着て、靴かて両方左のんをはいて、びっこひいとんのがおった、あれどないしてんやろ、やっぱり捕虜で工場へ入っとんやろか、捕虜はよう働く、一捕虜二セイガク三徴用四本工いうて、本職はジュラルミンで煙草ケース作ったり合成樹脂でさしつくったり、いったいこれで勝てるのやろか、夙川の堤防はすべて菜園になっていて、南瓜や胡瓜の花が咲き、国道まで人影ほとんどなく、国道に沿う木立ちの中には、本土決戦のため温存の中級練習機が、申しわけばかりの擬装網まとって、ひっそりといる。海岸には、海水を一升瓶に汲む子供や老婆の姿があり、「節子、裸になり」清太はてぬぐいを水に浸して肩やふとももの、すでに女の子らしくふくよかな肌の、びっしり赤い斑点のできたあたりを、「ちょっと冷たいかも知れん」いく度も洗い、満池谷での風呂は、一軒置いた隣へもらいにいくのだが、常に最後ではあるし燈火管制の昏い中で洗った気がせず、あらためてみる節子の裸、父に似て色が白い、「あれどないしたん、寝てはるわ」みると低い護岸堤防のそばに、ゴザをかけられた死体があり、突き出た二本の脚だけ体にくらべてやけに大きくみえ、「あんなんみんでもええよ、もうちょっと暑なったら泳げるわ、教えたる」

「泳いだらお腹減るやん」空腹は、清太にとっても近頃耐えがたく、気まぐれにできた面皰《にきび》つぶしてその白いアブラを思わず口に入れるほど、金はあったが闇で買う知恵はない、「魚釣りしてみよか」ベラ、テンコチがたしか釣れたはず、せめて海草でもと探したが、腐ったホンダワラのたよりなく波にゆれるのみ。

警報がでたから戻りかけると、回生病院の入口でふいに「いや、お母さん」と若い女の声がひびき、みると信玄袋かついだ中年の女に看護婦が抱きついていて、田舎から母親が出てきたものらしい、清太はそのありさまぼんやりながめ、うらやましさと、看護婦の表情きれいなんやと半々にながめ、「待避」の声にふと海をみると、機雷投下のB二九が、大阪湾の沖を低空飛行していて、もはや目標を焼きつくしたのか、大規模な空襲はこのところ遠ざかっていた。

「お母さんの着物な、いうてはわるいがもう用もないのやし、お米に替えたらどう？　小母さんも前から少しずつ物々交換して、足し前してたんよ」その方が死んだお母さんも喜びはると未亡人はいい、清太の返事きかぬ先から、洋服箱あけて、不在中にさんざん調べたのであろう、なれた手つきで二、三枚とり出すと畳にどさっと置き、「これで一斗にはなる思うよ、清太さんも栄養つけな、体丈夫にして兵隊さんいくねんやろ」

母の若い頃の着物で、清太は父兄会の授業参観の時、ふりむいて母のいちばん美しいことをたしかめ、誇らしく眺めたこと、呉まで父に会いにいった時、母が思いがけず若造りになって、一緒に汽車に乗りながらうれしくさわってばかりいたことを思い出し、だが今は米一斗、一斗の言葉をきいただけで、なにやら体のふるえるほど喜びがこみ上げる、たまの米の配給は、節子と二人分で、ざるに半分足らず、それで五日を喰いつながねばならぬのだ。

満池谷は周囲のほとんどが農家で、やがて未亡人米袋をかかえてかえり、清太の、梅干の入っていた広口瓶にいっぱい満たすと、残りは自分宅用の木の米びつにざあっとあけ、二、三日はたらふく喰ったが、すぐ雑炊にもどり不平をもらすと、「清太さんもう大きいねんから、助け合いいうこと考えてくれな、あんたはお米ちっとも出さんと、それで御飯食べたいいうても、そらいけませんよ、通りません」通るも通らんも母の着物で物々交換して、娘の弁当下宿人の握り飯うれしそうにつくっときながら、こっちには昼飯に脱脂大豆のいった飯で、いったんよみがえった米の味に節子は食べたがらず、「そんなこというたって、あれうちのお米やのに」「なんや、そんなら小母さんが、ずるいことしてるいうの、えらいこというねえ、みなし児二人あずかったってそういわれたら世話ないわ、よろし、御飯別々にしましょ、それやったら文句ないでしょ、それでな清太さん、あんたとこ東京にも親戚いてるんでしょ、お母さんの実家でなんやらいう人おってやないの、手紙出したらどう？　西宮かていつ空襲されるかわからんよ」さすがすぐに出ろとはいわなかったが、いいたい放題いいはなち、それもまた無理ではない、ずるずるべったりにいついたけれども、もともと父の従弟の嫁の実家なので、さらに近い縁戚は神戸にいたが、すべて焼け出されていて連絡とれぬのだ。荒物屋で貝に柄をつけたしゃもじ、土鍋、醤油さし、それに黄楊《つげ》の櫛十円で売ってたから節子に買ってやり、朝夕七輪借りて飯を炊き、お菜はタコ草南瓜の茎のおひたし、池のたにしのつくだ煮やするめをもどして煮たり、「ええよ、そんなにきちんとすわらんでも」節子は貧しい、お膳もなくて畳にじかにおいた茶碗に向かうと、以前のしつけのままに正座し、うっかり食後、清太がねころぶと「牛になるよ」注意した。台所を別にすれば、気は楽だが万事いきとどかず、どこでうつったのか、黄楊の櫛ですけば節子の髪から虱やその卵がころげおち、うっかり干すと「敵機にみつかりまっせ」未亡人にいやがらせいわれる洗濯も、必死に心がけているのだが、なにやら垢じみて来て、なによりも風呂を断たれ、銭湯は三日に一度、燃料持参でようやく入れてくれ、これもついおっくうになり勝ち、昼間は夙川駅前の古本屋で母のとっていた婦人雑誌の古本を買って、ねころんで読み、警報がなると、それが大編隊とラジオが報ずれば、とてもなまなかな壕に入る気はせず、節子ひっちょって、池の先にある深い横穴へ逃げこみ、これがまた未亡人はじめ、戦災孤児にあきた近隣の悪評をかう、清太の年なら市民防火活動の中心たるべしというのだが、一度あの落下音と火足の速さを肌で知れば、一機二機はともかく、編隊に立ち向かう気は毛頭ない。

　七月六日、梅雨の名残りの雨の中を、B二九が明石を襲い、清太と節子横穴の中で、雨足の池にえがく波紋をぼんやりながめ、節子は常にはなさぬ人形抱いて、「お家かえりたいわあ、小母さんとこもういやや」およそ不平をこれまでいわなかったのに、泣きべそかいていい、「お家焼けてしもたもん、あれへん」しかし、未亡人の家にこれ以上長くはいられないだろう、夜、節子が夢に怯えて泣き声立てると、待ちかまえたように未亡人やって来て、「こいさんも兄さんも、御国のために働いてるんでっさかい、せめてあんた泣かせんようにしたらどないやの、うるそうて寝られへん」ピシャリと襖をしめ、その剣幕にますます泣きじゃくる節子を連れ、夜道にでると、あいかわらずの螢で、いっそ節子さえおらなんだら、一瞬考えるが、すぐに背中で寝つくその姿、気のせいか目方もぐんと軽くなり、額や腕、蚊にくわれ放題、ひっかけば必ず膿む。少し前未亡人が外出したから、娘の古いオルガンをあけ、「ヘトイロハロイロトロイ、ヘトイロイヘニ」国民学校になってから、ドレミはハニホヘトイロハにかわり、そのいちばん初めにならった鯉のぼりの唄を、おぼつかなくひき、節子と唄っていると、「よしなさい、この戦時中になんですか、怒られるのは小母さんですよ、非常識な」いつの間にかえったのか怒鳴り立て、「ほんまにえらい疫病神がまいこんで来たもんや、空襲いうたって役にも立たんし、そんなに命惜しいねんやったら、横穴で住んどったらええのに」

「あんなあ、ここお家にしようか。この横穴やったら誰もけえへんし、節子と二人だけで好きにできるよ」コの字型に掘られていて、支柱も太い、ここに農家から藁を買うてきて敷いて、蚊帳吊ったら、別に困ることはないやろ、半分は、年相応の冒険ごっこのようなはずみもあって、警報解除になると、何もいわずに荷物をまとめ、「えらい長いことお邪魔しました、ぼくらよそへ移ります」「よそて、どこへ行くの」「まだはっきりしてませんけど」「はあ、まあ気イつけてな、節ちゃんさいなら」とってつけたような笑顔うかべ、さっさと奥へひっこむ。

　行李布団蚊帳台所道具に洋服箱母の骨箱どうにか運びこんで、あらためてみれば只の洞穴、ここへ住むかと思うと気が滅入ったが、当てずっぽうにとびこんだ農家は藁をわけてくれたし、お金でわけぎ大根も売ってくれ、なにより節子がはしゃぎまわり、「ここがお台所、こっちが玄関」ふっと困ったように「はばかりはどこにするのん?」「ええやんかどこでも、兄ちゃんついてったるさかい」藁の上にちょこんとすわって、父が「このこは、きっとろうたけたシャンになるぞ」そのろうたけたの意味がわからずたずねると、「そうだなあ、品のいいってことかな」たしかに品よくさらにあわれだった。

　燈火管制にはなれていたが、夜の壕の闇はまさにぬりこめたようで、支柱に蚊帳の吊手をかけ、中に入ると、外のわんわんとむらがる蚊の羽音だけがたより、思わず二人体を寄せあって、節子のむき出しの脚を下腹部にだきしめ、ふとうずくような昂まりを清太は覚えて、さらにつよく抱くと「苦しいやん、兄ちゃん」節子が怯えていう。

　散歩しようかと、寝苦しいままに表へでて二人連れ小便して、その上を赤と青の標識燈点滅させた日本機が西へ向う、「あれ特攻やで」ふーんと意味わからぬながら節子うなずき、「螢みたいやね」「そうやなあ」そして、そや、螢つかまえて蚊帳の中に入れたら、少し明るなるのとちゃうか、車胤《しゃいん》を真似たわけではないが、手当り次第につかまえて、蚊帳の中にはなつと、五つ六つゆらゆらと光が走り、蚊帳にとまって息づき、よしと、およそ百余り、とうていお互いの顔はみえないが、心がおちつき、そのゆるやかな動き追ううち、夢にひきこまれ、螢の光の列は、やがて昭和十年十月の観艦式、六甲山の中腹に船の形をした大イルミネーションが飾られ、そこからながめる大阪港の聯合艦隊、航空母艦はまるで棒を浮かべたようで、戦艦の艦首には白い天幕が張られ、父は当時、巡洋艦摩耶にのりくみ、清太は必死にその艦影をさがしたが、摩耶特有の崖のように切り立った艦橋の艦は見当らず、商大のブラスバンドか、切れ切れに軍艦マーチがひびく、守るも攻むるもくろがねの、浮かべる城ぞたのみなる、お父ちゃんどこで戦争してはんねんやろ、写真汗のしみだらけになってしもたけど、敵機来襲ババババ、螢の光を敵の曳光弾《えいこうだん》になぞらえ、そや、三月十七日の夜の空襲の時みた高射機関砲の曳光弾は、螢みたいにふわっと空に吸われていって、あれで当るのやろか。

　朝になると、螢の半分は死んで落ち、節子はその死骸を壕の入口に埋めた、「何しとんねん」「螢のお墓つくってんねん」うつむいたまま、お母ちゃんもお墓に入ってんやろ、こたえかねていると、「うち小母ちゃんにきいてん、お母ちゃんもう死にはって、お墓の中にいてるねんて」はじめて清太、涙がにじみ、「いつかお墓へいこな、節子覚えてえへんか、布引の近くの春日野墓地いったことあるやろ、あしこにいてはるわ、お母ちゃん」樟の木の下の、ちいさい墓で、そや、このお骨もあすこ入れなお母ちゃん浮ばれへん。

　母の着物を農家で米に替え、水汲みの姿を近所の人にみられたから、二人壕で暮すとたちまちわかったが、誰もあらわれず、枯木を拾って米を炊き、塩気が足りぬと海水を汲み、道すがらP五一に狙われたりしたが、平穏な日々、夜は螢に見守られ、壕の明け暮れにはなれたが、清太両手の指の間に湿疹ができ、節子また次第におとろえた。夜をえらんで貯水池に入り、たにし拾いつつ体を洗ってやる節子の貝殻骨、肋骨日毎に浮き出し、「ようけ食べなあかんで」食用蛙とれんものかと鳴きさわぐあたりをにらみすえたが、すべはなく、食べなあかんといっても、母の着物ももはや底をつき、タマゴ一箇三円油一升百円牛肉百匁二十円米一升二十五円の闇は、ルートつかまねば高嶺の花。都会に近いから、農家もずるく、金では米を売らず、たちまち大豆入り雑炊に逆もどりして、七月末になると節子は疥癬《かいせん》にかかり、蚤虱はいかにとりつくしたつもりでも翌朝またびっしりと縫目にはびこり、その灰色の虱のポツンと赤い血の色は、節子のものかと思うと腹が立って、こまかい足の一本一本むしりなぶり殺してみたが、せんないことで、螢さえも食べられぬかと考え、やがて体がだるいのか海へいく時も、「待ってるわ」人形抱いて寝ころび、清太は外へ出ると、必ず家庭菜園の小指ほどの胡瓜青いトマトを盗みもいで、節子に食べさせ、ある時は、五つ六つの男の子、まるで宝物のような林檎をかじっているから、これをかっぱらって駈けもどり、「節子、リンゴやでさ食べ」さすがに節子、眼をかがやかしてかぶりついたが、すぐにこれちがうといい、清太が歯を当ててみると、皮をむいた生の甘藷で、なまじ糠よろこびさせられたからか、節子涙をうかべ「芋かてええやないか、はよ食べ、食べんねんやったら兄ちゃんもらうで」強い口調でいったが、清太も鼻声となる。

配給がどうなってるのか、米にマッチ岩塩はもらえたが、時おり新聞でみる配給だよりの品は、隣組に入ってないからまるで縁がなく、清太は夜になると、家庭菜園で足りずに農家の芋畠を荒らし、砂糖きびひっこ抜いて、その汁を節子に飲ませる。

七月三十一日の夜、野荒しのうちに警報が鳴り、かまわず芋を掘りつづけると、すぐそばに露天の壕があって、待避していた農夫に発見され、さんざなぐりつけられ、解除と共に横穴へひったてられて、煮物にするつもり残しておいた芋の葉が懐中電燈に照らされて、動かぬ証拠、「すいません、堪忍して下さい」怯える節子の前で、手をついて農夫に詫びたがゆるされず、「妹、病気なんです、ぼくおらな、どないもなりません」「なにぬかす、戦時下の野荒しは重罪やねんど」足払いかけて倒され、背筋つかまれて「さっさと歩かんかい、ブタ箱入りじゃ」だが交番のお巡りはのんびりと、「今夜の空襲福井らしいなあ」いきり立つ農夫をなだめ、説教はしたがすぐ許して、表へ出るとどうやってついて来たのか節子がいた。壕へもどって泣きつづける清太を、節子は背中さすりながら、「どこ痛いのん、いかんねえ、お医者さんよんで注射してもらわな」母の口調でいう。

八月に入ると、連日艦載機が来襲し、清太は空襲警報発令を待って、盗みに出かけた、夏空にキラキラと光り彼方とみるうち、不意に頭上に殺到する機銃掃射の恐怖に、家人すべて壕へ首をすくめるそのすきをねらい、あけっぱなしの門から台所へ忍び手当り次第にかっぱらう、八月五日夜には西宮中心部が焼かれ、さすがにのんびりした満池谷の連中もふるえ上ったが、清太にとっては稼ぎ時、爆弾もまじるらしくすさまじい音響の交錯する中を、六月五日見受けたような、人っ子一人いない町の一画に忍び入り、米とかえるための着物、置き去られたリュック、持ち切れぬのは火の粉払いつつどぶの石ぶたの下にかくし、なだれうって逃げて来る人の波を避けうずくまり、夜空見上げると、炎上の煙をかすめてB二九が山へ飛び、海へむかいもはや恐怖はなく、ワーイと手でも振りたい気持さえある。

どさくさにまぎれても、交換に有利な派手な着物をえらんだのか、翌日眼のさめるような色の振袖、包むものもなくてシャツとズボンの下に押しかくし、歩くうちずり落ちて、下腹蛙のようにふくれ上るのを両手でかかえて、農家へ運び、だがこの年、稲作不良のけはいに、いちはやく百姓は売惜しみをはじめ、さすが近所ははばかられたから、水田のいたるところ爆弾孔のある西宮北口、仁川まで探し求めて、せいぜいトマト枝豆さやいんげん。

節子は下痢がとまらず、右半身すき通るよう色白で、左は疥癬にただれ切り、海水で洗えば、しみて泣くだけ。夙川駅前の医者を訪れても、「滋養つけることですな」申しわけに聴診器胸にあて、薬もよこさず、滋養といえば魚の白身卵の黄身バター、それにドリコノか、学校からかえると父から送られた上海製のチョコレートが郵便受けにあったり、少しお腹こわせば林檎をすってガーゼでしぼって飲み、えらい昔のように思うけど、おととしまではなんでもあった、いや二月前かて、お母ちゃん桃を砂糖で煮たり、カニ罐を開けたりしとったのに、甘いもんいらんいうて食べんかったヨーカン、臭いいうて捨てた興亜奉公日の南京米の弁当、黄檗山《おうばくさん》万福寺のまずい精進料理、はじめて食べたスイトンの喉を通らんかったこと、夢みたいや。

　抱きかかえて、歩くたび首がぐらぐら動き、どこへ行くにも放さぬ人形すら、もう抱く力なく、いや人形の真黒に汚れたその手足の方が、節子よりふくよかで、夙川の堤防に清太すわりこみ、そのそばで、リヤカーに氷積んだ男、シャッシャッと氷を鋸でひき、その削りカス拾って、節子の唇にふくませる。「腹減ったなあ」「うん」「なに食べたい?」「てんぷらにな、おつくりにな、ところ天」ずい分以前、ベルという犬を飼っていて、天ぷらのきらいな清太、ひそかに残してほうり投げてやったことがあった、「もうないか」食べたいもんいえ、味思い出すだけでもましやんか、道頓堀へ芝居みにいって帰りに食べた丸万の魚すき、卵一コずつやいうのんで、お母ちゃんが自分のくれた、南京町の闇の支那料理、お父ちゃんと一緒にいって、飴煮の芋糸ひいてんのを、「腐ってんのんちゃう?」いうて笑われた、慰問袋へ入れるくろんぼ飴、一つくすねて、節子の粉ミルクもようくすねた、お菓子屋でニッキもくすねたった、遠足の時のラムネ菓子、グリコしかもってえへん貧乏な子に林檎わけたった、考えるうち、そや節子に滋養つけさせんならん、たまらなく苛立ち、ふたたび抱き上げて壕へもどる。

　横になって人形を抱き、うとうと寝入る節子をながめ、指切って血イ飲ましたらどないや、いや指一本くらいのうてもかまへん、指の肉食べさしたろか、「節子、髪うるさいやろ」髪の毛だけは生命に満ちてのびしげり、起して三つ編みにあむと、かきわける指に虱がふれ、「兄ちゃん、おおきに」髪をまとめると、あらためて眼窩のくぼみが目立つ。節子はなに思ったか、手近かの石ころ二つ拾い、「兄ちゃん、どうぞ」「なんや」「御飯や、お茶もほしい?」急に元気よく「それからおからたいたんもあげましょうね」ままごとのように、土くれ石をならべ、「どうぞ、お上り、食べへんのん?」

　八月二十二日昼、貯水池で泳いで壕へもどると、節子は死んでいた。骨と皮にやせ衰え、その前二、三日は声も立てず、大きな蟻が顔にはいのぼっても払いおとすこともせず、ただ夜の、螢の光を眼でおうらしく、「上いった下いったあっとまった」低くつぶやき、清太は一週間前、敗戦ときまった時、思わず「聯合艦隊どないしたんや」と怒鳴り、それをかたわらの老人、「そんなもんとうの昔に沈んでしもて一隻も残っとらんわい」自信たっぷりにいい切って、では、お父ちゃんの巡洋艦も沈んでしもたんか、歩きながら肌身はなさぬ父の、すっかりしわになった写真をながめ、「お父ちゃんも死んだ、お父ちゃんも死んだ」と母の死よりはるかに実感があり、いよいよ節子と二人、生きつづけていかんならん心の張りはまったく失せて、もうどうでもええような気持。それでも、節子には近郷近在歩きまわり、ポケットには預金おろした十円札を何枚も入れ、時にはかしわ百五十円、米はたちまち上って一升四十円食べさせたがすでにうけつけぬ。

夜になると嵐、清太は壕の暗闇にうずくまり、節子の亡骸《なきがら》を膝にのせ、うとうとねむっても、すぐ眼覚めて、その髪の毛をなでつづけ、すでに冷え切った額に自分の頬おしつけ、涙は出ぬ。ゴウと吠え、木の葉激しく揺りうごかし、荒れ狂う嵐の中に、ふと節子の泣き声がきこえるように思い、さらに軍艦マーチのわき起る錯覚におそわれた。

翌日、台風過ぎてにわかに秋の色深めた空の、一点雲なき陽ざしを浴び、清太は節子を抱いて山に登る、市役所へ頼むと、火葬場は満員で、一週間前のがまだ始末できんといわれ、木炭一俵の特配だけうけ、「子供さんやったら、お寺のすみなど借りて焼かせてもらい、裸にしてな、大豆の殻で火イつけるとうまいこと燃えるわ」なれているらしく、配給所の男おしえてくれた。

満池谷見下す丘に穴を掘り、行李に節子をおさめて、人形蟇口下着一切をまわりにつめ、いわれた通り大豆の殻を敷き枯木をならべ、木炭ぶちまけた上に行李をのせ、硫黄の付け木に火をうつしほうりこむと、大豆殻パチパチとはぜつつ燃え上り煙たゆとうとみるうち一筋いきおいよく空に向い、清太、便意をもよおして、その焰ながめつつしゃがむ、清太にも慢性の下痢が襲いかかっていた。

暮れるにしたがって、風のたび低くうなりながら木炭は赤い色をゆらめかせ、夕空には星、そして見下せば、二日前から燈火管制のとけた谷あいの家並み、ちらほらなつかしい明りがみえて、四年前、父の従弟の結婚について、候補者の身もと調べるためこのあたりを母と歩き、遠くあの未亡人の家をながめた記憶と、いささかもかわるところはない。

夜更けに火が燃えつき、骨を拾うにもくらがりで見当つかず、そのまま穴のかたわらに横たわり、周囲はおびただしい螢のむれ、だがもう清太は手にとることもせず、これやったら節子さびしないやろ、螢がついてるもんなあ、上ったり下ったりつい、と横へ走ったり、もうじき螢もおらんようになるけど、螢と一緒に天国へいき。暁に眼ざめ、白い骨、それはローセキのかけらの如く細かくくだけていたが、集めて山を降り、未亡人の家の裏の露天の防空壕の中に、多分、清太の忘れたのを捨てたのだろう、水につかって母の長じゅばん腰ひもがまるまっていたから、拾い上げ、ひっかついで、そのまま壕にはもどらなかった。

昭和二十年九月二十二日午後、三宮駅構内で野垂れ死にした清太は、他に二、三十はあった浮浪児の死体と共に、布引の上の寺で茶毘《だび》に付され、骨は無縁仏として納骨堂へおさめられた。

(『アメリカひじき　火垂るの墓』文藝春秋　昭和四三・三)

野坂昭如《のさかあきゆき》　1930―

戦後を代表する小説家の一人。鎌倉生まれ。一九四五年神戸空襲で養父を失い、以後県副知事であった実父に保護されるまで妹の餓死、放浪、少年院収容を体験する。早大在学中から犬洗い、バーテンダーなどのアルバイトを遍歴、一九五五年作曲家三木鶏郎の事務所に入り、コント作家、テレビドラマ台本作者、CMソングの作詞家、音楽番組構成者などマス・メディアに関係した仕事を経験する。童謡「おもちゃのチャチャチャ」はその仕事の一つ。一九六三年にブルー・フィルム、エロ本、乱交パーティなど性の享楽を斡旋演出する主人公たちの戦後の心情と倫理観を描いた「エロ事師たち」を三島由紀夫、吉行淳之介が絶賛。日本人のアメリカ・コンプレックスをユーモラスに描いた「アメリカひじき」と自らの戦争・空襲・焼跡の体験に基づく**「火垂るの墓」**の二作によって一九六七年度下半期の直木賞を受賞。〝焼跡〟を通して戦後日本の繁栄と民衆を描き「焼跡闇市派」を自称。ラディカルな姿勢は、「四畳半襖の下張り」裁判や参院選への出馬などの行動に見受けられる。その他の代表作は『骨餓身峠死人葛』（一九七〇）『一九四五・夏・神戸』（一九七六）など。二〇〇二年に泉鏡花賞受賞。東京阿佐ヶ谷で野坂塾を開催。

〝焼跡〟から敗戦・戦後を問う

一九六七年「オール讀物」に発表されたこの小説は、直前に発表された「プレイボーイの子守唄」の作品化である。野坂の神戸一中時代の罹災経験として読まれ、清太を作者と同一視することが定石となってきたが、小説内の様々な構成・仕掛けに目を向けたい。話は一九四五年九月、神戸三宮駅構内での戦災浮浪児清太の野垂れ死の場面からカット・バックで神戸の空襲へ戻り、死に至るまでの時間的経過を辿ることになる。主人公の生を誕生からその死まで時系列に叙述するのとは異なり、清太の死から始められることは、彼の死が「なぜ」もたらされたのかという理由づけを読者に誘発する。ここには「幼きもの」が戦争の最大の被害者であるという野坂年来のモチーフが生かされ、また清太のような浮浪児が三宮駅構内の支柱ごとに座り込んでいる描写に、この話が戦中・戦後のありふれた悲劇であることが示されている。さらに妹節子が終戦の一週間後に死に、清太はその敗戦の一ヶ月後「戦災孤児等保護対策要綱」の決定がなされた翌日に死亡する設定には、戦争が敗戦による終焉を意味しないこと、生き延びた清太である野坂が〈戦後〉という時代の中で、何を受け入れ、何と向き合ってきたのかを考えさせる仕組みになっている。

野垂れ死をした戦災浮浪児とその妹の死という酸鼻の内容は、読者の感傷に訴えるのに十分過ぎるが、この小説は戦災孤児のお涙頂戴的な作品として受け取ってよいのではない。作中の具体的な日付や「御影国民学校」「西宮の回生病院」

などの実在の地名の記述は、読者をノンフィクションとしての戦時下の時空間へ誘い込むのに一役買う。だが野坂は「ぼくはせめて、小説『火垂るの墓』にでてくる兄ほどに、妹をかわいがってやればよかった」と発言する。妹の食物を奪い、泣けば殴った悲痛な経験を吐露し、「死児を育てる」などの作品でもこの経験を描出する。この小説は亡き妹に対する悔恨の情ゆえにあり、作中の所々で蛍が飛び交う美しい場面がそのために美しく仕立てられていることに注意を払ってみたい。

　また、この作品は高畑勲監督のアニメーション映画としてお盆にテレビ放映されている事実や、小説の語りが清太に焦点化された物語世界であることから「子供という戦争犠牲者の物語」として流通する。だが、作品を注意深く読んでゆくと、読者に清太の身分階層を再考させるような眼差しが余すところなく記述されている。清太は、敗戦の年に桃を砂糖で煮たり、蟹の缶詰を開けるような裕福な家の子供であり、「丸万の魚すき」「南京町の闇の支那料理」について言及したり、未亡人から「軍人さんの家族ばっかりぜいたくして」と皮肉を言われるほどの特権的な立場にいた。

　さらに作中の人物の関係性について目を向ければ、二人の兄妹が身を寄せた親類の未亡人が、地の文では「未亡人」直接話法では「小母さん」と使い分けられ、「叔母さん（＝父母の妹）」、「伯母さん（＝父母の姉）」でもなく「小母さん（＝よその大人の女性）」の呼称であることに注意したい。残忍な仕打ちをする未亡人は、親類とはいえ「父の従弟の嫁の実家」といえば、ほぼ他人を意味する。清太の階層性の問題と考え合わせ、清太と未亡人とのやりとりを読み直してみたい。むろんここでは、私たち読者が〝戦争孤児哀話〟としての部分を強調して受容し、反面作中の様々な要素を払拭して読みすすめてしまうという問題も視野に入れたい。

　節子の関西弁の台詞のほか、「新戯作派」と呼称された息の長い独特なセンテンスが与える効果についても考えてみたい。この文体は内容に応じてどのような雰囲気を創出しているのだろうか。「内なる混沌を、綿々とくり出すためには、途切れのない、だらだらした文体とならざるを得ない」というのは作者の言だが、饒舌な文体は、忌避したい現実から目を背けず、直視しているかのようである。

視点1　物語の場面がどのような構成で挿入され、それがどのような効果を与えているのか考えてみる。

視点2　清太に焦点化された物語世界であることに注意し、清太の眼差しや登場人物の関係性などを見直して考察する。

視点3　地域語を生かした台詞や、独特な饒舌体の文体がもたらす効果について考える。

〈参考文献〉尾崎秀樹「解説」（『アメリカひじき・火垂るの墓』新潮文庫、一九七二）、栗坪良樹「『火垂るの墓』――〈生き恥〉のはじまり」（『解釈と鑑賞』一九七二・六）、越前谷宏「野坂昭如「火垂るの墓」と高畑勲『火垂るの墓』」（『日本文学』二〇〇五・四）

（米村みゆき）

小島信夫　アメリカン・スクール

1

集合時刻の八時半がすぎたのに、係りの役人は出てこなかった。アメリカン・スクール見学団の一行はもう二、三十分も前からほぼ集合を完了していた。三十人ばかりの者が、通勤者にまじってこの県庁にたどりつき、いつのまにか彼らだけここに取り残されたように、バラバラになって石の階段の上だとか、砂利の上だとかに、腰をおろしていた。その中には女教員の姿も一つまじって見えた。盛装のつもりで、ハイ・ヒールをはき仕立てたばかりの格子縞のスーツを着こみ帽子をつけているのが、かえって卑しいあわれなかんじをあたえた。

　三十人ばかりの教員たちは、一度は皆、三階にある学務部までのぼり、この広場に追いもどされた。広場に集まれとの指示は、一週間前に行われた打ち合わせ会の時にはなかったのだ。その打ち合わせ会では、アメリカン・スクール見学の引率者である指導課の役人が、出席をとったあと注意を何ヵ条か述べた。そのうちの第一ヵ条が、集合時間の厳守であった。第二ヵ条が服装の清潔であった。がこの達しが終った瞬間に、ざわめきが起った。第三ヵ条が静粛を守ることだという達しが聞えるとようやくそのざわめきはとまった。第四ヵ条が弁当持参、往復十二粁《キロ》の徒歩行軍に堪えられるように十分の腹拵えをしておくようにというのだった。終戦後三年、教員の腹は、日本人の誰にもおとらずへっていた。

　ジープが急カーブを描きながら砂利をおしのけて県庁の玄関先きにとまった。するとそのたびに、玄関先きに腰を下ろしていた者は、あわてて腰をあげると移動した。

　その中で一人きり腰を下ろさないで棒のように立っている男がいた。中では一番服装もよく血色もよかった。そのために目立ち、異様でもあった。一週間まえ打ち合わせの時、その男はいく度も手をあげて係りの役人の柴元に質問をした。

「私たちはただ見学をするだけですか」

「というと?」

「私たちがオーラル・メソッド（日本語を使わないでやる英語の授業）授業をしてみせるというようなことはないのですか」

「それはあなた、見学ですからね」

係りの者はそのガッシリした柔道家のようなからだをゆすぶり声を一段と高くした。

「この承諾を得るためには、われわれ学務部は並大抵でない苦労をしたんです」

するとその男は口惜しそうにだまってしまった。

柴元が服装の清潔を旨とすることを告げた時もこの山田という男は周囲のざわめきの中からまた手をあげた。

「何か御質問ですか」

「今言われたように服装はどんなことをしても整えておくべきです。そうでないと、われわれ英語を教えている者の品位をおとすし、第一われわれの英語教育のていどまでも疑われるのです。敗戦国民として、われわれは彼らに嘗《な》められているんです。彼ら視察官が私たちの学校に来た時、私は通訳をしたのでよく知っておりますが、まずわれわれの服装を見て、目をそむけます。とくに便所です……」

彼が便所の話まで持ち出したので、彼の話はそれで中断させられてしまったが、彼はほかの教員の注視をあびた。満足な皮靴をはいている者はほとんどいなかった。「それに」山田はざわめきが静まると性《しょう》こりもなく発言した。「われわれはその日は一日中なるべく日本語を使わぬようにし、われわれの英語の力を彼らに示しましょう」

ざわめきはまたおこったが、そのとなりにいた男が悲鳴に似た叫び声をあげて、それをさえぎった。その男は伊佐と言った。

「そんなバカな。そんなバカな」

隣合わせのため山田は、伊佐一人に向き直った。柴元が、

「お互いに行きすぎは止しましょう」

と言わなければ、山田は柴元に代って伊佐を説得したり、新しい提案を次々と出したかも知れなかった。

伊佐は英語を担当しているというだけで選挙の時に通訳にかり出されて、ジープに乗って村々の選挙場をまわったことがある。選挙はすべて占領軍の監督の下に行われたのだ。彼は英語の会話をしたことはそれまで一度もなかったし、自分が英語を教えている時、会話が出てくるとくすぐったいような恥かしい気持になった。まだ三十そこそこの男だが、平素英語の話をさせられるのを恐れて、視察官が来た時、二日前から学校を休み、熱もないのに氷嚢《ひょうのう》をあてて臥《ね》ていたことがある。選挙場まわりのジープに乗せられた時も、彼はまたもやこの仮病を用いるつもりでいたが、軍政部に登録されていて休むと、何をされるか分らなかった。彼はある黒人と乗り合わせになったのだが、その時彼はとたんに、英語で、

「お待たせいたしましてまことに相すみませんでございました」

と言ったが、相手には分らないらしくて、彼はそれを三度ばかりくりかえし、やっと相手は伊佐の顔を穴のあくほど眺めた。それはあまりにもオーソドックスな、ていねいな英語であったからだ。伊佐はいく日も前からその英語をつかうこ

とを考えてくらしていた。伊佐はそれからはついにゴウ、ストップの二語以外は何も言わなかった。彼はその日の五時間くらいのあいだは釜《かま》の中で煮られるような思いですごした。その実相手にとっては、彼はジープの中で眠りつづけていたも同然で、もちろん何の役にも立っていなかったのだ。

彼は選挙場へは入って行かなかった。彼がいないので黒人が場内から引き返してくると、彼の姿はない。彼はどこどもなくサッとかくれてしまったのだ。彼はそんなことをするくらいなら初めから休んでいた方が無事なくらいだったのだが、いざとなると場内の満座の中で相手の分らぬ英語を聞きとったり、自分が話すことを思うと、足がすくんでしまうのだ。

彼は必ずしも気の弱い男ではなかったので、村の中をジープが通りかかったりする時には、彼は後ろから相手をどうかしてしまいたい気持にかられるので、とうとう車の速力の落ちた時にとびおりて山道に沿った雑木林の中にかくれた。黒人は彼がとびおりたことを知ると、うす暗い山の中で一人にされたことをおそれて、彼の姿をさがしにきた。彼は林の中で待っていて、

「おい」と日本語でいった。「お前に日本語を話さしてだな。話せなかったら容赦しないといったら、どうなるんだ」

相手は何か孤独そうな、刈りそろえたヒゲのある黒い顔を彼に近づけて、聞こうとした。刈りそろえたヒゲだけが、へんに文明的なかんじだった。近づければ伊佐の早口でしゃべる日本語の意味がわかるとでもいうようであった。伊佐はわざと早口でくりかえした。彼の口から出てくる言葉が日本語だと分ると黒人の伍長は両手をひろげて、肩をすぼめた。黒人にしてみたら、このように米語をほとんどしゃべらず、しゃべるかと思ったら日本語だということに、バカらしく、劣等感さえ感じてきたのであろう、彼は孤独な顔をますます孤独にして運転していた。

黒人はしまいには彼にはかまわなくなった。客をのせているような調子で、彼を連れて乗りまわしていたが、何にならぬにしても、辺ぴな田舎道を乗りまわすには、不穏な日本人に対して、少くとも用心棒にはなると思いだした。

2

県庁の広場にジープが現われるごとに、伊佐はだんだん広場の隅《すみ》の方に動いて行った。伊佐は一週間前に山田の前でイキリ立って何かわめいたのも、山田のつまらぬ発言がもとになって、モデル・ティーチングなぞをやらされたらどうしようかという、発作的な恐怖からであった。彼はただ山田の口を封じさえすればよかったのだ。彼はああいったくせに黒い靴をはいてきていた。それが、国防色の服の下ではきわめて不調和であったが、彼はせめて兵隊靴をはいたりして外人の目につくことは止めたいと思ったのだ。彼は国防色の兵隊カバンに弁当箱を入れていたが県庁に近づく途中でこれをまるめて脇《わき》の下にかくしてしまった。

山田はひとりキゼンと立っていた。山田はジープが止るごとにそれに近づき、おそれげもなく、挨拶をかわしていたが、そのうちの一人が彼につかまった。彼は英語でこう言った。

「われわれは本県の英語の教師の一部です。われわれは英語をたいへん愛好しています。われわれは英語の教育に熱心です。われわれは新しい教授法を実行しているのです。われわれはお国の英語の先生にも負けないほどです」

「お前さんたちはそんなに熱心なら、何のためにこんなところに朝っぱらからうろついているんだい」

相手はジープに片肱ついてめんどくさそうに言いながら煙草を一本よこした。山田はそれを断った。

「煙草はけっこうです」

「それでお前さんが指揮者なのか」

「指揮者は県庁の役人です。もう集合時刻をとっくにすぎているのですが来ないのです。役人は怠慢でよくない。しかしそういう日本人ばかりではないのです」

「お待たせいたしましてまことに相すみませんでございました」

黒人は英語でそう言うとめんどくさそうに手を振って去って行った。山田は黒人の最後のセリフの意味がよく分らず、役人の言うセリフを代りにしゃべっているのかと思ったので、腕時計を見ながら口走った。

「まだ出てこない。遅刻して行ったら、先方で何と思われるか知れない。これだから困るのだ」

そういうと山田はあちこちにちらばっている教員たちに声をかけた。

「誰か私といっしょに学務部へ参りませんか。これでは遅刻だ。私たちの名前はアメリカン・スクールに登録されているのですからね。遅刻したら私たちの面目にかかわりますよ。じっさい敗戦国民の……」

山田は彼からそれこそ一粁も離れたところに背中を向けて何かしている伊佐の姿を見つけた。山田はこともあろうに伊佐のそばに近よってきた。

伊佐はその時、包みを開いて弁当を食べていた。彼は今朝は三時に起きて最寄《もよ》りの駅まで三里を自転車で乗りつけ、それから電車と汽車でこの市にたどりついた。彼はもう空腹をおぼえていた、というより空腹をおぼえるころだと思っていた。

伊佐が食事をしているのを知ると、山田は呆然《ぼうぜん》と佇《たたず》んでいたが、

「キミ、飯を食べている時ではないですよ。僕といっしょに学務部へ行って下さい。役人がぐずぐずしているようだったら、軍政部へいっしょに行きましょう」

軍政部という名をきくと伊佐はいつかの通訳の一件を思いだした。彼は集合するジープの中から例のヒゲを生やした黒人の姿を見ていた。その黒人は山田につかまった。彼が飯を食べだした一つの理由はそのためなのだ。このような危険区域にいると、いつ誰に英語で話しかけられぬともかぎらぬが、

彼は飯さえ食べていたら、いかなる要求も彼に対しては出来ないというようなふうに直観したのだ。

彼は山田にそう言われて返事をしなかった。彼は今朝村を出発するにあたって、いかなることがあっても、今日は一言もしゃべるまいと思ってきたのだ。彼は先日の会合の席で山田と張り合ったことをひどく後悔した。日本語を話せば、英語も話さねばならない。日本語を最初から最後まで一言もいわず、沈黙戦術をとるならば、人は彼が今日はどうかしていると思うにちがいない。そうすれば学務部の役人もほかの教師も、彼がしかるべき時に英語を一言も言わなくとも、英会話が出来ないとは思わぬであろうと思ったのだ。

伊佐はふりむきもせず箸を持った手を振って断った。

「それはどういう意味です、アイ　カント　シー　ウァット　ユウ　ミーン」

山田は同じことを英語で言いなおすと、返事を待った。しかし伊佐は何も聞えぬ様子を守っていた。山田は腹が立つとよけいに英語が出てくる。

「オー、シェイムフル（恥かしい）」

と言いはなつと、女教員ミチ子を説きふせて、玄関の石段をのぼりはじめた。伊佐はその時になってはじめて山田の方をふりむいた。

しかし山田たちはそこで、学務部の役人柴元が、ソフトをかぶりオーバーを着て、外出の出装《いでたち》であらわれたのに鉢合わせになった。

柴元は、ガッチリした体軀をゆすって玄関の端に出ると、笛を吹いた。すると山田は、

「笛を吹くのはうまくないですね。そういうところを外人に見られると、われわれがまだミリタリズムを信奉していると思われますよ。われわれは集合するだけで並んではいけないはずです」

「承知。笛はいいんですよ。みなさん！　並ばないで、並ばないで」

彼は手を振って集合を命じた。山田は柴元の参謀のような恰好《かっこう》で、その横に立っていた。ぞろぞろと教員が集合した。伊佐は一番あとからついてきた。

「見学時刻が変更になった旨達しがあったのです。ごくろうさんでした、さあ出かけましょう。第一回の参観は、先方にたいへん好感を持たれました。今回も粗そうのないよう願います。さあ」

アメリカン・スクールまではたっぷり六粁あった。そこには舗装されたアスファルトの道が、市外に出るとまっすぐつづいている。

見学団の一行はぞろぞろと囚人のように動き出した。山田がその先頭を柴元と並んで歩いて行く。伊佐は女教員のそばにいるのが一番安心だというような考えをもってはなれなかった。

十分もするとアスファルトの道が見えてきた。自動車がひっきりなしに通った。アメリカン・スクール附近には、そこから数里はなれたところにある大部隊に出ている軍人軍属の宿舎があった。

その道は歩くための道ではないために、あまりはるかにまっすぐつづいているので、一行の中から溜息がいくつも洩れた。

伊佐は教員ミチ子が、フロシキの中から運動靴をとり出してはきかえるのを見て、その周到なのにおどろいた顔をしたが一言も言わなかった。誰も彼も見わたすかぎりオーバーを着ていた。伊佐は軍隊の外套を着ていたが、ほかにもそうした服装の者がいくらかいた。

厚着をしているのが貧しさをあらわしていた。舗道に立つとその見苦しさが目立って見えた。

「並ばないで。かたまって歩いて下さい。バラバラになっては見苦しいと思います。ここは進駐軍がいっぱい通るんですから」

柴元の言うように、まったくよく通った。彼らが、というより彼らの自動車がよく通ったのだ。自動車道路であって、歩く道ではないのだ。三十人からなるこの不穏な貧しい一行に女性が一人まじっているということが、多少この一行のフンイキを和らげていた。ものの五分もたたぬうちに、前方から来た車がすうっとミチ子に近づいてきて、車から兵隊が首を出し声をかけた。

「あんたたち、何をしてるんだい」

これは県庁前の広場で聞かれた問いとまったくおなじであった。

「私たち、アメリカン・スクール見学に行くところですのよ」

ミチ子は達者な英語でそう答えた。

「あんたたちは何だい。なぜ見学なんかするんだい」

「私たちは英語の先生《イングリシュテイチャー》です」

「おう、あなた、大へんうまい」

ミチ子の手にはチーズの罐《かん》がわたされた。伊佐は、ミチ子が声を立てて笑いだし、伊佐の袖をひくので初めてミチ子の方をふりかえった。彼は大分前からそっぽ向いていたのである。彼は、ミチ子のそばにいるために、外人が自分のそばにも集まってくるのでは、かなわないと思った。彼はミチ子の会話中はずっと田圃の方を見つづけていた。ふりかえる前に伊佐のポケットの中にはチーズの一罐がころがりこんだのが、その重みで分った。

すべての好意が食糧の供給であらわされる時期であったので、伊佐はミチ子の好意を感じた。しかしミチ子はチーズの罐は二個もらったので、すくなくとも一個を取るためには一個を誰かにくれてやらねばぐあいがわるかったのだ。伊佐は横を向いていたのでそのことに気がつかなかった。彼はミチ子のそばにおれば外人は寄ってくるかも知れないが、そっぽ向いておれば、けっきょく何のことはない。それどころか食糧までころがりこんでくるのだ。

ミチ子はアスファルト道路を歩きはじめてから、何か忘れものをしたことに気がついた。彼女は戦争でやはり教員であった夫をなくした。息子が一人ある。息子を送りだしていそいで着替えして出てきたのだが、忘れ物をした。彼女は歩きながら包みの中をさぐってみたが案のじょう、手ざわりでそれのないことがわかったのだ。ミチ子はその忘れ物は借りられぬことはないものだったので、その相手を伊佐にえらんだ。彼女は外人の手からチーズ罐がわたされた時、とっさにそのことに思いついたのだった。

冬とは言え平和なあたたかい日が差していた。アスファルト道路が目にいたいようだった。

車はいく台も通った。こんどは後ろから来たジープが一台徐行しはじめ、一行と動きをともにした。それは異様なおそさであった。中から白人と黒人とが一人ずつのぞいていた。山田はふりかえって、その車が自分の横まで来た時、

「ハロー、ボーイズ、あなたたちは何をしているのです?」

相手は問いかけられたので、ちょっとおどろいた様子をしたが、

「女は一人か?」

と聞いた。山田の返事を聞いてはいず、その二人は、女が一人であることを自分の目で確かめると、その車は往来で止ってしまい、ミチ子の近づいてくるのを待った。

「オジョーサン。オジョーサン」

彼らは目的地を聞くとミチ子に乗れと言った。ミチ子はすぐさま英語で答えた。すると彼女は日本語の時より生き生きと表情に富み、女らしくさえなった。

「私たちは団体行動をとっているのですわ。ここから離れることは出来ませんのよ」

彼らは感心したようすで顔を見合わせ、この日本の婦人の全身を観賞していたが、惜しいというように首をふり、ゴソゴソとチョコレートを二枚とり出すと、ミチ子に放りなげた。ミチ子はそのうちの一つを割ってそばにいる者に分けた。こんどは伊佐にはやらなかった。ミチ子のまわりに集まってきた教員たちは、そのままミチ子の周囲をはなれたがらなかった。

3

隊伍ははじめから出来てはいなかったのだが、もうすっかり二組に分れてしまい、先頭の柴元と山田組の位置から、後尾の、ミチ子をとりまく組とのあいだには、ほぼ百米《メートル》の距離が出来ていた。

伊佐はそのころから、皮靴が自分の足をいためていて、一歩一歩が苦痛であることがわかってきていた。彼はその苦痛のために、この靴をはいてきたことを悔みだし、それはこの見学のためであり、山田のためであり、ひいては外国語を外人のごとく話させられることのためであり、自分がこんな職業についているためだと腹が立った。苦痛はだんだん増してきた。彼はミチ子よりはおくれまいとしたが、どうもそれさえも出来なくなってきた。彼はミチ子がハイ・ヒールを包み

こみ、かわりに運動靴にはきかえて平気で歩いているのがねたましい気持にさえなった。自分の周囲はもちろんのこと、百米さきを見通しても誰一人自分のはいている靴で難渋しているものはなかった。靴がこんなに彼の気になりはじめたのは生まれてはじめてだった。彼は実はその靴を同僚から借りてきたのだ。彼にちょうどいい大きさと思えたのに、ちょっとのちがいが次第に彼の足をいためつけてきたのだ。彼はその同僚が、にわかに油断のならない存在のようにかんじられさえし、山田の企みであるようにさえ思われるのだった。

彼は行く先きの道路が途中で上りになっているためにアメリカン・スクールが見えないので、どのくらい来たものか、ふりかえってみた。そして彼は失望した。県庁さえもまだかなりの大きさで見えていたのだ。

ミチ子は自分より五米おくれている伊佐をふりかえって待っていた。

「どうされたの?」

「靴が……」

ミチ子は急に顔色を変えたほど真剣な表情になった。ミチ子は自分が新調の靴をはいてきたが、運動靴を持ってこなかったら、どんなことになったか、思い知ったのだ。

「こまりましたわね。まだまだあるらしいわ。進駐軍の自動車に乗せてもらったら?　自動車をとめてそうお頼みになったら?」

伊佐は足の痛みを忘れるほどおどろいた。彼はそんなおそろしいことになりそうだとは考えてもいなかった。

(そんなことが出来るくらいだったら)

伊佐はなるべく爪先《つまさ》きの方に足をよせて後がわの痛いところをすれさせないようにしながらミチ子におくれまいとした。こんなことをすすめられてはたまらないと思ったのだ。しかし靴ずれというものは、そんなことをすればよけいに痛くなるものなのだ。

ミチ子は自分もおくれることによって伊佐の痛みがおさまるかのようにそっと歩いた。ミチ子は自分のことだけに妙にとらわれている伊佐がめんどくさい気がしていたが、こうしていっしょに苦痛をわかってきているうちに、異性にたいして忘れていた愛情がほのぼのとわいてくるように思われた。しかし彼女はまだ忘れ物を借りることは忘れていなかった。その忘れ物を借りることのために、そういう卑しい借り物をすることで、愛情がうえた胃袋のあたりからふくれあがってくるようにかんじたのかも知れなかった。

「ねえ、やっぱりそうなさった方がいいわ」

ミチ子は伊佐の背中をさするようにしてそう言った。車はひっきりなしに通っていた。

「私、頼んであげましょうか」

「いいんです。いいんです。そのくらいならハダシで歩いて行きます」

「まあ」

伊佐は一言もしゃべらないつもりでいたのに、これはしまったと思った。しかし黙っていたら今にもミチ子は自動車を止めるかも知れず、彼女が流暢《りゅうちょう》な英語で頼めばたぶん乗せてくれるであろう。乗せてくれては困る。彼は外人と二人きりで自動車に乗せられるのはどんなことがあってもいやだと思った。彼は黒人と二人で乗りまわした拷問にかけられているような一日のことを忘れられなかった。彼はあの時ほんとに衝動的に黒人を殺しかねなかった。あれがあのまま二日とつづいたら、彼は逃げ出すならともかく、ほんとに相手を殺していたことだろう。

ミチ子は伊佐が頑強に拒むので、せっかくわいてきた男に対する慕情が消えて行くのをかんじた。汗ばんできた肌が、何か自分の心の不潔さを連想させた。あれだけ借りればいい、いや、場合によっては借りることだって、どうでもいいと思った。ミチ子は伊佐をふりかえるまいと心を決め前の一群の最後尾に追いつこうとした。すると伊佐のまわりの一群も伊佐をのこして動いて行った。

山田はいつのまにか柴元と意気投合していた。柴元は戦争中まで柔道では県下でも有数な高段者の一人で、講道館五段だということを話していた。柔道と戦犯的人物とは何のかんけいもない、そのしょうこに自分は今、レッキとした県庁の、それも学務部の指導課にいることでも分る、と言った。柴元はそれから警察と、米軍とに柔道を教えているのだ、とつけ加えた。彼がその地位についたのは、その米軍指導の恩恵のためだった。

山田は柴元が米軍に柔道を教えていると聞くと、急に眼をかがやかしはじめた。山田は通訳から、米軍とのあらゆる交渉に興味をもっていた。それだけではなく、彼はチャンスをつかんでアメリカに留学したいものと願っていた。彼はその野心のために、日夜、生き生きと、それから小心翼々と生きていた。

彼は柴元に自分の英語の達者なことを知らせたいと思った。彼の学校では彼が主催して、もういくどもモデル・ティーチングをやったことを話した。柴元がすでにそのことを知っていると答えると、彼はどうして持ってきたのか、

「ザァット・イズ・イット（あれはこれなんです）」

と言って、そのころでは珍しい皮鞄の中からその時の授業次第を書きこんだガリ版のパンフレットを柴元に見せた。

「そりゃもう、みんな出来ませんよ。先生といったって。僕はそのうち学務部の御後援を願って、この市で講習会をやりたいと思っているんです。米人の方にも一つ応援を願いたいですな」

彼は名刺を柴元に差し出した。その裏には横文字が刷りこんであった。

「僕もこう見えても剣道二段です」

「ほう、大分やられましたな」

「そうですとも」山田は剣をふる真似をした。「実はこんな

こと言って何ですが、将校の時、だいぶん試し斬りもやりましたよ」

「首をきるのはなかなかむつかしいでしょう？」

「いや、それは腕ですし、何といっても真剣をもって斬って見なけりゃね」

「何人ぐらいやりましたか」

「ざっと」彼はあたりを見廻しながら言った。「二十人ぐらい。その半分は捕虜ですがね」

「アメさんはやりませんでしたか」

「もちろん」

「やったのですか」

「やりましたとも」

「どうです、支那人とアメリカ人では」

「それやあなた、殺される態度がちがいますね。やはり精神は東洋精神というところですな」

「それでよくひっかからなかったですね」

「軍の命令でやったことです」

山田は会話が機微にふれてきて、自分で自分のいっていることが分らなくなったのか、それっきり口をつぐんで、柴元がオーバーをぬいでいるのに気がつくと、自分もいそいでぬいで小脇にかかえこみ、その拍子に道路をふりかえった。とたんに山田の浅黒い顔の中でよくしまった口がゆがみ口惜しそうな表情になった。

「どうです、このざまは、これが戦時中の行軍だったら……これが教師なんだからな」

4

山田は鷹《たか》のように最後尾の伊佐をねらっていた。彼の位置からふりかえってみると山田の憤るのもむりはない。その一行は、じっと山田が佇《たたず》んでいる横を三々五々通って行くが何のために歩いているのか、米兵でなくとも聞いてみたくなるような、ダレた歩きぶりであった。彼は伊佐の近づくまで待っていようと思った。彼は先日来、伊佐が自分に何ごとか反抗心をいだいているのを気にしないわけには行かない。彼は「規律破壊者」という言葉を佇みながら考えだした。そうすると伊佐という男はすべて解釈がつくように思われた。いつしか彼は三年前までの軍隊の中隊長になっていた。それはさっき柴元と回顧談を交したために、すべりがよかったのかも知れない。それでも伊佐の近づくまでは声もかけずに黙っていた。それには彼の優者としての残忍さがまじっていたのだ。

伊佐より前にミチ子が山田のそばを通った。

「靴ずれなんですよ、あの人」

「靴ずれ？　そんなバカな」

山田はただの「規律破壊者」ではなくて、靴ずれであると聞いて、ただの「規律破壊者」以上に規律破壊者だと思った。そのような幼稚な理由でおくれていることは許せない。そんなふうだとこの男はそのうち便所に行きたいだの、喉が痛いだのといっておくれるかも知れない。第一、その靴は何だ。

山田は伊佐の黒い靴がアスファルトの地面をするように歩いてくるのをじっと見ていた。その白く埃をかぶった黒靴が山田をおそれるかのごとく彼の前に寄ってきた時、山田ははじめて声をかけた。

「それはキミの靴ですか（英語）」

伊佐は山田が彼を待ちうけていることさえ気がつかなかった。彼は痛みをこらえるだけで目はあいていても何も見てはいなかったのだ。

「この隊伍が乱れているのはキミのためですよ。キミのような人が一人いると、みんなダレてくるんです、こまったものだ！」

ミチ子が戻ってきて言った。

「自動車を止めて乗せてもらってはと思うんですけど」

「自動車？　米軍のですか？」山田はミチ子の方は見ず伊佐の足もとを眺めながら、肩をすぼめて見せ、それから急に強い語気の英語にかわった。「そいつはいかん。ミスター伊佐、そんな恥かしいことが出来ますか。これが盲腸だとか何とかいうのならいいが、こんなことで……」

すると二、三の者が戻ってきて、山田の肩ごしにのぞいた。

「いっそハダシで歩いたら。何しろ道はいいんだから」

伊佐はさっきからいくども靴をぬいで歩こうと思った。しかしそんなことをすれば、すぐに彼の異様な姿は米軍の自動車の中から目についてしまい、米兵はその奇態なかっこうを見て、彼に何か話しかけ、むりやりにでも彼を自動車にのせてしまうかも知れない。山田は言った。

「とにかくあんたは止らないで少しずつでも歩いて下さい。あんたのためにみんな待ったり考えたりしているのですから。どうしたらいいでしょう。ねえ、柴元さん」

柴元は山田が戻ってこないので、地蔵のように道ばたに佇んで待っていた。柴元と山田とが動かなくなると、一行の動きもおのずから止ってしまった。

「こんなことをしていては遅れてしまいます。われわれの恥辱です。とにかく米軍から見えないようにすることが肝腎です。オー、シェイムフル！」

「どうしてですか」

柴元が山田のいうことが呑《の》みこめないように言うと、

「こんなざまを見られては」

「それなら……」

柴元の発案で伊佐はけっきょくハダシになり山田たち数人にかこまれて歩きだすことになった。伊佐は急に元気になった。その道路はじっさいハダシがいちばん快適であった。なぜなら自動車のタイヤは一種のハダシみたいなものだからである。

ミチ子は自分のそばにいて、そのうち自分よりおくれてくる伊佐のことを始終心にかけていた。あまり言うことを聞かないので放っておく様子をしたが、そのがんこなところが何か亡夫に似ていた。それが今は山田らのかげにかくれてハダシのままいそいそと歩いて行く。何というがんこな貧しい男であろう。ミチ子は亡夫の出征を送って行った日のことが思うともなく思い出されるのだ。

兵営から出発駅まで二里の道を駈けるようにして隊伍の横について行った。途中一度も休憩せず、その隊伍はミチ子をよせつけない早さで歩いた。夫は口をむすんだままミチ子の方をばほとんどふりかえりもせず、ミチ子をふりかえったたった一度の時は、手を振って追い払う様子をした。ミチ子だけではなくどこかの老婆までが、息子の名を呼びながらころげるようにしてついて走った。ミチ子はそのがんこな夫の恥かしがり屋な心根を知っていたので、このハダシの男もたぶんそうなのだろう。アメリカン・スクールに着いたら話しかけてみようと思った。するとミチ子は自分のハイ・ヒールのことが、花の蕾《つぼみ》のような感触で、包みの中でよみがえってきた。そう、向うでハイ・ヒールをはいた時に彼に話しかけて見ようと思った。


ほんとに伊佐が遅れるどころかハダシでぐんぐん歩きだすと、伊佐がいちばん楽に歩いているように見えた。彼は山田とはちがった意味で米兵に見られやしないかという思いで前かがみになり、一刻も早く、歩くことを止めるところへ、ひとまず着きたいと念じながら歩いているのであった。妙なことに、彼は先方に着いても歩かねばならぬことや、帰り途のことをすっかり忘れて、山田たちのかげにかくれることだけに夢中になっていた。


山田は行軍状態がおちついてくると、何も不服はないはずだったが、伊佐がぐんぐんとついてくると、どうして先日来この男はおれの気持を損ねることばかりするのだろうと思った。彼は柴元に言いたくてムズムズしていたことを今こそ言うべきだと柴元に話しかけた。

「モデル・ティーチングをぜひやらせてもらうべきですよ。ねえ柴元さん。後はわれわれの力を相手に見てもらうべきと思うのです。これはちょうどいいチャンスじゃないですか。出来れば、成績の順位をきめてもらってもいいのです」

柴元は坂をおりてやがて見えだした目的地の建物を望見していたが、迷惑そうに首をかしげた。

「あなたが不服なら僕が直接かけあって見ます」

「たびたび申しますがね。それは先方で困るかも知れませんのでしてね」

「困る？　そうでしょうか。おなじ英語をつかう国民同士のあいだがらですよ。それにそのあとで彼らの教えを受けてやればいいのです。あなたもせっかく柔道で鍛えられたのですから、敵に一歩先んずる作戦というものを御存じないはずはないですがね」

柴元は山田の鋭い鋒先《ほこさ》きをかわしかねて山田の言うなりになってしまった。柴元はこのようにアクの強い教員にめぐりあったことがない。そんなら学校に着いたらさっそくかけ合って見ますからね、と山田は柴元に念を押した。

伊佐は山田のこの談話を一言も聞きもらさなかった。そうしてこの結論に到着するや否や急に山田たちの包囲からのがれようとしはじめた。彼はばくぜんとした塊《かたま》りである、その隊列をそれとなくはなれると路のすみに行き、前のボタンをはずした。山田はそのことに気がつかず、誰も伊佐にかまうものはないほど疲れてきていた。

その時ミチ子はジープに呼び止められた。彼女は車から乗り出した憂うつな黒い顔を見て、その男が路端《みちばた》で用を足している伊佐を指さしているのを知ると、冷汗が流れた。

「どうしてハダシでいるんですかい」

ミチ子はホッとして、わけを話すと、とたんにジープは音を立てて伊佐のそばを走り出した。伊佐はあわててふりかえってそれがいつかの乗り合わせた黒人であることを知って後ずさりした。彼はその黒人に今日またまためぐり合うことを予感していたので、こうして予感が的中するとわれを忘れて道路から畑の中にとびこんだ。そこはいつかの山の中の雑木林とは勝手がちがっていた。畑の中から彼は懇願するように手をふって断ったが、相手は彼に五本入りの煙草の小箱を差し出すと、それで彼をおびきよせようとした。山田はこの様子を見ると心から怒って走りより、

「こんなに親切にされて、どうして乗らんのですか」

と叫ぶと、黒人と二人で彼を畑の中に捕えにきて、ジープに放りこんだ。

彼だけを乗せたジープが、砂塵《さじん》を残してアッという間に小さくなると、あとで爆笑がおこった。

鳥が高いところにいるくせに、群をなしてジープをよけるようにそれていた。アメリカン・スクールの周辺には餌があるのであろうか。それをみやりながら、ミチ子は重荷を下ろしたような気分になり、忍び笑いをしていたが、伊佐の遠慮ぶかさがのみこめず、あの人は戦争中に米人をよほどひどい目にあわせたのではないかしら、と思った。

伊佐は身をちぢこませてジープに乗っていたが、すぐに運転席から背を向けると、徒歩者は窓の中を見る見る小さくなって行き、彼らの笑っている様子だけは彼の眼にうつった。それでもあの群の中に入っていた方がましで、今となっては絶望的だと思った。笑っているところを見るときっと山田は自分をしゃべらせる破目においこむにちがいない。伊佐はそう信じこんでいた。信じこまなくても、その可能性があれば、それは彼にとっておなじことだった。

その黒人は伊佐の怠慢な通訳ぶりを自分に対する軽蔑と、それからイヤガラセだととった。彼は軍政部に帰ってそれから学務部に寄って理由をのべず経歴をしらべさせたが、英語の話せない理由を認めなかったので、やはりそうだったのだと、心の中で決めた。彼は伊佐に会ったのを幸い、ちょっとあの林の中の復讐をしてやろうと思った。

急にジープが止ると、いきなり伊佐の前に小型のピストルが向けられた。彼は、

「英語を話さぬか、『お待たせして相すみませんでございま

した』ってもう一度いって見ろ」

伊佐は冷汗を流して、おし出すようにそういった。すると相手はきれいにそろえたヒゲの下で、笑いだし、それが玩具であることを伊佐に教えて、それからジャズ・ソングを口ずさみつつ運転をはじめた。

黒人は二度も彼にめぐりあう機会にめぐまれたことを、因縁浅からぬものと感じたのか、車をおりる時、

「また会うかも知れんな」

とあいさつをしたが、伊佐は心の中でギョッとした。ジープが去ると彼は運動場の柵の方へハダシのまま駈けて行き、そこで一息ついてからそっと靴をはき、うずくまった。そこからアメリカン・スクールの生徒たちが遊んでいるのが見えた。小学校、中学校の男女の生徒が、色とりどりの服装で、セーター一枚か、うすいシャツの上にジャンパーだけで動いている。伊佐はそこを離れて建物のかげから、なおものぞいていた。そこにおれば安全なのだ。彼は心の疲れでくらくらしそうになって眼をつむったのだが、だんだん涙が出てくるのをかんじた。なぜ眼をつぶっていると涙が出てきたのか彼には分らなかったが、それは何か悲しいまでの快さが彼の涙をさそったことは確かであった。彼はなおも眼を閉じたまま坐りこんでしまったが、その快さは、小川の囁きのような清潔な美しい言葉の流れであることがわかってきた。

それは彼がよくその意味を聞きとることが出来ないためでもあるが、何かこの世のものとも思われなかった。目をあけると、十二、三になる数人の女生徒が、十五、六米はなれたところで、立ち話をしているのだった。彼は自分たちはここへ来る資格のないあわれな民族のように思われた。

彼はこのような美しい声の流れである話というものを、なぜおそれ、忌みきらってきたのかと思った。しかしこう思うとたんに、彼の中でささやくものがあった。

(日本人が外人みたいに英語を話すなんて、バカな。外人みたいに話せば外人になってしまう。そんな恥かしいことが……)

彼は山田が会話をする時の身ぶりを思い出していたのだ。

(完全な外人の調子で話すのは恥だ。不完全な調子で話すのも恥だ)

自分が不完全な調子で話しをさせられる立場になったら……

彼はグッド・モーニング、エブリボディと生徒に向って思いきって二、三回は授業の初めに言ったことはあった。血がすーとのぼってその時ほんとに彼は谷底へおちて行くような気がしたのだ。

(おれが別のにんげんになってしまう。おれはそれだけはいやだ!)

5

一度立ち去ったジープは、すぐにまた引き返してきたが、伊佐はそのことに気がつかなかった。彼が目をつぶって夢中になって聞いていたのは、ジープの音ではなくて、軽快なピアノの小夜曲や遁走曲のような女生徒のおしゃべりだったか

らだ。

　ジープから出てきた黒人は、口笛をふきつつ、伊佐のいるところとは離れた柵にもたれて、息子をさがしていた。彼は急用で学校のそばの宿舎にもどってきたのだが、それをすますと伊佐の足のことを思いおこしたのだ。中学生の息子が彼のところに走ってくると、校舎の中にかけこんで行った。

　まもなく伊佐はアメリカ映画に出てくるような長身の美しい婦人が小走りに柵の方へ近づいてくるのを見て、それが何かをさがしているのを知った。そのあとから黒人の子供がついてきていた。伊佐はここに蹲《うずくま》っているのを見られては、泥棒と思われるのではないかと思い、少しずつ動いて木立の蔭に身をかくした。彼はそうして何も見えず、同時に聞えないというふうに、目をとじてしまった。しかしその婦人の声と足音が次第に彼に近接してくることを知ると、伊佐はもう駄目だと観念した。彼は自分に声をかけられているかも知れないということを知っていても、しばらくは顔もあげず目もあけなかった。とうとうからだにさわられて靴のことを言われていると知ると、ようやく立ちあがっておじぎをした。伊佐は目をあけるとはじめて間近かにその婦人の食糧や物資や人種に恵まれた表情を見て、そのまぶしさに、これがおんなじにんげんであり、教師であろうか、と彼は足のすくむようなかんじになり、ただ頷くことが出来るだけだった。

　伊佐は下僕さながらに、自分より首だけ高いその婦人にひきずられるようにして、校舎の中に連れこまれて行った。彼は婦人の、春の雪解水のように流れて行く言葉の流れの中から、こんな破目になったのは、例の黒人のおせっかいのせいだとやっと知った。

「あんたの足はこれから手当てしてあげます。私はあなたの足に毒薬をつけるのではありません」

　伊佐は歩きながら、

「サンキュウ」

　と言いたかったが、それを言えばそのあとでいろいろ話さないわけには行かないので、唖《おし》のように黙りこくってついてくるのだが、一人で大勢の外人の中に入れられ、自分が英語の教師である以上、さまざまな質問を浴びせられたときにはどうしたらいいか、それを思うと、さっきジープの中の絶望的な気持がまたよみがえってくる。びっこをひきながら歩く彼のあとからは、生徒がゾロゾロついてきた。伊佐はそのことさえ気がつかない状態だったが、その婦人の一声で、生徒はざわめきながら駈けもどって行った。婦人は何かを語りかけ、いく度も彼に微笑をあたえるごとに伊佐はますます自分が耳がわるくて聞えないふりをした。彼はそのために心の中ではその婦人に対して礼儀上自責の念にかられ、そのまま地べたに倒れ、その足に接吻するとか、その足の下の地面に接吻するとかして詫《わ》びたいように思った。その矛盾した心の動揺のために、彼はいきなり彼女の持っている部厚い本を持ってやろうと思い立ち、走りよってそれを自分の手にとろうとした。その場合にどのように言えばいいか彼も知らぬわけではなかったが、それを言葉にあらわすのが恥かしくて、彼はだまってそうしたのだ。伊佐がむりに奪おうとするので、彼女はグッと本をひいたが、頭をさげ、泣きそうな微笑をうかべながら、しつこく本に食いさがってくるので、はじめて彼女は伊佐の意を察して礼をいったが、彼に渡しはしなかった。しかし伊佐は自分の意が通じたことがわかったので、これから自分がこの学校でどんな能足らずと思われても、少くとも人でなしではないと知ってもらえるだろう、と死に行く者が、生きている者に懺悔をしたときのようなかすかな満足をおぼえたのだ。

彼女は衛生室に看護婦がいないので、そのまま伊佐を彼女の個室につれてきた。ドアがガチャリと閉まり、彼女が鍵をかけた時、伊佐はさっき、玩具のピストルをつきつけられた時のようにおどろいた。そのまま一歩もすすまずにドアを背中にして立っていた。

その婦人がエミリーということを伊佐はその部屋に入る前に名札で知った。エミリー嬢は彼に坐れというと、それから、

「鍵をかけて煙草を吸うのよ。生徒に吸うところを見られると困るでしょ。男も女もそうなのよ」

伊佐はしばらくあとになって彼女がそう言ったということを知ったが、床に目を落している彼の耳はどうしてもエミリー嬢の声は聞こうとしていないので、何か彼の無礼を責めているのであって、治療のことなど忘れてしまったのだと思い、これ以上目をあげないとよけいに失礼になると、彼は目をあげて煙草の煙ののぼるのを眺めていた。彼は無言で立ったままその煙の行方を眺め、次第に天井の方へ視線をうつして行き、エミリー嬢の目から離れようとしていたのだが、とつぜん彼女は彼に靴をぬげと命令したように思った。そこで彼はあわてて軍隊の靴下をぬぎ出すと、彼女が笑い出すので、見あげると、

「コーヒーをのみますか？　のむなら、自分で勝手にのみなさい」

と言っているようなので、頭を横にふって靴下をまたはこうとした。するとエミリー嬢のからだが動いて彼のそばに近よってくると、彼のしまおうとする足をむりやりにむき出しにさせた。珍しいものでも見るように彼の足をうちながめ、一皮完全にはがれた無慚な傷口を見ると、

「オー」

と顔をしかめ叫び声をあげて、とたんに煙草の火をもみ消した。

伊佐は自分の足がこの美しい異国の婦人によって密室で見世物になった口惜しさはあるが、さっきから何一つしゃべらないのだから、このていどのことなら仕方がないが早く一行の中にまいもどり、大勢の中の一人になりたいと思っていると、彼女は自分だけコーヒーをのみ、廊下へ出て行った。その時にまた彼は外から鍵をかけられた。看護婦を見てくると言って出て行ったような気がするので、それはありがたいが、なぜ鍵をかけるのだろう。彼はその時になって、さっき部屋

に入った時、彼女が生徒に煙草を吸う現場を見られると困るといったということに気がつき、同時に今こうして鍵をかけて出て行ったのも、伊佐がかってに校内を歩きまわったり、または逃げ出しはしないかという（ちょうど親切にされても動物が逃げ出すことがあるように）心配からそうしたということが分ったのだ。彼はそうすると今なら一行の中に逃げられると発作的に思った。窓をあけて運動場へとび出すと、ハダシで走り出した。伊佐は走り出してから靴を部屋の中に置いてきたことに気がつき、それが借り物であるのでまた窓から部屋の中にとびこもうとした時、ドアをあけたエミリー嬢に見つかってしまった。

6

伊佐が瀟洒なアメリカン・スクールの校舎のかげにひそんでいる時に、山田はミチ子のそばに寄りそってきた。山田は学務部へいっしょに行くように誘ったさいにも、彼にはある意図があったのだ。彼はミチ子が外人と自由に話しているのを前にも見たことがあったので何かその会話力を試して見ようと思っていたのだ。教師の中には、まるで昔の武芸者が腕前を試すためにわざと鞘当てをするように、因縁をつけるのがいるが、山田にはそうしたところがあった。伊佐が執拗にミチ子のそばをはなれず、ミチ子もまた伊佐に何となく親しげな様子を見せているので、山田は近よることが出来ずにいた。今まで彼は自分より英語の会話力がある婦人に出あうと、おそれげもなくほかの力で遮二無二《しゃにむに》征服しようとしたこともあった。がたいていそれは失敗に終った。

山田は彼女に教師の経歴から、卒業学校、さては特別に会話を勉強したか、外人との交渉はあるかと矢つぎ早やに英語で問いかけるので、さすがミチ子も日本人同士のくせに英語で答える恥かしさで、ぽっつりぽっつり日本語をまぜていたが、山田は一向に質問を止める気配がないのだ。ミチ子は相手が自分を女と思ってなめてかかっているということが分っているので、なぜそんなに英語が好きになったか、モデル・ティーチングをやりたいのか、あなたのどの発音がアメリカ南部で、どの発音が東部で、日本で言えば、青森弁に九州弁がまざっているようなものですわ、と英語の気易さでついはげしい応酬をしてしまうと、山田は意外な強敵にたじたじとなってしまった。

山田はヒゲをひねり、英語よりも話の内容上答える言葉もなく、このように腕の立つ女性にはもはや食糧か衣服かの話より術《すべ》はないものと覚悟した。彼は初めて日本語で言った。

「りっぱな御服装ですな。戦前のものですか」

「ええ戦死した主人の生地なんですの」

「御主人が亡くなられては大へんですな。僕の方でお米なら割に安く手に入りますよ」

彼はそういって女の顔色が動くのをじっと見ていた。

「さようでございますか。お名刺を一つ」

「それから何なら内職の仕事もお世話いたしますよ」

「ええ、ぜひお願いしますわ。何といっても男の方は得ですものね」

そこまで話がすすんで来た時、ようやく一行は守衛に呼び止められた。

「一名ジープに乗って先行したのです」

山田は出しゃばった口をきいて、女をふりかえり、英語で言った。

「彼はまだハダシで校舎のかげにでもかくれていますよ」

「どうしてなんでしょう」

「あれは、話ができないんですよ。かんたんなことです」それから声を小さくして英語でつけ加えた。「もうそろそろ靴をはかれる時ですよ」

ミチ子は言われるまでもなくそう思っていたのに、先きまわりをしていう山田は、今まで私の姿を見つづけてきたのかも知れない。この男は警戒しなければならない、それにしてもあの人はほんとにかくれているのだろうかと、やがて近づいてきた建物を見まわした。


彼らがこうしてたどりついたアメリカン・スクールは広大な敷地を持つ住宅地の中央に、南ガラス窓を大きくはって立っていた。敷地は畠をつぶしたのだ。アメリカ人にとっては贅沢なものとは言えないが、疎らに立ちならんだ住宅には、スタンドのついた寝室のありかまで手にとるようで、日本人のメイドが幼児の世話をしていた。参観者たちはその日本人の小娘まで、まるで天国の住人のように思われる。ミチ子はそっと眼頭をおさえた。日本人であって自分のように英語をこなせるにんげんとここに住んでいる米人とは教養の点ではおそらくはるかに自分の方が上である。それなのに私はこの六粁の道を歩きながら、ここでハイ・ヒールをはくことをひそかに楽しんできた。この花園では私たちというにんげんがすでにもう入りきれないほど貧しくなっているのだ。「授業の参観などする必要はない」そう言って柴元の方を見たのは、伊佐にハダシになれとすすめた男だった。

「このような設備の中で教える教育というものが、僕たちに何の参考になるものですか。僕たちは歩いて来ただけで参考になりましたよ。敗《ま》けたとはいえですよ。この建物は僕たちの税金で出来たものです。それを見せていただいて涙を流さねばならんですか」

ミチ子は自分の、眼を押えた姿を見られたかと横を向いた。その拍子に手持無沙汰のために、みんなからはなれて靴をはきかえた。はきおえて顔をあげた時、伊佐が運動場をよこぎって歩いてくるのを見かけた。その後方にエミリー嬢がつっ立っていた。伊佐は靴をぶらさげていた。エミリー嬢の美しい姿を見ると、ミチ子はまた運動靴にはきかえようかと思った。

空腹をかかえて歩いてきた距離の長さがある者を怒らせ、ある者をよけい無気力にしたのだ。

「しかしこの参観は苦労して得たわれらの特権なので早まったことをしていただいては学務部の顔が立ちません。何です、あなたは」

柴元は広い肩をゆすって居丈高に言い、その勢いで叱咤した。

「アメリカン・スクールの前で腰を下ろさないで下さい。乞食のように見えます。もうあんたはそこにいたのですか」

柴元の視線の止ったところには、伊佐が背中を向けて坐っていた。

「だからです」と山田が割りこんだ。「われわれの力を見せようではありませんか。僕に任せて下さい。それ以外意味ないと思うんだ」

「それはそれとして、みなさん」

柴元は横あいから山田の話を奪うと、鞄の中から、印刷した用紙をとり出してみんなに配った。一同の注意はその紙の方に転じた。

「参観後の感想をくわしく書いて提出していただきます。参考資料にしますから」

するとミチ子が感情のかたまりを抑えかねたように高い声をはりあげた。

「書くことなんかありませんわ。書いてどうなるんですの?」

「いや」と山田が嘴《くちばし》を入れた。「僕の通りに書けばいいんです。僕がこの学校の授業方針、巧拙、その他ぜんぶ厳正に批判します。僕がみなさんにあとで見本を示しますよ、それよりも……」

「そんなことをいってるんじゃないんですわ」

「では何ですか。何が不足ですか、あなたは」

ミチ子は、山田はお話にならない。伊佐はどこかいじけすぎているくせに、女の人によくされる。ほんとに伊佐に聞きただしてやらねば、とミチ子は、山田と伊佐のことを同時に思うのだ。


その時、鉄柵があいて眼鏡をかけた、三十ばかりの、校長、ウイリアム氏が微笑をうかべてあらわれた。もう立ち話をしている時ではなかった。

山田が最初にとびこんで行ったが、そのあとではしばらくゆずり合いがおこった。伊佐は柵がしめられるころになって、足をひきずりながら一人おくれて入った。

伊佐は彼のカンで山田が、山田自身とそれから伊佐とにモデル・ティーチングをするように画策していると察していたが、いよいよそれはまちがいないと思った。どんなことがあっても山田の口を封じなければならないと思った。そう思いながらも、封じる手は思いつかず、彼の足は前にすすむに重かった。

参観者は生徒のじゃまをしないように二列になってすすんだ。山田が校長ウイリアム氏にへばりついていた。ウイリアム氏が発声すると山田は片手をあげて、ふりかえり何ごとかをしゃべるのだ。それが順々に逓伝《ていでん》されてくる。それは誰が発案したともなくいつのまにかそうなってしまったのだ。そしてそれは、まだ生々しい軍隊の命令伝達のやり方や、防火バケツの手渡しの記憶がのこっていたせいであろう。ミチ子は伊佐の前にいたが、ミチ子を経て伊佐に伝わるまでには時間がかかった。そして逓伝者のおどろきの部分だけが伊佐の耳に伝わった。

　ウイリアム校長というより、通訳者山田の第一声は、次のごときものであった。

「私たちのアメリカン・スクールの校舎は日本のお国のお金で建てたものです。お国の建築屋が要求通りにしないのとズルイために、ごらんの通り不服なものなんですが。第一、経費も本国の場合とくらべると約五分の一です、明るさというのが私たちアメリカ人のモットーなのですが、まだまだこれではそのモットーに添っていません。ここの生徒は一クラス二十人です。まだこれでも多すぎます。十七人が理想なのです。お国の学校は七十人だそうですが、あれはいけません。断じて許されない数です。（ウイリアム氏は、十七のセブンティーンと七十のセブンティーとが期せずして頭韻をふんだのを得意げに発音した）なぜならばそんなに多くては団体教育になり、軍国主義になるもとにちがいないからです」

　ここで山田の声はとだえた。ウイリアム氏が急に真剣な顔をし、かなり厚みのある大きな指を一本、山田の額の前につき出したからだ。それからつづけた山田の声はしばらくふるえをおびていた。

「私たちの給料は本国から支給されているのです。聞くところによると、私たちの中のいちばん若い女の先生のそれも、皆さんがたの多い人の約十倍のようです。これは本国にいるよりはかなりいいのですが、それは物価が高いためで、私たちの給料が皆さんのそれより多いのは、私たちの生活水準が高いからにほかなりません。それはまことに当然のことと申さねばならないのです」

　ウイリアム氏の話が伊佐に伝わったころには、月給が十倍という溜息まじりの文句だけであった。ミチ子はあやうくよろめくところを伊佐に支《ささ》えられた。

「何ということでしょう。ほんとに誰かのおっしゃったように、帰るべきだったわ」

「そうです、その通りです」

「あなた、あの人に手当してもらったのですか？」

「そうです、その通りです」

「何を話したの？」

「何にもです」

「あら、あんなことをして。いやあね」

　伊佐はミチ子に言われてそちらを見やると、廊下のすみで男女の学生がより添い、目をつぶり手をにぎり合っているのだ。エミリー嬢が、ぽんぽんと二人の背中をたたき、参観者がいるという合図をした。そうして彼女はミチ子の方を見て微笑した。

「何か夢の国ね。だけど中身は案外ね、きっと」

「そうです、その通りです」

　ミチ子はこの奇妙な返事をくりかえす伊佐の兎《うさぎ》の眼のよう

なおじけついた、心配そうな眼を見ると、山田の言葉を思い出した。急に伊佐が口を切った。

「なぜこんなに恥かしいめをしなければならんのでしょう」

「恥かしいめって？　ハダシになったこと？」

「いいや、こんな美しいものを見れば見るほど」

「美しいって。そうかしら」

「僕は自分が英語の教師だからだ、と思うんです」

「何のこと、それ？　あなたは英語を話すのおきらい？」

「き、きらいですとも、……」

（やっぱり）とミチ子は思った。（そういう男の人はよくある、伊佐も山田と反対にその一人なのかしら）

7

参観者は、バラバラに別れて、各自その好む授業を観ていいことになったのだが、みんなかたまりたがった。柴元はそれをむりやりに三組にわけた。それには彼の柔道家としての身体が役立った。わかれた者はその者同士でかたまって動いた。東京見物にきたお上りさんのようだった。

ミチ子はとにかく伊佐のそばを離れなかった。彼にあのことを言わねばならない、とアスファルト道路上からの重荷になっていたことがあるだけではなく、彼のそばにいると、何をしでかしても、自分がアメリカ婦人にくらべて惨めでも、心がおちつく気がするのだ。つまり伊佐は彼女にとって、アメリカン・スクールをいっしょに歩くには恰好の相手だった。

伊佐はまた山田のそばを離れなかった。彼は山田の一挙手一投足に注意を集めていたし、山田が階段からすべり落ちて怪我でもするように心から願っており、何ならその扶助さえも惜しまない気持になっていた。怪我してまで、モデル・ティーチングの提案をウイリアム氏に出すことはあるまいから……おまけに山田のそばにおれば、何一つ英語を話す必要はなかった。山田が一人で活躍したがっているからだ。

したがって、山田と伊佐とミチ子はいっしょにある教室に入って行った。そこは図画の授業がはじまっていたが、準備室で山田は手帖に何か書きこんだ。それからミチ子をふりかえって狡猾そうに言った。

「ごらんなさい。これだけの物量を誇っているくせに、子供の絵は下手くそで見られないから、ドンチュー・シンク・ソー？（そう思いませんか）」

すると、山田の口もとに耳を集めていた二、三名の日本人は、神妙に相槌を打ってニヤニヤした。ミチ子は自分も同感だが、この人たちは、卑くつな日本人の悪さを持っている。しかし自分や伊佐は……と思って伊佐をふりかえると、伊佐はエミリー嬢の運動靴が大きすぎるのでしゃがんで紐を結びなおしていたが、ミチ子の目に合うと顔を赤くして横をむいた。

「ちょっと生徒の絵を見ましょう」

しかし教室には空中を大小さまざまな魚が泳いでいた。いろんな色を塗られた、いろんな魚が、一つ一つ数人のグループでこさえられたのだ。すると、窓から遠くに見える日本の藁《わら》ぶきの農家の写生をしていた中学一年の男女がふりかえりはじめ、そのうちの一人が柴元を右手で指しながら左手でアンコウを指した。山田は鮫《さめ》になり、伊佐はやせているためか、飛魚になり、ミチ子は金魚になった。こうしてまたたくまに全員が魚になった。廊下へ出ると柴元に山田が言った。

「女の先生にまでこんな恥をかかせる教育なんてものはない。一札申し入れましょうか。どうです、みなさん。あなた何でした、ミス……」

「そんなこといいじゃあ、ありませんか。何でもないのよ。こっちがひがんでいるからですわ」

「ひがんでいる？　僕は教育のことを言っているんです。図画の教師がケシカランと思う。しかし被害者のあなたがそう言うのなら、あなたは金魚でしたよ。他人の親切を……」

山田は笑いもせず、不機嫌にそうつけ加えると、手帖に何ごとか記入した。

「伊佐くん、キミは何でした」

彼は返事をしなかった。

「キミの飛魚はケッサクだ。ハダシで飛びまわったのですからな」

しかし伊佐は山田の身に事故の起ることばかり考えていたので、聞いてはいなかった。

エミリー嬢が英語を教えているのを、エミリー所有と横文字で書いた運動靴をはいて、伊佐は廊下で聞いていた。ミチ子はこんどは伊佐を誘いはせず、部屋に入って行った。やがて小声でしゃべりながら彼らは、一人一人あらわれた。

「あなたや僕の英語の方がよっぽどうまいくらいだし、どうです、あの生徒の文法上のまちがいは」

「でもきれいな女の人ね」

「映画女優が高給をもらっておるようなもんだ」

「あの人、ほんとに英語が嫌いらしいですわよ」

ミチ子は伊佐のことを英語で山田に言った。山田はやはり英語で答えた。

「僕は何でも分るのです。何か僕に悪意をいだいているらしいことも分っています」

ミチ子は英語で「彼」というと何か伊佐の蔭口を言ってもそれほど苦にならないことを知って、伊佐のあれほど英語を話すのを嫌う気持もわかるような気がした。たしかに英語を話す時には何かもう自分ではなくなる。そして外国語で話した喜びと昂奮が支配してしまう。ミチ子は、山田のそばをはなれなくてはと思った。

8

ミチ子は伊佐と肩をならべた。

「英語を話すのがお嫌いなら、わたしなんか、おきらいですわね」

そう言ってミチ子は自分の言葉におどろいた。

「女は別です」

「女は真似るのが上手って意味？」

伊佐は、ミチ子のいう通りかも知れないと思った。

するとミチ子は急に伊佐の耳もとに何か囁いた。伊佐はそれが日本語であるのでホッとした。

「えっ？　そりゃあなたさえ……」

そう言うと伊佐は囁いた当のミチ子より真赤になった。

「ねえ、それも恥かしいことなの？」

ミチ子が何となく浮き浮きしたことを言いだしたのは一つには彼らの目の前に展開されている光景のためかもわからない。そこでは、当アメリカン・スクールと近県のアメリカン・スクールとのあいだのバスケットの試合を明日にひかえての応援団による激励が行われていた。応援団は十六、七の三人のユニフォーム姿の女生徒でリーダーシップをとっていた。彼女らが一声高く選手の名を呼び気合を入れるとそれについて気勢をあげる。次第に応援は白熱し、ついに生徒はレビューガールのように気勢をあげるたびにスカートを持ちあげ、そのうち宙がえりをはじめるのだ。

山田が近づいてきた、と思うと伊佐に向って言った。

「午後、あなたと僕がモデル・ティーチングをやって見せることに決りました」

「ぼ、ぼくは何にも知らない。僕にはかんけいはない」

「いや、キミと僕とが適任なのだ。柴元さんを通して話しをつけた。午後一時間参観が終ったらそのあとで打ち合わせをしましょう。にげないで下さい。にげれば柴元氏は感情を害しますよ。この方の指導を受けておきなさい」

と山田はミチ子をあごで指した。それが何か意味ありげだった。

山田は伊佐といっしょにモデル・ティーチングをやる気持は実際にはなかった。伊佐のごときものとやれば、教員ぜんたいの面よごしだと思っていたからだ。ところが、応援の進行中にふと伊佐たちの方をふりむくと、ミチ子が伊佐の耳もとに何か囁き、伊佐がうなずきつつ顔を赤らめているのを見た時、山田の心は決った。すぐ校長に独断で談じこんだ。校長は狂人じみた山田の語気のはげしさに、柴元同様、うなずかざるを得なかったのだろう。柴元は、ウイリアム氏が山田の一方的な果し合い状をつきつけるような申入れに何と答えるか気がかりだったので、ウイリアム氏が許可した時、柴元はおどろいた。当のウイリアム氏は、近々帰国するので、この勇敢な演技を故国への土産の語り草にと思ったのかも知れない。

「食事は門を出た百米先きの広場のベンチの上でして下さい。場所はそこ一ヵ所に限られています」

と言い残すと山田は先きに立って歩き出した。伊佐は唇をふるわして山田の後姿を茫然とながめていたが、

「私が代ってあげますわ、伊佐さん」

「いや、こうなったら、僕は山田をなぐるか、職を止めるか、やらせられても英語を一言も使わないかです」

伊佐は山田のあとを追っかけようとしたが靴ずれの痛みが

よみがえってきて、びっこをひきながら進もうとした。ミチ子がその手をおさえた。

「ねえ、ちょっと貸してちょうだい、さっきお願いしたの、洗ってくるわ」

伊佐はそう言われてその瞬間、何のことなのか分らぬといった表情を見せて、その兎のような目をまたたきさせた。

「ねえ、さっき……」

彼は二度言われてミチ子の要求が何であるのか、ようやく察した。しかしそれは自分がまず用いてからのことなのだが、と伊佐は山田に決戦を挑むというこんな大切な時にもかかわらず、自分のその一事を忘れなかった。ええっと伊佐は思いきって鞄の中から新聞紙にまるめた物を取り出してミチ子に渡した。そうしながらも彼の眼は山田の姿を見送っていた。ミチ子は伊佐の手からその包みを受け取ろうと両手をのばした。このあいだにはものの十秒とたっていなかった。

ミチ子が両手をのばした時に、伊佐はリレーの下手な選手とおなじく、渡しきらぬうちに自分が走り出していた。ミチ子はミチ子で顔を赤くし、つい身体の均衡がくずれた。

ミチ子は、ハイ・ヒールをすべらせ、廊下の真中で悲鳴をあげて顚倒した。その時彼女の手から投げ出された紙包みの中からは二本の黒い箸がのぞいていた。

彼女がこのような日本的なわびしい道具を手にして倒れたとは、伊佐以外には誰も気がつかなかった。するとたちまちウイリアム氏の怒号とともに日本人は追いちらされ、それと同時にあちこちのドアから外人がとび出してきた。そしてその中からまた女性だけが残り、彼女たちが衛生室にかつぎこんだ。

ウイリアム氏はこの事故をなげかわしいと思ったのか、伊佐とミチ子とは何をしていたのか、と苛立たしげに眼鏡をなおしながら柴元にきいた。引き返してきた山田が、キゼンとしてそれを通訳した。

「びっこをひいて追いかけた男は、この山田にモデル・ティーチングを代ってやらせてくれるように頼むつもりで駈けようとしたのです。そしてあの婦人もまた、自分でそれをのぞんで、彼を止めようとしたのです。すべて研究心と、英語に対する熱意のためです」

「そう、特攻精神ですか」

ウイリアム氏はそう皮肉に言ったが、山田はそれを讃辞と受けとって柴元に伝えた。山田は目をしばたたいた。

ウイリアム氏は山田たちが取りちがえているのを知ると眼鏡を直しキッとなって言った。

「これからは、二つのことを厳禁します。一つは、日本人教師がここで教壇に立とうとしたり、立ったり、教育方針に干渉したりすること。もう一つは、ハイ・ヒールをはいてくること。以上の二事項を守らないならば、今後は一切参観をお断りする」

ウイリアム氏は早口でそう言い残すと、大股で衛生室へ歩いて行き、中へは入らずドアの外で佇んで様子をうかがっているのだった。いつまでたっても山田がウイリアム氏の宣言を通訳しないので、柴元が山田の胸をつつくと、山田はようやくわれに帰り、物も言わずそのまま入口の方に逃れるように走って行くと、その後を柴元をはじめ日本人教師が思い出したようにくっついて駈けだした。そして伊佐はまたもや一人とり残された。

（『小島信夫全集』4　講談社　昭和四六・五）

小島信夫《こじまのぶお》 1915―2006

小説家。評論家。岐阜県稲葉郡加納町（現在の岐阜市）生まれ。東京帝国大学文学部英文学科卒業後、私立日本中学の英語教師になる。一九四二年に入隊し、中国大陸で従軍する。一九四六年、佐世保で復員。その後、岐阜師範学校、千葉県佐原女学校、東京都立小石川高等学校、明治大学に勤める。一九五三年に「小銃」が第二八回芥川賞候補に選ばれたのを皮切りに、「吃音学校」（第三〇回候補）、「星」「殉教」（第三一回候補）と、立て続けに作品が芥川賞候補となる。この頃より目覚しい活躍をとげ、昭和二〇年代後半に文壇に登場した安岡章太郎、吉行淳之介らとともに、「第三の新人」と呼ばれ、大きな注目を集める。一九五四年九月、**「アメリカン・スクール」**を『文学界』に発表、翌年、同作が第三二回芥川賞受賞。一九五五年、ロックフェラー財団の招きで渡米。一九六五年、「抱擁家族」を『群像』に発表、翌年、第一回谷崎潤一郎賞受賞。その後も、『私の作家評伝』1～3（一九七二―七五）、『私の作家遍歴』1～3（一九八〇―八一）、『別れる理由』1～3（一九八二）、『うるわしき日々』（一九九七）といった作品を発表した。〈アメリカ〉〈家庭〉をテーマに、〈日本〉の〈戦後〉の特質を描き続けた、重要な戦後作家の一人である。二〇〇六年一〇月二六日、九一歳で死去。

占領下におかれた〈日本〉

敗戦から約七年間、〈日本〉本土はGHQ（連合国軍総司令部）の占領下に置かれた。それは軍国主義から民主主義へと戦後改革が進められ、〈日本〉が急速な転身を求められた時代であった。「アメリカン・スクール」は、この占領期の真っ只中ともいえる一九四〇年代後半を物語の現在としている。

物語は、三〇人程の英語教師たちが、片道六キロの道のりを歩いてアメリカン・スクールに向かう場面から始まる。目的地であり、到達点としてのアメリカン・スクール。そして、彼らに求められる言語＝英語が、かつての「敵性言語」から今では「戦勝国」の、また占領する側の言語であるということ。これを説明するかのように、〈日本〉と〈アメリカ〉を階層づける指標は――例えば、貧しさと豊かさ、戦勝国と敗戦国など――物語内に数多くちりばめられている。まずは、時代状況と連関する物語の枠組を正確に捉えることが肝要だ。

ただ、作品読解の上で重要なのは、こうした大枠だけではない。アメリカン・スクール見学団たちの心理はどう描かれているのか。そして、彼らはどう階層づけられているのか。また、英語をネイティブのように話し、聞くということが、彼らに何を求め、強いているのか。いったい、アメリカン・スクールという場とそこでの体験は、いかなる意味をもっているのか。それぞれを丁寧に捉え、意味づけることが、作品の持つ豊饒性と時代批評性を捉える上で何より重要であろう。

例えば、長い道のりを歩み進める英語教師たちの心中には、「敗戦国民」の屈折した「劣等感」とその裏返しの「自尊心」

の他、様々な思いが渦巻いているが、彼らの〈戦後〉に向き合う様子は、けっして一様ではない。なかでも屈折した葛藤を見せる伊佐の心理は、山田との対比も含めて考察されるべきであろう。なお、彼らの意識のありようは、その装いにも表わされている。例えば、ミチ子のハイヒールとスーツ。そして、箸。また、伊佐の借り物の革靴と、そのために歩けなくなるというエピソードなど。この作品では、モノとそれにまつわるエピソードに重要な意味が付与されている。また、〈日本人〉の内部にも意識の差や階層関係があることに注意しておきたい。山田と伊佐の関係は見易いが、山田とミチ子の場合はどうか。ジェンダーや英会話能力など、様々な要素とその交錯が織り成す登場人物たちの関係性を正確に捉えたい。

登場人物の多面性に注意を寄せることも重要だ。例えば、〈戦後〉という新しい時代に順応しているように見える山田は、はたして平和な民主主義者であろうか。見学団の様子はどうだろうか。〈戦後〉という「時間」の前に〈戦争〉という「時間」が確実に存在することを、この作品は巧みに描き出しているが、それは個々の登場人物たちのなかに複雑に織り込まれている「記憶」を丁寧に追うことで明らかになるだろう。その考察から、作品の枠を超え、敗戦後の〈日本〉というテクストを読み解く道も開かれてくるに違いない。

以上のような細部の読解の他に、ネイティブのように英語を〈話せる・聞ける／話せない・聞けない〉ということの持つ意味や、アメリカン・スクールという場について考えることが、英語という切り口から〈時代〉を照らし出そうとした、この作品の主眼を捉える上では欠かせない。伊佐の葛藤は英語使用の問題と不可分だが、彼の英語への恐怖や苦悩は〈戦後〉を生きるときに生じる「主体」の揺れとも通じ合っていよう。しかし、その躊躇や葛藤の一方、アメリカン・スクールで話される英語は、彼に新しい感慨をもたらす。伊佐の英語に対するつまずきと変化は、何を意味するものなのか。ことばの中に織り込まれた〈時代〉と〈人〉の姿を丁寧に読み解き、現在と確実につながる〈戦後〉という時代へと視線を及ばせてゆこう。

視点1　作品が描き出す階層構造や関係性を、国家、言語、人物関係、ジェンダーなど様々なレベルで捉える。
視点2　山田、伊佐、ミチ子の差異と、それぞれの人物が持っている多面性や心の揺れ、変化を、アメリカン・スクールまでの道程と重ね合わせながら追う。
視点3　〈戦中〉が〈戦後〉にどう残存、継続しているのか、一方、両者がどう切断されているのかを考える。

〈参考文献〉「第三一回芥川賞選評」（『芥川賞全集』第五巻、文藝春秋、一九八二）、広瀬正浩「ネイティヴ・スピーカーのいない英会話―戦時・戦後の連続と『アメリカン・スクール』」（『名古屋大学国語国文学』二〇〇一・七）、マイク・モラスキー『占領の記憶／記憶の占領―戦後沖縄・日本とアメリカ』（鈴木直子訳、青土社、二〇〇六）

（**天野知幸**）

水滴

目取真俊

徳正《とくしょう》の右足が突然膨れ出したのは、六月の半ば、空梅雨の暑い日差しを避けて、裏座敷の簡易ベッドで昼寝をしている時だった。五時を過ぎて少しは凌ぎやすくなっており、良い気持ちで寝ていたのだが、右足に熱っぽさを覚えて目が覚めた。見ると、膝から下が腿より太く寸胴《ずんどう》に膨れている。あわてて起きようとしたが、体の自由がきかず、声も出せない。ぬるりとした汗が首筋を流れた。脳溢血でも起こしたのか、と思ったが、頭に違和感はなく、意識もはっきりしている。天井を見つめて思案している間にも、足はどんどん膨れていき、すべすべと張りつめた皮膚に蟻の這うようなむず痒さが走る。掻こうにも指先一つ動かすことができず、胸の内で悪態をついていると、半時間ほどして妻のウシが起こしにきた。陽もやわらぎ始めたので畑仕事に出ようと呼びにきたのだった。

すでに中位の冬瓜《すぶい》ほどにも成長した右足は生っ白い緑色をしていて、ハブの親子が頭を並べたような指が扇形に広がっている。まばらな脛毛が卑猥な感じだった。

「ええ、おじい、時間ど。起《う》きみ候れ《そーり》」

肩を揺すると枕から頭が落ち、空ろに開いた目と口から涙とよだれが垂れ落ちた。

「あね、早《へー》く起《う》きらんな」

いつものように仕事を怠けようと寝た振りしていると思い、鼻をつまむというより、もぎ取るような勢いでひねりあげたが、何の反応もない。不審に思って全身を見渡したウシは、それまで近所の誰かが置いていってくれた冬瓜とばかり思っていたものが、徳正の右足だと気づいた。

「呆気《あっき》さみよう！　此《く》の足《ひさ》や何《ぬー》やが？」

恐る恐る触ってみると、少し熱っぽいが、しっかりとした固さがあった。

「はあ、この怠け者が、この忙しい時期に異風な病気なりくさって」

畑の草取りから山羊の餌の草刈りまで、一人でやらないといけないと知って腹が立ち、こんな変な病気になるのも、歌、三味線《さんしん》、博打に女遊びと好き勝手にやっているからやさ、と脛のあたりを思い切り張った。徳正は目をむいて気を失ったが、パチーンという小気味よい音が響くと同時に、膨らんだ足の親指の先が小さく破れて、勢いよく水が噴き出した。ウシはあわてて足先をベッドの横に出し、踵から垂れ落ちる水を水差しに受けた。最初の勢いは衰えたが、間断なく落ちる液体はどうみても水だった。

「珍《みじら》しい事《くと》もあるものやさ」

　親指の皮の破れ目から盛り上がっては滴り落ちる水の玉を見ていたウシは、ふと好奇心に駆られて、そっと指先を濡らして舐めてみた。糸瓜《へちま》の水のような青くさく淡い甘味があった。血でも汗でも尿でも、人の体から出るものは辛いものやしが、と思いながら、ウシはゴム草履を突っかけて、診療所の医者を呼びにいった。

　徳正の足の噂は、翌日の朝には村中に広がっていた。昼には見舞いにかこつけた見物人が門の前に列を作り、五十メートル程の長さになった。村に行列ができるのは、終戦直後の米軍の配給の時以来だったから、関心のなかった者も並ばずにはおれなくなった。最初は礼を言いながらお茶や菓子を出してたウシも、アイスクリン売りまで出るに及んで、

「何《ぬー》が、我《わ》っ達《たー》徳正や見せ物《みしむん》るやんな？」

　と怒り出し、納屋から鉈《なた》を持ってきて振り回し始めた。

「仕事もせん遊び人」と罵ってばかりいても、ウシが徳正をどれだけ頼りにしているか知っている村人達は、ここで物言いしようものなら本気で切りつけられると一散に逃げ出した。

　ウシが家の内に消えると、共同売店前のガジマルの木陰や公民館の軒下、クワディサーが枝を広げるゲートボール場横のベンチあたりに自然と人が集まり、見舞いにいって実際に足を目にした者を中心に話がはずんだ。足の形や色艶、においい、固いのか軟らかいのか、爪の変形の具合や過去に村で起こった局部肥大症の症例の数々が話され、吉兆か凶兆か、という予想から、何日で腫れが引くかという賭けが始まる。村の財政に及ぼす経済効果に話が広がった頃から夕暮の気配になって酒が入った。たちまち歌・三味線が始まり、踊りに空手と盛り上がると、次の村会議員選挙を狙っている者が山羊を潰し、その対立候補と噂されている者が酒を買いに息子を走らせる。売り物にならなかったマンゴーやパインが皮を剝かれ、甘ったるい匂いが鯖缶やチギリイカの匂いに混じり、子供たちは爆竹を鳴らし、女達は山羊汁の鍋の火に顔を火照らせ、青年たちは浜に下りて潮の揺れに合わせて体を重ね、豚の肋骨をくわえた犬達が村中を走り回った。

「人の心配《しわ》は分からん痴れ者達《ふりむんたー》が」

　窓から騒ぎをうかがっていたウシはこぶしで殴るふりをし、徳正が寝たままのベッドに戻って足の水を替えた。村の神事にもかならず参加し、祖先の供養も欠かしたことのない自分が、「何でこんな哀れをしないといけんかね」と嘆かずにはおれなかった。徳正は微熱があるくらいで脈にも異常はなく、軽くいびきをかいて気持ち良さそうに寝ている。右足はすでに一抱えはある大振の冬瓜《すぶい》くらいになっている。剃刀でちょんとやってみたい誘惑にも駆られたが、このまま意識が戻らないことを考えると、気の強いことでは村人の誰もが一目置くウシもさすがに不安になった。親指の先から漏れる水は、一秒置きくらいに規則正しく落ち続けている。ウシはベッド

の下に置いたバケツを交換し、溜まった水を裏庭にぶちまけた。

　診療所の医師は大城というまだ三十代半ばのやさ男で、人当たりもやわらかく老人連中に人気があった。大城は困惑した表情を隠せないまま血圧を測り、採血や触診を行なったが、病名を告げることはできなかった。街の大学病院に入院して精密検査を受けることを勧められたウシは反射的に、「ならんど」と叫んだ。「ダイガクビョーインに入ると最後だ」というゲートボール仲間の言葉を信じ込んでいるウシは、何度説得されても聞かなかった。踵から落ちる水を小瓶に入れてカバンにしまいながら大城は、明日にも精密検査を受けるようにと繰り返し、定期的に回ってくることを約束して帰っていった。

　子供の無いウシと徳正は、四十年近く農業をしながら二人きりで暮らしてきて、どちらかが欠ける生活など考えたこともなかった。命に別条はない、と無理にも思ったウシは、しばらく家で様子を見ることに決めて、騒がしい村の連中を追っ払うために納屋に鉈を取りに行った。

　翌日から、大城は日に二回往診に来てくれた。合間には看護婦が点滴の交換や着替えの手伝いに来てくれたので、ウシは短時間ではあれ畑の様子を見にいくことができた。

「大学病院に勤めている友人に頼んでおいた検査の結果が出ましたよ」

と大城が言ってきたのは、徳正の足が腫れて四日目の午後だった。大城は縁側に座り、ウシの出した大根の黒糖漬けをこりこり食べながら、細かい数字の並んだ用紙を示した。

「要するに、ただの水ですね。少し石灰分が多いようですが」

　ウシは、何でその水が足の先から出るのか訊ねた。

「さあ、それが不思議なんですよ」

　人のよさそうな笑顔で言うのを、それが分からんで何のために医者をやってるか、とどやしつけてやりたい気持ちだったが我慢して、

「理由は分からんでもいいから早く止めてくれませんかね」

　と頼んだ。そのためには大学病院に入院させるしかない、と大城は繰り返した。「ダイガクビョーインでは年寄りの病人を実験材料にしている」と老人会の戦跡地巡りの観光バスの中で聞いていたウシは、「糞《くす》の役にも立たんさや」とつぶやいて、空になった皿を片付けた。大城は「はあ？」と聞いたが、ウシは笑って礼を言い、自分で治すしかないと心に決めた。

　最初、ウシは徳正がフィラリアにかかったのかと思った。ウシが子供の頃までは、松の切り株のような足を引きずったり、褌からはみ出した種豚のような睾丸《こうがん》をぶらつかせて歩いている者が村に何名かいた。中でも村々を回って修理屋をしていた一輪車おじーは有名だった。石のように固くなった巨大な睾丸は南瓜のように少し平べったく、地面に座り込むとその上で鍋や釜、傘の修理から刃物研ぎまでこなし、その鮮

やかな手際を見るのが村の子供たちの楽しみだった。仕事が終わるとおじーは、作業道具と一緒に大きな箪丸を一輪車に乗せて次の村に去っていく。破れた着物を着た小柄な後ろ姿を思い出して、ウシは懐かしさに目が潤んだ。徳正も足だけでなく箪丸まで腫れ出すのではないか、と心配したが、幸いその気配はなかった。元々毛の薄い方だったが、今では脛毛もすっかり抜け落ちて、産毛に包まれた足は色まで緑が濃くなり、形といい、手触りといい、ハブの頭のような指が無ければ冬瓜《すぶい》そのものだった。水は相変わらず規則正しく落ち続けていた。

大城の友人という医者が三名、水の検査に訪ねてきたが、ウシは家にも上げずに追い返した。大城は特に気を悪くした様子も見せずに往診にきてくれた。ウシも何も言わず、大根の黒糖漬けを少し多目に出した。徳正は熱も脈も安定し、軽いいびきを立てて眠る日が続いた。ウシは畑に出る時間を増やし、夜は大き目のバケツを用意して、今まで通り自分の部屋で寝るようにした。

ベッドの傍に兵隊達が立つようになったのはその夜からだった。

寝たきりになった日からずっと徳正の意識は正常だった。眠っているように見えてもまわりの騒ぎは聞こえていたし、ウシと大城の会話も理解できた。しかし、言葉を発することはできず、身振りや眼差しでウシに合図を送ることもできなかった。自分は脳がバカになって半身不随になってるやさや、と悲しくなったが、そのうち治りるする、という持ち前の楽天的な気持ちもあって、訪ねてこないので腹を立てているであろう女達への詫び状を考えたりしながら時間を潰していた。

ウシが部屋に引き上げた後、まどろみに浸っていた徳正は、右の爪先にむず痒いような痛いような感覚を覚えて目が覚めた。点けっ放しになっている蛍光灯の光が眩しかった。瞼が開き、首を傾けることができる。

「あい」と嗄れた声まで出た。

「ウシ、ウシ」と呼んだが、隣まで届くほどは出せなかった。それでも嬉しさは抑えられず、頭をめぐらし部屋を眺めようとして、足元に並んで立っている数名の男達に気づいた。泥水に浸かったように濡れてぼろぼろになった軍服を着た男達は、皆、思いつめたようにうつむき、徳正の足元を見つめている。頭を起こして見ると、もう一人、足元にしゃがんでいる男がいた。五分刈りの頭の半分を変色した包帯で巻いた男は、徳正の右足首を両手で支え持ち、踵から滴り落ちる水を口に受けている。男の喉を鳴らす音が聞こえた。立っている男達が唾を飲み込む。

男達は全部で五名だった。立っている四人は二人がヘルメットをかぶり、二人は丸刈りの頭を茶色に変色した包帯で巻いている。先頭の男は右腕に添え木を当て、二人目の男は松葉杖を突いていた。右足の膝から下が無かった。三人目の男はまだ十四、五歳くらいにしか見えなかった。顔の右半分がどす黒く膨れ上がり、裸の上半身に三列の大きな裂目が斜めに走っている。紫の桑の実のような血の塊が傷口にこびりついていた。四人目の男は端正な顔立ちをした本土出身の兵隊らしい男で、一見どこにも傷を負っているようには見えなかったが、襟口に目をやると首が後ろから半分以上切れていた。

足元の男は踵に口をつけ、足の裏をなめ始めた。恐ろしさとくすぐったさで、徳正は顔を歪め、おかしくなりそうな頭を正常に保とうと豊年祭の村踊りの歌詞を諳《そらん》じた。しばらくして水を飲んでいた男が立ち上がった。間を置かずに、先頭に立っていた男がしゃがんで水を飲み始める。飲み終えた男は未練げに目をやったが、すぐに真っすぐ向き直り、徳正に敬礼し頭を下げると右手に向かい、ゆっくりと壁の中に消えて行った。それとほとんど同時に、左手の壁から新しい兵隊が現れ、列の後ろに並んだ。出てきたばかりの男は珍しそうに部屋を見回し、徳正と目が合うと髭面に笑みを浮かべて軽く頭を下げた。四十歳は過ぎているだろう男の顔に見覚えがあるような気がしたが、思い出せなかった。頭に包帯を巻いた少年が呻き声を上げ、胸の傷口のあたりを払った。ぽろぽろと床にこぼれ落ちたのは大きなウジだった。象牙色の元気のいいウジはベッドの方に這って来る。徳正は擦《かす》れ声を漏らした。ウジは三十センチほど進むと黒い染みになって消えた。

間もなく、二番目の兵が水を飲み終え、敬礼して深々と頭を下げ、右手の壁に消えて行った。左手の壁からは前と同じように新しい兵が現れ、列に並ぶ。それが明け方まで繰り返された。

兵隊達は皆おとなしかった。危害を加えられるのではないか、という恐怖はじきに消えた。一人残らず深い傷を負っていて、立っているのがやっとというようなつらそうな様子や、ていねいに頭を下げて消えて行く姿を見ているうちに、徳正は哀れみさえ覚えるようになった。中には正視できないような兵隊もいた。まだ二十歳ぐらいの兵隊は、喉から鎖骨のあたりにかけて大きく抉り取られていて、呼吸のたびにごぼごぼと血の泡が気管から噴き出していた。そういう兵もやはり一心に水を飲んでいた。壁の時計を見ると一人二分程度。滴る程度の水では、それだけの時間で渇きを癒すのは難しいらしく、たいがいの兵隊は立ち去る時に未練気に足に目をやり、次の兵隊に急かされて順を譲るものも少なくなかった。時折は足の裏をなめ上げたり、水の出が悪くなったのか親指を口に含んで吸う者までいて、徳正はくすぐったさに目を剝いた。それにもしだいになれてくると、うつらうつらと浅い眠りを繰り返した。

右手の壁に兵が消えても左手の壁から次の兵が現れなくなったのは五時頃だった。空に青みが差し始めた頃、最後の兵が水を飲み終え、杖にすがってよろけながら壁に消えて行った。ぼんやりした頭をゆっくり振って、徳正は右足を眺めた。腫れは目に見えて引いていて、水も止まっている。眠気が覚め、声が出るなら大声で笑いたかった。全身に力をこめて起き上がろうとした瞬間、右足の爪先から付根に激痛が貫いた。親指の先から水が勢いよく落ち出し、徳正は口を開けたまま気を失った。

小さくなりかけていたように見えた足は、昼前には元に戻っていた。

ウシも治療に手を尽くしてはいた。村の年嵩の老女たちを訪ねて、足病みに効くという方法を聞くと片っ端から試した。田魚《たーいゆ》やミミズの煎じ汁は元より、海岸の岩場に生えていて、汁を吸うと死にかけた蝶も飛び立つというフパ草の搾り汁を飲ませたり、海亀の肉がいいと聞くと人を頼んで探してもらいもした。アロエの湿布や鍼、灸に自分で瀉血《しゃけつ》もやってみた。すべすべと張り詰めた皮膚に剃刀の刃をあてる時、勢いよく血か水が噴き出すのではないかと不安だった。ちょんと突くときれいな赤い玉ができ、コップに溜まった血は色も粘りも健康そのものだった。血に汚れがないのは安心だったが、良くなる気配はまったく無かった。

老女たちの強い勧めで、評判の高いユタも頼んでみた。しかし、高い金をふんだくられた上に、祖先への敬いが足りないと言われ、ユタにすがった自分の心の弱りようが情けなくなっただけだった。

「我《わ》ぬがや治《のー》しきれんさ。哀れしみてぃや、徳正」

そっと足をさすりさすりウシがそう言うのを聞いて、徳正もつい胸が熱くなってしまった。

兵隊達は毎晩現れるようになった。零時を回り、ウシがバケツを交換して部屋に引き上げると、しばらくして左手の壁から一人ずつ姿を現してくる。その時になると徳正も首と目だけは自由になった。兵隊達は水を飲む前後に礼をする時以外は、ほとんど徳正を見ようとしなかった。傷つき、今にも倒れそうな体を辛うじて支え、ただ徳正の爪先をじっと見つめていた。

彼らが皆、重傷を負った日本兵だということはすぐに分かった。八割方は本土の兵隊だった。年齢はばらばらで、防衛隊として駆り出されたらしい沖縄人の中には、こんな年寄りがと思うような白髪の男もいた。言葉を交わす者も少なく、皆、静かに立って順番を待っている。立ちきれない者は前後の誰かが体を支えてやっていた。徳正はしだいに見ているのがつらくなって、目を閉じ、眠りに落ちることを願った。

兵隊達が現れ出して、三度目の夜が終わろうとしている時だった。浅い眠りから覚め、壁に消えて行く兵をぼんやり見送っていた徳正は、伏し目がちに現れた新しい兵隊の姿に思わず呻き声を漏らした。

「イシミネ……」

村から二人だけ首里の師範学校に進み、鉄血勤皇隊員として行動を共にした石嶺が、別れた時のままの姿で立っていた。包帯代わりに腹に巻いた巻脚絆が血で黒く濡れている。徳正が自分の物を外して巻いてやったものだった。砕けた右足首に松の枝の添え木を当てたのも徳正だった。目を伏せたままの線の細い横顔を見つめ、徳正は声を失っていた。

同郷ではあっても知り合ったのは師範学校に入ってからだった。半年もしないうちに、冗談ではぐらかしながらも、他の仲間には言えない本音を言い合う仲になっていた。口数が少なく本ばかり読んでいる石嶺に、徳正がほとんど一方的に話すことが多かった。短く返される感想はいつも的確で、徳正は顔では笑いながら内心では真剣に聞いていた。

沖縄戦が始まった時、鉄血勤皇隊員として同じ部隊に配属された徳正と石嶺は、伝令と弾薬運搬を割り当てられた。中部の海岸に上陸した米軍が南下してくるのを最前線で迎え撃った徳正たちの部隊は、二度目の戦闘で壊滅状態に陥り、後は島の南部へ移動するだけだった。二人は大和人《ヤマトンチュー》の兵隊数名と行動を共にしながら洞窟から洞窟へと移動を続けた。そして、石嶺が艦砲射撃によって腹部に被弾した夜、島尻の自然壕で別れたのだった。

水を飲んでいた兵士が立ち上がり、敬礼をして消えていく。石嶺は右足を引きずり、前の兵隊の両肩にすがって二歩進んだ。後に続く兵は現れない。朝が近かった。とっくに気づいていながら認めまいとしてきたことが、はっきりとした形を取って意識に上ってくる。

兵隊たちは、あの夜、壕に残された者達だった。

右足の痛みがよみがえる。石嶺の番が来た時、徳正は声をかけようと頭をもたげた。石嶺は目を伏せたままだった。徳正は何も言えないまま枕に頭を落とし、目を閉じた。冷たい両の掌が腫れた足首をつつむ。薄い唇が開いて親指を口に含んだ。舌先が傷口に触れた時、爪先から腿の付根に走ったうずきが、硬くなった茎からほとばしった。小さく声を漏らし、徳正は老いた自分の体が立てる青い草の匂いを嗅いだ。


「ちゃー元気な？　へい」

いきなり部屋に入ってきた清裕《せいゆう》を見て、徳正の体を拭いていたウシは顔をしかめた。

「何《ぬー》しが来《ち》ゃーが」

刺を含んだウシの言葉に、清裕は酒焼けの顔に愛想笑いを浮かべて、手にしていたスーパーの白い袋を差し上げた。

「病人の見舞いよ、見舞い。あり、これはお土産」

袋から取り出したパパイアやゴーヤーは、どこかから盗ってきた物に違いなかった。

「お前の物は何ももらわん。早《へー》く仕舞って帰《けー》りよ」

テーブルの上に置かれたパパイアの熟れ過ぎて溶け始めた果肉から、ねっとりとした匂いが漂い、オレンジ色の皮を破って一匹のカナブンが這い出した。清裕が指で摘んで窓から放ると、カナブンは緑に輝いて青空に消えて行った。

「何処《だー》から盗んで来《ち》ゃーが？」

「あね、買《こ》うてぃる来《ち》ゃんど」

「嘘物言《ゆくしむぬ》いしち」

ウシはうんざりした表情で言った。清裕は窓枠にもたれてすっかり薄くなった頭を掻きながら媚びるように笑う。ここ半年ほど見ないうちにだいぶ老け込んだように見え、ウシは少しかわいそうな気持ちも起こって追い出すのをやめた。

　清裕は徳正と同じ歳で、従兄弟同士だった。ずっと独り身で、本土に出稼ぎに行ったり、那覇で日雇いの仕事をしたりしていたが、旧正月の前には村に帰って両親の残した家で過ごし、砂糖キビの刈取りの仕事で日銭を稼ぐのが常だった。それが今年の旧正月は戻ってこなかったので徳正と心配したのだが、実際に目にするとうんざりした気持ちが先に立った。地鼠《びーちゃー》というあだ名そのままの貧弱な体と貧相な顔のくせに、歯だけは馬のように立派だった。裾を二つに折った米軍払い下げのズボンにビーチの売店で売っているような派手なTシャツを着て、徳正の様子を物珍しげに見ている。

「七十も近いのにこの痴れ者《ふりむん》や」

　日頃からウシは、徳正が酒や博打に溺れるのは、清裕のせいだと思っていた。近づいてきて足にかけたバスタオルをめくろうとする手を、近くにあった蝿叩きで思い切り叩いた。

「あがよう、何《ぬー》が、我《わ》が手叩くる？」

「腐れ手で触らんけ」

「あね、心配《しわ》しておるのに」

「お前が心配《しわ》しても変わらん。触るなけ」

　ウシが蝿叩きを振り上げたので、清裕はあわててベッドの反対側に逃げた。そこからだと、爪先から漏れる水がよく見えた。白くふやけた親指の先に小さな破れ目があり、盛り上がった雫が足の裏を伝わって踵から下のバケツに落ちていく。

「水《みじ》れん？」

　と聞いたが、ウシは何も答えなかった。波紋をつくる無色透明な液体は、水よりもさらっとした感じだった。

「ええ、何しおるか」

　足に顔を近づけて観察しようとしていた清裕の頭に蝿叩きが打ちおろされた。

「どきくされ。かしまさぬ」

　ウシはぶつぶつ言いながら清裕の尻を蹴飛ばし、水の溜まったバケツを両手に下げて窓際まで行くと、持ち上げようとして少し手間取った。

「余計なことすなけ」

　手伝おうとして怒鳴られた清裕は、仕方なく窓枠にもたれて庭に撒かれる水を眺めた。裏庭は雑草が生い茂っていた。働き者のウシもさすがに手がまわらないのが分かった。仏桑《ぶっそう》華《げ》の生垣も枝を自由に伸ばし、赤い花が青空に映えている。糸瓜なのか、南瓜なのか、生垣に絡みついた蔓に鮮やかな黄色い花が二つ咲いている。その大きな黄色い花に見とれていた清裕は、ふと、雑草にしても仏桑華にしても勢い良く茂っているのが、ウシの撒いた水を浴びて水滴が輝いている部分に限られているのに気づいた。水を浴びていない所は雑草がまばらに芽を出しているだけで、生垣も少し前に刈り込まれたらしい形を保っている。不思議に思っているところに後ろから声がかかった。

「えー、用が無いなら早《へー》く帰《けー》りよ」

ベッドの傍らで扇風機にあたりながらウシがにらみつけている。

「姉さん、こんなに雑草茂らしてな」

ウシの目が一段と険しくなり、顔がほてっているのが分かった。畑や庭に雑草を茂らせることが、ウシにとってどれだけ屈辱的なことか承知していた清裕は、機嫌を損ねないように注意しながら交渉に入った。

「姉さんよ、草取りや畑仕事の手伝いに雇ってとらさんがや？ 徳正の看病の手伝いもすんど。手間賃は少しで済《し》むんど。あと、物喰わしてくれたら助かるしが……」

ウシは怒った表情のまま考え込んでいた。内心、手助けはほしかった。畑に出る時間は限られていて、草取りひとつとっても手が回らないし、徳正の看病にしても、床ずれを防ぐためにもっとこまめに姿勢を変えてやりたかった。隣近所から手助けの申し出もあったが、まわりに少しでも迷惑を掛けることはウシの気性が許さなかった。清裕をあてにせざるをえないことは腹立たしかったが、「怠けたり家の物を盗ったりしたら腰骨《くしぶに》叩き折ってとらすんど」と脅して、一日千円三食付きで雇うことにした。

水が溜まったらバケツを交換し、三十分おきに姿勢を変えること。今日中に裏庭の草を刈っておくこと。何かあったらすぐに連絡することを指示して、ウシは軽四輪車に乗り込み、下校中の小学生を二度跳ねとばしそうになりながら畑に出た。

清裕は徳正の足を観察したり、枕元に座って話し掛けたりしたが、何の反応もないのですぐに退屈し、ラジオのボリュームを上げてチャンネルを民謡に合わせると、壁にもたれて居眠りを始めた。一時間ほどして下半身の冷たさに目覚め、股のあたりを見た清裕は、一瞬寝小便を漏らしたのかと思った。あわてて立ち上がるとバケツを交換した。親指から滴る水の勢いが増していて、バケツから溢れた水が床に広がっていた。

「呆気《あつき》さみよう！ 大事《でーじ》なってるむん」

窓から水を捨て、急いで床を拭いた。

「しかし、珍《みじら》しい物《むん》やさや」

一息ついて、ふやけた親指の先から落ちる水を眺めていた清裕は、先程からむず痒くて仕方なかった両手の甲を、黒い点々が覆っているのに気づいた。虫か何かがついているのかと思ってあわてて手の甲を払ったが落ちない。それが自分の毛だと気づいて、鳥肌が立った。清裕も徳正と同じく体毛の薄い方だった。何とか濃くしようと、一緒に剃ったりもしたが、胸毛も腕の毛も産毛のままだった。それが指の背から手首のあたりまで固い毛の芽が出ている。艶やかなその黒い芽を見ているうちに、閃くものがあった。窓の所に行って裏庭を見ると、撒いたばかりの水が輝き、垂直に立った草が青い匂いを立てている。生垣に咲く花の赤と黄色も際立っている。清裕はバケツの所にとって返し、滴る水を手に受け、薄くなった額をぴちゃぴちゃ叩いた。効果が表れるのに五分もかからなかった。むずむずと皮膚の下で小さな虫が這うような感じがし、撫でると細くやわらかい毛髪を突き上げるように固い芽の手触りがあった。心《ちむ》どんどんするのを抑えてバケツの水を掬ってみた。どう見ても普通の水にしか見えない。鼻先に持ってきても匂いはなかった。踵から落ちる水を手に受けた清裕は、恐る恐る舌を伸ばした。思ったよりやわらかな口当たりで、かすかな甘みが口中に広がる。少し多目に口に含み、舌でこねていると、急に肛門のあたりに熱の塊ができて全身がほてり始めた。腰の中心に心地よいうずきが走る。ズボンの前が盛り上がっている。この数年、女を前にするといつも駄目になり、死んだ雀の頭のようだったのが、鳩の頭くらいになって首を振っている。

「したいひゃー」

清裕は空手の突きを三度決め、水を入れる容器を探しに部屋を飛び出した。

親指を吸われる感触と笑い声に徳正は目を覚ました。兵隊達はすでに三巡目に入っていた。彼らが壕に置き去りにされた兵隊達であることを知った時、徳正は最初、殺されるのではないかと恐れた。その気配がないことを知ると、今度は兵隊達の渇きをいやすことが唯一の罪滅ぼしのような気がして、親指を吸われることに喜びさえ覚えた。しかし、今は疎ましくてならなかった。

三巡目に入ってから兵隊達の様子もだいぶ変わってきた。元気を取り戻したのか、部屋に馴れたのか、水を待ちながらおしゃべりに耽り、時々は近所に聞こえそうな大きな笑い声さえあげる。騒ぎを聞きつけてウシが起きてくるのではないかと、期待と不安を交えてドアを見るのだが、その気配はなかった。兵隊達は徳正にはまるで無関心だった。水を飲む前後に敬礼し、頭を下げはするものの、それ以外は見向きもしなかった。石嶺以外にも壕の中で言葉を交わした兵隊が数名いたが、一様に無視されたのには良い気持ちがしなかった。

なぜ自分がこんな目に合わなければならないのか。徳正は日に何十回もそう嘆いたが、理由を考えようとはしなかった。いったん考え始めれば、この五十年余の間に胸の奥に溜まったものが、とめどもなく溢れ出すような気がして恐ろしかった。

徳正は、昼、教師に伴われて見舞いにきてくれた小学生達のことを思い出した。この十年来、六月二十三日の「沖縄戦戦没者慰霊の日」の前になると、徳正は近隣の小・中学校や高校で、戦争体験を講演するようになっていた。本来なら、今年も今頃は毎日のように講演に追われているはずだった。訪ねてきたのは最初の年から毎年行っている小学校の子供達だった。

そもそもは、同じ字に住む若い教師が、クラスの子供達の前で話してくれないか、と頼みにきたのがきっかけだった。戦争中のことは忘れようと努めてきた徳正は、それまでも同じような頼みを辞退し続けてきた。大学を出たばかりで、自分の善意を疑うような体験もしていないらしい金城という若い男の教師は、粘り強かった。一緒に戦争の話を聞いて回っているという女生徒二人に何度も頭を下げられて、最後には断りきれなかった。

六年生の教室で、終始うつむいたまま、徳正は用意してきた原稿を読み上げた。馴れない共通語はつかえ通しで、三十分の予定が十五分ちょっとで終わってしまった。恐る恐る顔をあげると、一瞬の間を置いて拍手が鳴り響いた。泣き顔のまま一生懸命手を叩いている子供達の姿を目にして、徳正は面食らった。何がそんなに子供達を感動させたのか分からなかった。以来、村内の他の小・中学校はもとより、隣町の高校からも声がかかるようになった。同じ頃、村の教育委員会が戦争体験の記録集作りを始めていて、その調査員に話をしたのを皮切りに、大学の調査グループや新聞記者が訪ねてくるようになった。テレビの取材を受けたのも二度や三度ではなかった。本土からの修学旅行生を相手に話をするようにまでなった。初めは無我夢中で話をしていた徳正も、しだいに相手がどういうところを聞きたがっているのか分かるようになり、あまりうまく話しすぎないようにするのが大切なのも気づいた。調子に乗って話している一方で、子供達の真剣な眼差しに後ろめたさを覚えたり、怖気づいたりすることも多かった。

「嘘物《ゆくしむぬ》言いして戦場《いくさば》の哀れ事語てぃ銭儲《じんもう》けしよって、今に罰被《ばちかぶ》るよ」

ウシは不愉快そうに忠告していた。言われるまでもなく、話し終わるたびに、これで最後にしようといつも思った。しかし、拍手を受け、花束をもらい、子供たちからやさしい言葉をかけられると正直に嬉しかった。子供や孫がいたらこんな気持ちになるのかと、涙が流れることさえあった。それに、家に帰って謝礼金を確かめるのも楽しみだった。大半は酒や博打に消えたが、新しい三味線や高価な釣り竿を手に入れることもできた。

見舞いにきた子供たちは、バスタオルで覆われた徳正の足にちらちらと目をやりながら、

「早く良くなってください」

と一人一人花束や折鶴を置いていった。徳正は一瞬、今までの嘘を全部謝ろうかと思った。自分が戦場で実際にやったことを語ろうかと思った。しかし、思っただけだった。

「戦場《いくさば》の哀れで儲け事しよると罰被《ばちかぶ》るよ」

ウシの言葉が頭に浮かぶ。

一人の兵隊が徳正を見つめている。怯えたような目に記憶があった。他の兵隊達の表情は柔かくなっているのに、その二十歳ぐらいの若者の顔は強ばったままだった。深く礼をすると若者は胸を押さえて顔を歪め、ゆっくりと膝をついて水を飲み始めた。

部隊壊滅後、移動を続けていた徳正達は、野戦病院になっていた南部のある自然壕に合流した。壕には看護班として動員された女子学生らがいた。引率の教師らも交えて、知人の安否を手短に確認しあった。それから、伝令や食料の調達、水汲み、死体処理と命令のままに体を動かし続ける日が続い

た。

その兵に会ったのは、糞尿の入った桶を運び出そうとしている時だった。壁際の寝台から伸びてくる手を振り切りながら進んでいたのだが、桶の縁をつかまえられて、中身が寝ている兵隊の顔にかかった。罵声が飛んでくるかと身をすくめたが、声はなかった。出入口に近かったこともあって、糞尿に濡れた顔を薄明りに確認できた。兵隊は舌を伸ばして口のまわりの汚水をなめていた。胸に巻いた包帯が引っ切りなしに動いている。頭がゆっくりと動き、眼窩《がんか》の奥の目が自分を見つめているのが分かった。明日までもたないだろうと思った。「すぐに水を持ってきます」と言って先に進んだが、約束は果たせなかった。

足の指を吸う男の歯があたって痛い。水の出が悪いようだった。これで約束を果たしたことになるのか、と思った。しかし、それで気が安らぐよりも、死ぬまで兵隊達の亡霊にとり憑かれることへの恐怖の方が強かった。

頭部が陥没した兵隊が、後ろから若い兵隊の肩を膝で押した。未練気に立ち上がり、怯えたような目で徳正を見つめ、若い兵隊は頭を下げると、胸を押さえて壁に消えて行く。しゃがんだ兵隊が夢中で親指にしゃぶりつく。陥没した傷口から蝿が飛び立つ。蝿はしばらく男の頭のまわりを飛んでいたが、シーツの上に降りるとまもなく消えた。その男も水を求めて壕の中でしがみついてきた兵隊だった。その後ろに立っている長身の兵隊も、その後ろに隠れている沖縄人の兵隊も、壁から出たばかりの片目の潰れた兵隊も、皆あの壕の中で腕を伸ばし、水を求め続けた者達だった。徳正は自分がもう一度あの壕の闇の中に引きずり込まれていくような気がした。

外に人の気配を感じて、清裕はあわてて広げてあった金をかき集め、座布団で隠した。窓から懐中電灯で庭を照らし、雨戸を閉めて入口の戸の掛金を確かめると、金の計算をやり直した。

水の効能は清裕の予想以上だった。五十年来の禿という老人の染みだらけの頭にさえ、五分もしないうちに産毛が生えてきた。最初はバカにした顔で笑っていた若禿の高校教師も、試して三分後には有金はたいて水を買っていった。顔に塗れば皮がぼろぼろ剝けてみずみずしい肌が現れ、飲めば長いことしなだれたままだった一物が、下腹につかんばかりに頭をもたげてくる。最初はいかさまだろうと眺めていた客達も、今年八十八歳という老人が自分の股間を撫でながら象のような目で笑みを漏らした時には、おお、という声を上げ、水を求めて殺到した。一合ビン一本一万円という値段は吹っかけすぎかと思ったが、一時間もしないうちに売り切れた。

初日、二日は拾い集めた酒の一合ビンに詰めて隣町の十字路で立ち売りしていたが、三日目からは茶色のそれらしいビンを注文し、赤地に金泥の筆書きで「奇跡の水」と書いたラベルも貼った。場所も商店街の一角を確保した。売るのは夜の七時から八時までの一時間だったが、実際には半時間もしないうちに売り切れた。噂を聞いた客は昼過ぎから列をなしていて、一人一本に限定しても行き渡らず、怒号をあげて帰ろうとしない客に予約券を渡してやっと帰ってもらう状態だった。量を半分に減らし、値段を倍にしたが、客は増える一方だった。成分を調べたが中身はただの水だ、清裕は詐欺だと言いふらす者もいた。けれども効能は確実に現れていて、そのうち清裕が神がかりしている者として拝み始める老人のグループまで出てきた。

　金をカバンに仕舞い、預金通帳を眺めてほくそ笑みながら、清裕は商売の引き際を考えた。近いうちに暴力団が口を出してくるのは間違いなかった。すでに二度マスコミが取材にきていて、税務署や保健所に目を付けられないうちに本土に渡るに越したことはない。徳正の足の水の出もかなり落ちていて、最近は日にバケツ三杯がやっとだった。それでも値を上げれば百万くらいの売り上げになるはずだったが、地鼠《びーちゃー》の嗅覚が危険を知らせていた。暴力団や税務署も恐かったが、ウシにばれる方がもっと恐かった。気づかれないように、自分が水を使うのは控え目にしているくらいだった。

　あと三日くらいか。

　そうメドを付けると、清裕は博多から東京までソープ巡りをすることを想像しながらカバンを枕に寝た。

　徳正の足が腫れて二週間が過ぎた。七月に入って、クマゼミの鳴き声が飛沫を上げて降りそそぐ暑い日がつづき、徳正の容体を訊ねる村人の口調も、寝たきりの年寄りの具合を訊ねるのと変わらなくなった。足の親指から水が出るということも、昔から村に伝わっている話の数々、拝所に棲む赤いハブに目を潰された男の話や、百十まで生きて額に角が生えたというマカトおばーの話と同じように、珍しくはあるが起こっても不思議ではないこととして、思い出したように語られるくらいになった。

　ウシは六時前に起きると熱い茶をすすりながら黒砂糖を一欠けなめ、涼しいうちに畑に出る元の生活に戻った。清裕はウシが茶を飲んでいる頃にはもうやってきて、夕方までほとんど付きっきりで徳正を看病している。その合間には買物から家の掃除、山羊の草刈りまで自主的にやっていて、どこか脳の具合でも悪くなったか、とウシが訝しむくらいよく働いた。ただ、裏庭だけは草が伸び放題なので一度注意すると、どんなに刈っても朝には元に戻っているのだという。また嘘《ゆくし》物《むぬ》言いして、と思ったが、他の働きぶりに免じてそれくらいは大目に見ることにした。

　六時に帰ってきて清裕と交替すると、徳正の体を拭いて着替えをすませ、風呂に入って夕食をとる。それからベッドの横に座ってラジオを聴きながらその日の村の出来事を話してやった。診療所の大城は看護婦と交互にこまめに回ってきてくれた。点滴の他に鼻から管を通して流動食も与えていたので、少し痩せたくらいで、肌の色艶はむしろ良くなっていた。酒や煙草をやらないせいで血圧も安定している。足の腫れ具合は相変わらずだったが、水の出は少なくなっていた。特に夜はほとんど止まっているようだった。ただ、それが良い兆候なのか悪い兆候なのか分からないのが不安だった。

大城は顔を合わせるたびに入院を勧めていた。ダイガクビョーインは信用できない、という言葉とは裏腹に、ウシも内心動揺し始めていた。これ以上悪くなりそうにはなかったが、治る気配もなかった。こういう状態が死ぬまでつづくのかと考えると、何にでもすがりつきたくなった。

「どうすれば良いかや……」

戦争中でさえ弱気を見せたことのなかったウシもつぶやかずにおれなかった。

その夜も、ウシが部屋に帰ると同時に、兵隊達が現れた。最初の兵隊が待ち兼ねていたように親指に口をつけると、冷たさに一瞬背筋が震える。唇と舌の動きが気になって眠ることができなかった。兵隊達のおしゃべりに苛立ち、何度も怒鳴ったが、擦れた声が漏れるだけで相手にされない。こういう状態がこれ以上続けば、頭がおかしくなると思った。耳を押さえることも布団に潜り込むこともできず、うとうとしかけては何度も起こされ、遠くで五時の時報を聞いたと思った時、目の前に石嶺が立っていた。部屋には二人だけだった。今までうつむいたままだった石嶺が、顔を上げて徳正を見つめている。頭をもたげて何か言おうとしたが、言葉が出てこなかった。石嶺は頭を下げるとベッドのパイプを握りしめ、右に傾く体を支えてゆっくりとしゃがんだ。ほとんど水の出なくなった親指を口に含んでやさしくねぶる。

最後に別れた夜のことが目に浮かんだ。夕方、水を汲みに出た徳正達を艦砲の至近弾が襲った。一緒にいた三名の女子学生達は即死状態だった。石嶺も破片で腹を裂かれ、どうにか動けるのは徳正だけだった。呻きながら腹を押さえている石嶺の掌から、豚や山羊を解体する時に目にした物と同じ物がはみ出していた。巻脚絆を解いて石嶺の腹に巻き、壕まで引きずってきた。戻るとすぐに食料や水を求める兵隊達の罵声を浴びた。入口の近くに寝かせたまま、急いで水を汲みに行かなければならなかった。

夜になって壕の中が騒がしくなった。伝令から移動命令が伝えられ、動ける者は持てるだけの荷物を持って、南部に移動することが命じられていた。

置いていかれるのを察知して助けを求める兵隊達の声と、叱りつける下士官の怒号が、淀んだ闇の中で絡み合う。荷物をまとめる音や降り出した雨の音がそれに混じり合って、石嶺の横に座っている徳正の頭に反響した。何か大切なことを考えようとしているのに、いつまでもそれをまとめることができなかった。壕は琉球石灰岩の小高い森の中腹にあった。降りしきる雨は木々の葉にあたって細かい霧になり、入口近くの岩壁のくぼみに隠れた石嶺と徳正の体に沁み込んだ。

壕の奥から現れた二人の斥候兵が、銃を手に森の斜面を素早く下りて行く。移動が始まったようだった。黒い塊が闇の中から盛り上がって人間の形になると、次々と斜面を下りていく。徳正は石嶺の体を抱いて壁に身を寄せ、息をひそめてその姿を見送った。まともに歩ける兵隊の方が少なかった。肩を貸し合い、杖にすがった兵隊達は、雨でぬかるむ斜面を他の者を巻き添えにしながら滑り落ち、罵り合う。静かにしろ、という押し殺した声が走る。担架で仲間を運んでいく女子学徒隊の中から一つの影が近づいてきた。

「石嶺さんの具合はどうですか」

同じ村の出身だと知ってから、顔を合わせると短い会話を交わすようになった宮城セツだった。岩壁にもたれて細い息を漏らしている石嶺は、支えてやらなければ崩れ落ちてしまう状態だった。徳正は首を振った。セツもそれ以上訊ねようとしなかった。荒れた指が手首を強く握りしめる。掌に水筒と紙袋が押しつけられた。返そうとする徳正の手を押し戻し、セツは顔を近づけた。

「私達は糸満の外科壕に向かうから、必ず後を追ってきて」

徳正の肩をつかんでセツは強い口調で言った。石嶺の顔にそっと手を伸ばして別れを告げると、髪を二つに結んだ後ろ姿が、崖を滑り降りて木の陰に消えた。

どれだけの間そこに座り込んでいたのか分からなかった。目の前を移動していく兵隊の姿はしだいに低く歪んでいった。前かがみに杖にすがっていたのが四ん這いになり、腹這いになって、手足をもがれた両棲類のような影が身をくねらせて進んでいく。置き去りにされることへの恨みや怒声、泣き声が、泥を這いずりまわる音に混じる。崖を滑り落ち、その下で動けなくなった兵達のうめき声を、徳正はぼんやり聞いた。

トクショウ……。

かすかにそう呼ばれたような気がした。

「石嶺」

耳元で呼んだが返事はなかった。頬を近づけるとかすかな呼吸があった。徳正は体をずらし石嶺の体を横にした。腹を縛った巻脚絆がよじれて小さな音を立てた。セツの渡してくれた紙包みから乾パンを取り出して手に握らせる。水筒の水を掌に受けて、白い歯ののぞく唇の間にこぼした。あふれた水が頬を伝わるのを目にした瞬間、徳正は我慢できなくなって、水筒に口をつけ、むさぼるように水を飲んだ。息をついた時、水筒は空になっていた。水の粒子がガラスの粉末のように痛みを与えながら全身に広がっていく。徳正はひざまずいて、横たわる石嶺の姿を眺めた。闇と泥水がゆっくりと浸透し、もう起こすこともできないほど重くなったように見える。壕の中の声が聞こえなくなっていた。空の水筒を腰のあたりに置いた。

「赦してとらせよ、石嶺……」

徳正は斜面を滑り降り、木々の枝に顔を叩かれながら、森を駆け抜けた。月明りに白い石灰岩の道が浮かび、倒れた兵が黒い貝のように見えた。鱗が一枚一枚剝がれ落ちていく黒い蛇の尾が道の向こうに見える。その後を追って走っていた徳正は、死んでいると思った兵の伸ばした手に引っ掛かって倒れた。這ってくる兵の手を払って立ち上がろうとした時、右の足首に痛みが走った。置き去りにされる恐怖が込み上げてくる。徳正は足を引きずって走り続けた。ふいに背後で炸裂音が響いた。森の中腹に立て続けに閃光が走る。米軍に発見されることを恐れ、徳正は走りながら、手榴弾で自決した兵士を罵った。

四日後、徳正は島の最南端の摩文仁《まぶに》海岸で米軍の捕虜となった。気を失って波打ち際を漂っているところを救われたのだった。それ以来、収容所でも、村に帰ってからも、誰かにふいに、石嶺を壕に置き去りにしてきたことを咎められはしないか、と恐れる日が続いた。

村に帰って一週間ほど経った時、石嶺の母が訪ねてきた。米軍支給の缶詰や芋を持ってきて、身内のことのように無事を喜んでくれる姿を正視できなかった。逃げる途中ではぐれて、その後の行方は知らない、と徳正は嘘をついた。それから数年間、毎日の生活に追われることで、石嶺の記憶を消し去ろうと努めた。

防衛隊にとられた父の宗徳は行方が知れないままだった。祖父と二人の妹は収容所から解放されてまもなく、相次いでマラリアで死んでいた。再会できたのは祖母と母、そしてまだ乳飲み子の弟だけだった。元々体の弱かった母のトミは乳が出ず、出来物だらけの頭にいつも蠅がたかっていた弟は、結局一歳にならないうちに死んだ。ほとんど起きることのできないトミの面倒を祖母に任せて、まだ十八の徳正は年齢を偽り、昼は隣町にできた米軍港の荷揚げ作業に出、早朝と夜は畑に出る毎日を繰り返した。二年後トミが死に、祖母と二人きりになった。何度か村を出て、基地建設で賑わっていた中部で日雇い労務をしたり、那覇で塗装業をやってみたりしたが長続きしなかった。二十五の時に村に帰って来てからは、米軍機の燃料タンクを利用して手漕ぎの船を作り、畑の合間に素潜りの漁をして金を稼いだ。二十七の時、魚商《いうあきない》をしているウシと知り合って一緒になった。祖母の喜びようはなかった。二つ上のウシは気が強い分、人情持ちだったから、祖母が亡くなるまでの三年間、実の親以上に尽くしてくれた。二人きりになると、徳正の酒の量が増え、博打にまで手を出すようになった。ウシは子供ができないことが原因かと思い、ひそかに病院に通った。

しかし、徳正が酒浸りになるようになった理由は他にあった。祖母の四十九日の席で、村の老女たちの会話から、徳正は宮城セツのことを偶然知った。

たどり着いた時、糸満の外科壕は米軍の馬乗り攻撃を受けてすでに爆破されていた。以後、宮城セツの消息はつかめないまま、徳正は島の最南端の摩文仁海岸に追い詰められていった。実は、セツたちも一日前にほとんど同じ道を通って摩文仁海岸に着いていた。そして、徳正が爆風を受けて気を失い、漂っていた波打ち際から二百メートルも離れていない岩場で、同僚の女子学生五名と手榴弾で自決を遂げていたのだった。

親戚や客が帰った後、徳正は独り浜に降りた。水筒と乾パンを渡し、自分の肩に手を置いたセツの顔が浮かんだ。悲しみとそれ以上の怒りが湧いてきて、セツを死に追いやった連中を打ち殺したかった。同時に、自分の中に、これで石嶺のことを知る者はいない、という安堵の気持ちがあるのを認めずにはおれなかった。声を上げて泣きたかったが、涙は出なかった。酒の量が一気に増えたのはそれからだった。以来、石嶺のこともセツのことも記憶の底に封じ込めて生きてきたはずだった。

徳正の足をいたわるように掌で足首を包み、石嶺は一心に水を飲んでいる。涼しい風が部屋に吹き込む。窓の外に海の彼方から生まれる光の気配がある。いつもなら、とっくに姿を消している時刻だった。はだけた寝間着の間から酒でぶよぶよになった腹が見える。臍のまわりだけ毛の生えたその生白い腹と、冬瓜《すぶい》のように腫れた右足の醜さ。自分がこれから急速に老いていくのが分かった。ベッドに寝たまま、五十年余ごまかしてきた記憶と死ぬまで向かい合い続けねばならないことが恐かった。

「イシミネよ、赦してとらせ……」

土気色だった石嶺の顔に赤みが差し、唇にも艶が戻っている。怯えや自己嫌悪のなかでも茎は立ち、傷口をくじる舌の感触に徳正は小さな声を漏らして精を放った。

唇が離れた。人指し指で軽く口を拭い、立ち上がった石嶺は、十七歳のままだった。正面から見つめる睫の長い目にも、肉の薄い頬にも、朱色の唇にも微笑みが浮かんでいる。ふいに怒りが湧いた。

「この五十年の哀れ、お前が分かるか」

石嶺は笑みを浮かべて徳正を見つめるだけだった。起き上がろうともがく徳正に、石嶺は小さくうなずいた。

「ありがとう。やっと渇きがとれたよ」

きれいな標準語でそう言うと、石嶺は笑みを抑えて敬礼し、深々と頭を下げた。壁に消えるまで、石嶺は二度と徳正を見ようとはしなかった。薄汚れた壁にヤモリが這ってきて虫を捕らえた。

明け方の村に、徳正の号泣が響いた。

いつもより早めにウシの家に来た清裕は、ベッドの枕元で泣いているウシの姿を見て驚いた。ウシの涙など目にすることがあるとは思っていなかったので、とうとう死んだか、と恐る恐るのぞき込むと、見開いた徳正の目がぎょろりと動いて清裕を見た。

「治《のー》たんど」

まだ髭をあたってない顔を歪めて笑い、それだけ言って徳正は目を閉じた。足を見ると腫れがすっかり引き、水も止まっている。バケツの底に一センチほど溜まった水に羽虫が浮いていた。忍び足で部屋を出ようとした清裕をウシが呼び止めた。冷汗を流して振り返ると、涙で汚れた顔を拭こうともせず近づいてくる。一瞬、逃げ腰になった清裕の手をウシがしっかりとつかんだ。

「有難うやたんど。お前がお陰で助《たし》かたさ」

懐から取り出した紙袋を清裕の手に押しつけ、ウシは頭を下げた。

「従兄弟るやるむん、当《あ》たり前《めー》るやる」

愛想笑いを浮かべ、後でまた来るからよ、と言い残して部屋を出ると、清裕は自分の家に走った。水が出ないと分かれば村にいる用はなかった。金と着替えの入ったカバンを手にし、共同売店前の公衆電話からタクシーを呼んだ。冷房の効いた車内で一息ついて、ズボンのポケットの紙袋に気づいた。中をのぞくと一万円札が三枚入っている。ウシにしては大盤振舞いだった。後ろめたさがちくちく刺したが、看病の役には立ったんだから、と運転手に先を急がせた。航空券の予約日は一週間先だった。それまでは那覇のホテルで過ごすつもりだった。清裕は傍らのカバンを撫でた。手元にある五百万の金の他に、一千万余りが銀行に預金してあった。入っているのは金と着替えだけではなかった。あの〈水〉も、ステンレスの水筒四本にちゃんと確保してあった。一本取り出し、ポケットウイスキーと一緒に軽くすると、早くも股間がうずき始める。これからの旅行プランを想像して笑いながら、清裕は店の後始末のために隣町に寄った。

店の前で声を上げている数百名の人々を見て、清裕は開けかけたタクシーのドアを閉めた。最初は水の販売を待っているのかと思ったが、降りようか迷っているうちにただならぬ雰囲気に気づいた。集まっている人々は皆、帽子やマスク、サングラスで顔を隠し、中には手に金属バットやヌンチャク、サイを持っている者もいる。運転手に、行ってくれ、と言おうとした矢先、一人が清裕に気づいた。たちまちタクシーは取り囲まれ、清裕はカバンもろとも引きずり出された。頭を押さえ、しゃがみ込もうとする清裕を数名の手が持ち上げる。

「立たんな、この腐《くさ》れ者《むん》が」

耳元で男が怒鳴った。

「え、この水《みじ》は何《ぬー》やが？」

目の前に突き出された小瓶の底で、少量の水が揺れていた。

「はい、あの、〝奇跡の水〟であります」

言い終わらないうちに横にいた女の張り手が飛んだ。

「何が〝奇跡の水〟よ」

摑みかかろうとする女をまわりが抑えた。ハイヒールの爪先が向こうずねを蹴る。呻いて膝をつこうとする清裕を、真正面の男が胸ぐらをつかんで立たせる。

「おい、あんたの売った腐れ水のせいでどうなったか、あり、見てみろ」

男が帽子とマスク、サングラスを取った。黴《かび》のように薄気味悪い産毛がまだらに生えた頭、染みだらけの、皺の寄った顔。

「どうしてくれるか」

泣きながら叫んだ男の声は、二番目に買った高校教師だった。まわりの連中も次々に帽子やマスク、サングラスを取っていく。男も女も髪の毛が落ち、染みや黴が広がった八十過ぎの老人の顔だった。あわてて自分の頭に手をやると、髪の毛がバサリと落ちた。

「呆気《あっき》さみよう！」

叫び声を拳が断った。押しつけられたタクシーのドアのガラスに映る清裕の顔が見る見る崩れていく。カバンが壊され、金が宙に舞う。玉突き事故を起こしながら車が止まり、通勤途中の人々が走ってくる。クラクションと怒号が飛び交う中、四ん這いになって逃げようとした清裕は、襟首を捉まえられてアスファルトに押さえつけられた。ヌンチャクや靴の踵や鳥の脚のように痩せた拳が地鼠《びーちゃー》のように縮こまった体を叩き続けた。髪がまばらに禿げ、頬や首の皺が三重に垂れた女が、ステンレスの水筒を三本手にしてタクシーの上によじ登り、何も知らない人々の上に水を振りまいて大声で笑った。人々の足の間を転がって川に落ちたもう一本の水筒は、海に向かって漂いながら、タクシーや駆けつけたパトカーを引っ繰り返して荒れ狂う群衆に、朝の光をちらちらと反射していた。


十日が経った。徳正は窓から裏庭の夏草を眺めていた。水が止まってから、兵隊達は二度と現れなかった。それでも一人で寝るのが不安で、三日の間はウシにベッドの横の床で寝てもらった。口とは裏腹にウシもまんざらではないようだった。明りを点けっ放しにしたまま、自分が寝たきりになっていた間の村の出来事を聞きながら、水を飲みにきた兵隊や石嶺のことを話そうかと迷った。しかし、結局話せなかった。これからも話すことはないだろうと思った。ただ、体調が回復したら、ウシと一緒にあの壕を訪れてみたいと思った。戦争中、ここに隠れていたのだ、とだけ言い、花を捧げ、遺骨を探すつもりだった。そう決意する一方で、自分はまたぐずぐずと時間を引き伸ばし、記憶を曖昧にして、石嶺のことを忘れようとするのではないかと不安になった。あれほど飲まないと誓った酒も再び飲み始めていた。町で袋叩きにあってから家で寝込んでいる清裕を見舞った日、居合わせた遊び仲間に誘われるまま酒を飲んだ。両手を骨折して、ストローで泡盛を飲んでいた清裕が酔いつぶれた後も酒盛りは続き、そのうち花札が始まった。翌朝、門の前で寝ていた徳正を蹴り飛ばすと、ウシは物も言わずに畑に出ていった。

明日《あちゃー》から畑《はる》に出《い》でて、働くんど。

そう自分に言い聞かせて、体馴らしに伸び放題の夏草でも刈ろうと、物置から鎌を取ってきて裏庭に下りた。腰のあたりまで伸びた雑草の勢力にあきれながら、ハブがいないか棒切れで草の根元をあちこち叩いた。何か固い物に当たって棒の先が跳ね返った。草を薙ぎ払いながら進むと、仏桑華《ぶっそうげ》の生垣の下に、徳正でも抱えきれそうにない巨大な冬瓜《すぶい》が横たわっていた。濃い緑の肌に産毛が光っている。溜息が漏れた。軽く蹴ってみたが動きもしない。親指くらいもある蔓が冬瓜から仏桑華に伸びている。長く伸びた蔓の先で、黄色い花が青空に揺れていた。その花の眩しさに、徳正の目は潤んだ。


（『水滴』文藝春秋　一九九七・九）

目取真《めどるま》俊《しゅん》　1960—

本名、島袋正。沖縄県国頭郡今帰仁村《くにがみぐんなきじんそん》に生まれる。琉球大学法文学部国文科在学中に小説を書き始め、卒業後、警備員、塾講師等を経て高校教員として勤務。一九八三年に「魚群記」で琉球新報短編小説賞、一九八六年に「平和通りと名付けられた街を歩いて」で新沖縄文学賞を受賞し注目される。一九九七年一月に九州芸術祭文学賞を受賞した「**水滴**」が『文学界』四月号に掲載され、同年上半期の芥川賞（第一一七回）を受賞。二〇〇〇年には「魂込め《まぶいぐみ》」で川端康成文学賞と木山捷平文学賞をダブル受賞するなど、現代文学を代表する作家のひとりである。沖縄方言を用いながら、沖縄の自然と共同体、そこに生きる人間を描き続ける一方、沖縄と本土の関わりを物語の中心に据えることで〈日本〉を相対化しつつ、本土の支配下に安住する沖縄そのものにも批判の眼差しを向ける。小説集に『水滴』（一九九七）、『魂込め』（一九九九）、『群蝶の木』（二〇〇一）などがあり、二〇〇六年には初めての長編小説『虹の鳥』を上梓した。また、沖縄をめぐる戦争や基地問題等の政治・社会状況に対して、評論集『沖縄／草の声・根の意志』（二〇〇一）や『沖縄「戦後」ゼロ年』（二〇〇五）などで、積極的な発言を展開している。

戦争、その〈記憶〉を語るということ

「水滴」をはじめとする沖縄戦を扱った小説について、目取真俊は以下のように述べている。「私が小説で書いてきたのは、大局的な戦争のパノラマや戦闘の様子ではなく、戦場の中で沖縄の民衆がどう生き、どう死んでいったのか。生き延びた人達は戦争の記憶を心に刻み込んだまま戦後をどう生きていったのか、ということです」（『沖縄「戦後」ゼロ年』）。まさしく「水滴」は、戦場の「死」と戦後の「生」との交錯、その〈記憶〉をめぐる語りそれ自体を問題とした小説である。

舞台として選ばれた村落における戦争の〈記憶〉は、右足が「中位の冬瓜《すぶい》」のように膨らむ奇病にかかった徳正を見物するためにできた行列を「終戦直後の米軍の配給の時以来」だとする、村人たちの喧噪の有様に示されるにすぎない。こうした設定に、「水滴」に込められた戦後の沖縄に対する批評意識を窺うことができる。

かつて沖縄戦で、師範学校生として鉄血勤皇隊（県内で動員された学徒隊）に徴用された徳正は、請われて十年ほど前から、小中学生や高校生、果ては本土からの修学旅行生を相手に、その戦争体験を語ってきた。しかし、その内容は聞き手の期待に合わせた偽りの物語なのである。徳正は、「自分が戦場で実際にやったこと」に反する「嘘」を語ることに罪悪感を抱き、また、それに気づいた妻・ウシからの「戦場の哀れで儲け事しよると罰被るよ」という非難を受けながらも、幾ばくかの報酬を得る喜びに抗えない。結果的に、沖縄戦の〈記憶〉を加工し、再構成すること—現代沖縄を〈日本〉の周縁として、戦後の国民国家に括りこもうとすることに、徳正は加担し続けてきたのだ。

徳正の右足から滴り落ちる水を「奇跡の水」と称して従兄弟の清裕が売り出した回春剤・養毛剤に群がる者たちもまた、徳正の奇病に列を成したのと同じ現代沖縄人である。やがて「奇跡の水」は「腐れ水」となって、それを手にした者たちに痛烈な罰が与えられる。彼らの位置は、徳正が捏造する「嘘」の体験を沖縄戦の〈記憶〉として享受する者たちにも通底していよう。そうした偽りの〈癒し〉を徹底して批判する眼差しが、この物語には据えられているのである。

一方、語り得なかった戦場の〈記憶〉は、それが奇病として具現化した徳正の右足から滴る水を飲みに訪れる兵隊の亡霊たちとの関わりの裡に表される。彼らの渇きが癒される過程と、戦場に置き去りにした旧友・石嶺との対面を通して得られる徳正自身の〈癒し〉が結びつく地平とは、どのようなものだろうか。日本と沖縄をめぐる既存の物語を差異化・相対化する視点を保ちながら、亡霊たちとの邂逅の場での徳正の意識を精緻にたどる時、「水滴」が表象しようとする〈記憶〉の物語を読み解くことができるはずである。

さらにまた、目覚めた後の徳正の意識の揺れも見逃してはならない。昏睡状態を脱した徳正は、ウシを伴って、石嶺や兵隊たちを置き去りにした壕を訪ねようと思う。戦後の「今」を共に生きる存在であるウシを壕に連れて行くことで、徳正は、戦場の〈記憶〉と現在の生活との接続を目論んだのではないか。しかし、その決意は、目覚めてまもなく揺らぎ始める。現在の沖縄は、かくも戦争の〈記憶〉から遠く、徳正を「五十年の哀れ」から容易に解き放つことはないのだ。

視点1　石嶺をはじめとする兵隊たちと徳正との関わりが描かれる際の表現上の特質を分析する。

視点2　目覚める直前の徳正の怒りと号泣の意味を、「五十年の哀れ」という言葉に込められた内容から考える。

視点3　物語における、ウシや清裕ら周辺人物の機能について考察する。

〈参考文献〉川村湊「沖縄のゴーストバスターズ」（『風を読む水に書く—マイノリティ文学論』講談社、二〇〇〇）、新城郁夫『沖縄文学という企て—葛藤する言語・身体・記憶』（インパクト出版会、二〇〇三）、宮沢剛「目取真俊「水滴」論—幽霊と出会うために」（『〈文学年報1〉近代の闇／近代の「沈黙」』世織書房、二〇〇三）、田口律男「目取真俊『水滴』論—文学・美学イデオロギーへの抵抗」（『都市テクスト論序説』松籟社、二〇〇六）、花田俊典『沖縄はゴジラか—〈反〉・オリエンタリズム／南島／ヤポネシア』（花書院、二〇〇六）

（日高佳紀）

コラム

新国家、樹立？

「国家」が「想像の共同体」であると指摘したのはベネディクト・アンダーソンだ。自然の土地に国境を引き、言語的・民族的な繋がりとも別に、人々は、自らが属する国家を意識している。国家は、人々の心の中にイメージとして作り上げられた共同体なのである。アンダーソンは、国家に同一性を与えるのにとりわけ重要なのは、「国家語」だと指摘した。その成立と流布に大きな役割を果たしたのは、出版資本主義だ。近代〈日本〉は、東京の山の手言葉を軸に国語を作り、新聞、教科書、さまざまな出版メディアを通して、それを流布した。

こうした国家に輪郭を与える装置を逆手にとって、新たな国家を描き出した小説がある。井上ひさし『吉里吉里人』は、東北弁を国語とする吉里吉里国を、日本の中に独立させた。国語の共有には書物が不可欠、吉里吉里語に翻訳された『坊つちゃん』の冒頭は、「親がらの無茶《むつちゃ》で子供《わらす》の時《どぎ》がら損ばっかすてる」、『雪国』は、「国境の長《なん》げえトンネルば抜《の》けっと雪国《ゆぎぐに》だったっちゃ」である。笑いを呼び込みながら、「方言」と「標準語」の間にある政治性を、くっきりと浮かびあがらせる。

ジェンダーを問題にするのは、笙野頼子『水晶内制度』だ。日本から分離したウラミズモは、レズビアン国家である。国家には、その起源を示す物語が必要だ。〈日本〉の神話は、女神ミーナ・イーザを中心に、書き換えられていく。男性中心的なジェンダー規範を問題化し、女性だけの国を描いた小説には、シャーロット・P・ギルマン『フェミニジア』や鈴木いづみ『女と女の世の中』などがあるが、『水晶内制度』が闘いを挑んでいるのは、私たちが生きている、この〈日本〉だ。〈日本〉を、その起源からひっくり返そうというわけである。

国家をとりまく歴史的状況は刻々と変化し続けている。国家を単位とした枠組みに収め得ない出来事もすでに起き始めている。たとえば、国家に対するテロ。その主体を同定することすら容易ではない。近未来小説として、〈日本〉を揺るがす脅威を描き出したのは、村上龍『半島を、出よ』である。北朝鮮の「反乱軍」を名乗る者たちに九州の一部が制圧される。封鎖された福岡を救い得たのは、〈日本〉からはみ出した少数の若者だ。国家と国家の隙間を狙った企てに、国家が応じきれないという事態は、すでにＳＦではないリアリティを帯びている。

国家の全てがそうであるように、〈日本〉という国も人為的に作り出された枠組みである。その輪郭は変化し続けている。これからを、どう描いていくか。未来は、決定されていない。さあ、どうする？

（飯田祐子）

Ⅳ　それぞれの〈日本〉

鳩沢佐美夫　証しの空文

おばあさんっ子

眼の周辺と口元の皮膚が、一瞬、滑ったような気がした。と同時に、微かな呼吸がすーっと消えていた。そこには苦痛など感じられなかった。悲しみも、寂莫もない。ただ安らぎの、自然のままの訪れであった。その一瞬があまりにも静かに、眠るように、消えるように訪れただけに、私は現実の判断を怠り、メルヘンのような祖母との楽しい日々を憶い起こしていた。

私の祖母は、父、コバイノウック、母、スタルカドックの子として、夏の暑い日に生まれていた。祖母は父の顔も兄弟の顔も、おぼろ気にしかわからなかった。が母の面影だけは、瞼にあったらしい。祖母はよく、「オラのハボ（母）はきれいな顔をしていた。なんでも、南部の血を引くんだと、したからとってもシレトッコロ（美しい風貌）していた……」といった。祖母のおふくろは、南部人とアイヌ人の混血らしかった。だが祖母には、母親との何一ツの憶い出もなかったようだ。それを問えば、「ピリカメノコ（美し女）だ……」としか言わなかった。兄弟の顔も、二、三の者の存在はわかるのだが、皆類似性があり、どれがどれなのかさっぱりわからなかった。もう七十年以前の面影は、祖母にも描けなくなっていたのかもしれない。当時は、家族の者たちの揃うことのない時代でもあった。齢上の者から順々に、雇いだとか手伝いに出てばらばらに生活していた。あるいはその行為で、父や兄弟の顔も覚えていないのかもしれなかった。祖母も十歳ごろから、村の百姓家に子守りに出されていたといった。

祖母は戸籍上、父、コハクシュ、母、いたからとくの六女として、明治十四年一月十八日に生まれたことになっている。「夏の暑い日に生まれた……」という祖母の述懐と、記録上の月が違っている。が、おそらく母からでもそう聞かされた記憶でもあるのだろう。いっかんして祖母は、「夏の暑い日に生まれた……」といっていた。

祖母の生まれた土地は、明治十三年になってから、十二、三キロの隔地に、管轄の戸長役場が設置されている。村直轄の役場ができたのは、明治三十二年であった。つまり管轄の戸長役場が設置された翌年、祖母は生まれたことになっていた。いまでこそ、十キロや二十キロなどというが、当時とすれば想像を絶した距離であったろう。私は戸籍簿上の祖母の生誕に、何らかの疑問を抱くのである。また六女というが、戸籍上にも他の兄弟の記録が残っていなかった。これは、昭和九年に村役場が焼失したことにもよるのだろう。が私は「夏の暑い日……」から推しても、実際の生年と記録は、いくらかのずれがあるような気がしてならない。

私は小さいとき、よく祖母に抱かれて眠った。祖母の長女が私の母であった。私は小さいときから体が弱かった。祖母に連れられて、どこか遠くの神様や病院に行ったことも覚えている。一家の担い手としてのおふくろに代わって、祖母が私を育ててくれたのであった。祖母はよく口に食物を含んでから、咀嚼して私の口に移してくれたといった。クル病か、それに類似した病気なのだろう。私は五歳ごろまで歩行できなかった。それだけにずいぶん祖母に迷惑をかけていた。

私はおふくろの懐を、憶い出すことはできなかった。が祖母の温い懐は、いまもはっきり覚えている。私はたった一人の内孫でもあった。そのせいか、祖母の寵愛は激しかった。夜床に這入ると、かならず頬に口付けをして「ウン・ウウン……」と頭をなでてくれた。それが済むと祖母は自分の丹前で、私の肩を被ってくれた。そして子守唄のようなポンイソイタクツ（短いお噺）をしてくれるのであった。「あのな、あるところにとっても貧乏なポントノ（若者）がいたんだと……」から始まって、「真面目に働いて、慈悲深く蛇などを助けてやった。だがどうしてもポントノは、お金持になれなかった。そのうち、そのポントノが窮地に陥った。すると以前助けてやった蛇が現われて、それを救ってやった。そしてポントノはお金持になって、自分を助けてくれた蛇を、一生祀ってやった。……したから蛇はぜったい、いじめるなよ……」と、いって終りになる。祖母はこのようなお噺を、いっぱいしてくれた。そのとき私は、祖母のお噺のあとを追っていた。つまり貧乏な若者が真面目に働く姿や、木が茂り川のある風景が、なんとなくわかるような気がしていた。これはときどきアイヌ語でなければ語れないような部分が来ると、祖母はまずアイヌ語でそれを話した。それから私たちが普通使う言葉で、説明してくれるのであった。

たとえば私を愛撫するときの「ウン・ウウーン……」という言葉などである。活字ではいとも珍妙に、ウン・ウウーン……などと書くより術のない言葉（あるいは呻き声）であった。その発声は、ちょっと類のないものである。それだけに他の表現では、説明つけられない。可愛いという意味にも通じる。がそんな紋切りの一形容だけではなかった。とにかく満身の愛情が絞り出されたような、感動する響きであり、言葉であった。

このように説明不可能な言葉になると、祖母はお噺を中止して、とても親切に教えてくれた。私が「どうして?……」と問えば、眼を細めてなおいっそうくわしく話してくれた。このように細やかな情景描写が、メルヘンの世界を、幼い私にもリアルに描かせるのであった。そしてまた、同じお噺を何度も何度もしてくれた。私もそれをちっとも厭わなかった。祖母の語る幻想の世界を、ミュージカルに遊歩してそのまま夢見るからであった。

私と祖母はよく、青物を採りに山へ行った。第二次大戦前後は食料難であった。そんな飢餓時代、私たちは祖母のおかげでずいぶんと助かった。

山へ行く日、祖母は朝早く起きて弁当をこしらえた。そしてイヨッペ（鎌）を磨《と》いだり、タツル（背負縄）や大きなフロシキなどを用意した。私たちはそれを大きなコンダシ（樹皮で編んだ袋）に入れて、八時ころ山へ向かうのである。そのとき祖母は、かならず私を先に歩かせた。よく「熊でも出て来たら、ババさかまわないでやっと逃げれよ……」といっていた。山歩きに不安を感じるせいか、祖母は朝磨いて来た鎌をいつも手に持って歩いた。そして処々の草や小枝を折るようにして置いた。

私たちが青物を採りに行くのは、たいがい十キロぐらい山奥であった。このように私たちの背丈以上の藪原を越えて行くため、帰路につく場合方向を見誤ることがよくあった。あるときも、夕暮れ近くになって私たちは路を見失った。登りきるはずの山頂が、どこまで行ってもつかなかった。祖母は「その辺にチャイチャイのエヌイペイサン（小枝の切ったのないか）……」といった。がいくら捜しても、それが見当たらなかった。祖母も荷物を降して、二人で捜した。がとんでもない方角にその小枝があった。すっかり切断してしまっては、草や小枝はすぐ枯れてしまった。だから折るようにして、その所在を記憶しておくのである。いまになって考えれば、何か一種類の灌木を折っていたような気もする。

祖母はよく、山路を歩きながらヤイサマ（嘆きの唄）などを唄った。細い哀愁をおびた声は、深閑とした樹間に泉のようにしみ透った。私にはその唄の意味がわからなかった。が祖母がいつもしてくれる物語りの中を、歩くような気持になっていた。またとても淋しいものでもあった。が祖母が唄えば梢の小鳥たちが、ホルンやフルートを奏でた。だから私は、ちっとも淋しいなどとは思わなかった。

私たちはこうして、やがて目的地に着くのであった。目的地に着くと祖母は、まず林野の中でも目につきやすい大きな木を捜した。そしてその囲りの草をきれいに刈って、持って来た大きなフロシキを、敷物代りに広げるのであった。祖母は一と休みする間もなく、私を木の根方に残して附近の青物採取に出かけた。活動範囲はだいたい、一キロ内外であった。

私はいつも留守居役である。が祖母からいろいろ注意を受けているので、ぜったいその場を動かなかった。祖母は三葉やキビトロ、蕗などを採った。がその大半はヌレップ（ウバ百合）であった。これには百合の球根のような、五、六センチの白い実がついている。それを祖母は、葉をつかまえて土の中からひっこ抜くのである。その場で葉と実を切り離してしまっては、荷造りに手間がかかった。祖母は葉をつけたまま、私のいるところに運んで来た。そして葉と実を切り離す方法を、丁寧に教えてくれた。私は教えられたとおり、祖母が次に運んで来るまでじっとその仕事をつづけていた。が活動範囲が展《ひろ》がるにしたがって、祖母の戻る時間が長くなって来る。そんなとき私はつい、うとうとしてしまう。すると祖母が来てやさしく起こしてくれた。「こんなところで眠ったらだめだよ。蛇や化物が出てくるから……」といって、眠るときには、自分の周囲に縄をまわして寝るように、ともいった。何か危害を避ける、お呪いらしかった。

　このような時間が過ぎて、太陽が私たちの真上まで来たとき、たのしいお昼ごはんになるのであった。祖母はおニギリをつくれなかった。だからいつもドンブリだとか、小さな鍋などにごはんを詰めて、小皿を蓋にして持って来た。

　そして附近にある小枝を折って、箸に使った。ある日こんなことがあった。

　私たちがごはんを食べているとき、近くで山鳩が啼いていた。私は「あっ、デデポッポが啼いている！」と叫んだ。祖母は怪訝な顔をして、「ホウ……」といった。つまりナニ？という疑問の発声である。私は梢のほうを指して、「あれ、あそこにデデポッポが啼いている……」といった。すると祖母はやっと、合点したような表情をした。がすぐ吹き出してしまった。「バカ、あれはトイタチカップといって『クスエツ・トイタ』と啼いているんだ」といった。トイタチカップ、つまり蒔きつけ鳥という意味であった。祖母は「クスエッ・トイタ」と啼くのは、もうすぐ（クスエッ）蒔きつけ（トイタ）と教えているんだ、といった。私はとてもいいことを覚えたぞ、と思った。このようにたのしいお昼ごはんが済むと、祖母は私を膝によせかけて、お昼寝をさしてくれた。そのときは、あの美しい声が漂っていて、私は安心して眠ることができた。

　こうして、私たちは四時ごろ帰路に就くのであった。私は空の弁当ブロシキと、鎌を持ってまた朝来た路を先に歩いた。祖母は三十キロぐらいの荷物を背負って、つんのめるような恰好をして私のうしろからついて来た。

　普通荷を背負う場合は、縄でぴったり体につけてしまう。が祖母は荷物だけを固く結んで、頭を入れるだけの余裕をつけておいた。もし何か危害を感じたようなときは、首からはずして捨て去れるようにしてある。また重量なので、体に密着してしまっては、処々で休息する場合など人手をかりなければならない。が、こうしておくと降すときも背負うときも、自分だけでできた。祖母の背負縄は樹皮で編んだ、四メーターぐらいの長さの物であった。その中央は十センチぐらいの幅があった。この幅の広い部分は、坂道などにさしかかると額に当てるのである。荷を背負っての帰路は、空身の倍の時間を要するから、祖母は途中でなかなか休まなかった。いくら急いでも、私たちが家に着くのは、夕暮れか暗くなってからであった。

　こうして採って来たウバユリは、翌日球根の一つ一つをはがして、水できれいに洗ってからニス（臼）で砕いた。祖母の打ち下すイウタニ（杵）で、真っ白い実がパチンパチンと砕けた。すっかり砕けたら袋に入れて、大きなオンタロ（樽）に露を絞った。樽の底には、白い澱粉が沈んでいた。その上水を二、三日取り換えて、灰抜《あく》きをした。それが済んだら団子のように固めて、アブツキ（葦で編んだ簾）に広げて乾燥させる。これで良質の澱粉が採れるのである。

その澱粉は、食用にもした。が大半は祖母が知り合いの農家に、三葉や蕗などといっしょに持って行く。すると農家ではとても喜んで、お米や味噌などをくれるのだ。

そんな中に、私は学齢期を迎えていた。それでも私は、自分がアイヌだという意識は少しも持たなかった。だが私が小学校二、三年ごろだと思う。祖母に連れられて、近くの街に在る病院に行ったことがあった。その帰りの乗り換え駅での出来事である。

当時は第二次大戦最中であり、出征兵士を送る学童が大挙ホームに並んでいた。そこに私たちの列車が着いたのであった。私は子供心にも、おそるおそるデッキから降りようとした。そのとき、私と同い齢恰好の男の子が、「アッ、アイヌ……」と、私たちを指したのである。私は鈍器で撲られたような衝撃を受けて、一瞬脚がもつれてしまった。祖母は、「チャッケレ（生意気に）」とだけいって、私を急がせた。が私は、何故か無意識のうちに怯んでいた。そしてその日から、私はアイヌというものが、とても悪いことのような気がした。それがまた、恥ずかしいことのようにも思えた。それまで祖母に手をとられて、列車に乗り降りしていたのに、翌日から私は頑《かたくな》にそれを拒んでしまった。そればかりか、人前では祖母に話しかけられることさえ嫌だった。それから祖母は、なんとなく私に遠慮がちになったのである。祖母と私たち親子が別居したことにもよるが、そのころから、祖母と私の間に隙間ができていたようだ。

ある日、私の友人の高校教諭が、遠来、訪ねてくれた。私たちはずいぶんと、いろいろなことを話し合った。そのとき彼は帰宅間際になって、それとなく祖母に会いたいようなことを匂わせた。私は快く友人を誘って、一キロほど山に引っ込んだ叔母の家にいる祖母を訪ねた。祖母はニコニコ私たちを迎えてくれた。が「こんな汚いとこさ、兄さんは人連れて来て……」といった。厭うているのでなく、私の体裁を気遣っての言葉のようであった。祖母は食事のほかは、与えられた離れに引き籠って自由にしていた。それだけに、つくろい物や其の他の物がいっぱい散《ちら》ばっていた。だが私は少しも、恥ずかしいなどという気持は起こらなかった。友人に「祖母です」と紹介した。すると彼は、「ほう……」というような感嘆の声を発して、「お婆ちゃんいくつになったの？」と問うた。祖母は「もう八十になりましたの。八十になっても、このとおり元気です」と、感じよく応えた。それから私たちは、記念撮影に移ったのである。

祖母は「こんな恰好して、兄さんの顔にかかる……」と着替えようとした。が私は「いい…」といった。私は飾りつけた祖母でなく、ふだんのままの姿を友に見せたかった。祖母は「こんな姿を恥ずかしがるもしないで……」と、涙ぐんでいた。私も思わず目頭が熱くなっていた。

私と祖母は、いっしょに写真を撮ったことが一度もなかった。カメラを趣味とした私は、現像焼付と、いちおうの心得があった。が祖母の写真を一枚も焼き付けた覚えがなかった。その機会がなかったからではない。かといって、避けたのでもない。がなんとなく、敬遠した感があった。

私は祖母の過去や、アイヌ語、風俗等を聞き質そうとして、ペンを持っていろいろ話しかけてみる。がその都度、自分のそういう態度がとても嫌悪された。暗い祖母の過去を、憶い起こさせることが不憫であった。またそうすることによって、私自身が浮彫りにされてしまう。そこにはやはり隔絶された生活、偏見視されなければならない習慣を意識した。

そんな頑な観念が、なるべくこういう意識に触れさせまいとした。祖母の写真を撮ることによって、歴然とした骸のような過去を意識する。私はそのことが恐しかった。私は祖父両親ともにアイヌ人として生まれていた。南部系だという祖母の表情より、かえって私のほうが個性的であった。

祖母にはただ、当時を生きた証しのように、皮膚に刻まれた苦悶の痕が残っているだけである。その尊いものを、嫌悪するように、あしらうように、私は祖母への敬愛の心を失っていたのでないだろうか……。それほど祖母を苦しめた記憶はなかった。が、あの幼い時代の私のたのしい憶い出が、ずいぶんと隔てられていた。なにより、このように祖母の手をとったのは、幾年振りであったろう……。私を「ウン・ウウン……」と愛撫したときのように、幸福そうな祖母の表情を見たのも、久しいことであった。私は固陋の傀儡となって、祖母に卑屈な観念を植えつけていたのでないだろうか……。友人の前に、私の体裁を気遣う祖母の傷ましい姿は、それの示唆のような気がしてならなかった。「兄さんの顔にかかる……」といいながらも、私に手をとられた祖母は「オラはいつ死んでもいい……」といった。

祖母はとても信心深かった。朝起きて洗面後、神仏にお水とごはんを供えなければ箸をとらなかった。祖母の信仰する対象は、日蓮宗、門徒宗、禅宗等々のややっこしく宗派を問わなかった。神様といえば、なんでも素直に受け容れた。また自然環境のどこにも、神々が存在すると堅く信じていた。

私が幼いころ、おふくろがよく神下しをした。家族の誰かが病気をしたら、かならず悪霊に呪われていると信じた。そのようなとき、病人が直接その悪霊を見ることもある。また他の誰かが夢などで、それを探知する場合もあった。そのお告げを真っ先に受けるのが、おふくろである。それを聞くと、おふくろは無意識に欠伸《あくび》が出て、気が変になるらしかった。

私が七、八歳のころだと思う。夜分激しい腹痛に見舞われたことがあった。熊の胆などを飲まされたが、少しもよくならなかった。夕食は全部吐いてしまって、腹部から押しあげられる空嘔吐の催しは、犬の遠吠にも似た呻き声を発しさせた。最早家の者たちには、手のほどこしようがなかった。そのうちおふくろのマウソカ（欠伸）がはじまった。祖母は待っていました、というように、何事か怒りをこめていいながらおふくろの傍に坐った。それは呪文にも似た激しいものであった。祖母は、「どんな悪魔でも、神のような子供に、こんな苦しみを与えて、悪いとは思わないのか。いいたいことがあるのなら、姿を現わして全部いってしまって、早くこの子供の苦しみを解いてやってくれ。そうでなければこの世の中にも、またお前の住む仏の世界にもぜったい居られないように、神様に訴えてやるから……」とアイヌ語でいうのであった。その間おふくろは、眼を閉じて手を合わせて、自分についている神様を呼び寄せていた。祖母の呪文のような言葉によって、悪霊がいたたまれなくなると、おふくろの体が激しく慄えて来る。

そのときは、二年ほど前、行方不明になった犬のポチが、私を苦しめたのであった。そのポチは狐色の可愛い犬であった。それがいつのまにか、いなくなってしまった。私たちはほうぼう捜した。がみつからないのでそのままほっていた。ところがポチは、野犬狩りの捨てた毒ダンゴを食べて、裏山で死んでいた。それなのに誰もポチを祀ってくれない。神様の世界に行こうと思っても、行くこともできない。だから生前いちばん可愛がってくれた私に、それを頼もうと思って、ときどきいたずらをしていた。〇〇日にもお腹が痛かったはずだ。それも自分がやったのだ、とポチはいった。そういわれてみれば、〇〇日の腹痛も嘘ではなかった。突然激しい痛みが襲うかと思うと、またケロッと快くなった。そんなことが度たびあった。だが自分を祀って、神様の世界に行けるようにしてくれれば、もうぜったいにそんな悪いことはしない。まったく申し訳ない。ほんとうにごめんなさい。とポチは泪を流して私に謝った。

その間のおふくろは、熱にうなされたときのように、顔面真っ赤にして、本物の犬のような仕種をした。祖母はおふくろの喋ることを、一言も聞きもらすまいとして、緊張していた。がポチが嘘をつかないように、嚇《けしか》けたり賺《すか》したりもする。私はポチの咆哮のようなおふくろの仕種が怖くて怖くてたまらないので、凝視したまま一寸も動かなかった。このような緊張した時が過ぎると、おふくろは外へ出て、悪霊を払い落として、神様をお送りした。祖母は呪文のような言葉を弄しながら、灰だとか塩を茶の間中まき散らして、家の中から悪霊を掃き出していた。それを息を殺してみつめている私は、神下しの終ったおふくろに、「まだ腹が痛いかい……」と問われるまで、腹痛のことなどすっかり忘れていた。気がついてみるとあの激しい痛みも嘔吐感も、嘘のように消えている。祖母とおふくろは、驕るような笑みを浮かべて、「やっぱり、あのポチの仕業だったんだ……」と、顔を見合した。

このようなことがあるだけに、誰かが病気をしたというと、すぐおふくろは頼まれて神下しをした。だが私が成長するにしたがって、これに疑問を抱き、批判的になった。

私は幼いときから、いろいろな治療をずいぶん受けた。が現代医学のほかには、病原菌を追い出す手段のないことを知った。信仰にその途を求めれば、悶々としたものは癒された。が実際の苦痛は残っていた。またなまはんかの信仰は、そうでなくとも気弱な病人を、いっそう神経質にした。なによりも長い病人になれば、人間としての価値を見失なわせる。どこまで信じても、夢幻の対象なのである。そんな中に人間としての創造性、つまり健康な悠揚さなどがあろうはずがなかった。たとえ一時的に癒されたとしても。複雑な病人の心理である。長期の療養に直接の苦痛を無視してまで、夢幻の世界に安住できようはずがなかった。やっぱり医者よ、薬よである。緻密に計算された原理の前に、気休め程度の信仰なら、害こそあれ益はない。それが自己の意思ならともかく、他の強要したり示唆すべきものではなかった。

私はそのことで、よくおふくろと衝突した。あるときなど、二日間もおふくろが行方不明になるような事件さえ起こした。私はおふくろに、信仰をまるっきり否定せよというのではなかった。夢幻の対象物に、惑わされるなというのである。まして自分の家だけではなかった。他人にも影響をおよぼすようなことをして、万一の場合が出現したら大変である。病いに罹ったら、まず医者に相談して、安静にすべきである、と私は、長い間に亙っておふくろを説得しつづけた。こんな私の理詰の抵抗に、おふくろもやっと納得して、神下しもしなくなった。夢などにもこだわらなくなった。が、一方の祖母には、私のほうが屈服してしまった。

あるとき早朝来たかと思うと、昨夜私のことで夢見が悪かった。したからハルイチャルパ（神仏に物を供えて祈禱）する、といった。祖母はヌキ（お椀）やパスイ（祈禱用の箸）、頭のついた煮干、米（あるいは稗や粟）、たばこ、酒、などをお膳に用意した。そしてストーブに対《むか》って、イノンノイタクツ（お祈りの言葉）をはじめるのであった。アイヌの神々でも、いちばん威厳のあるのは、アベフチ（火の神様）である。そのアベフチに、祖母は昨夜の悪夢を訴えた。そして煮干や米、たばこ、酒などを、少しずつストーブの中に入れながら、「ここに尊い物を供えてお祈りしますから、ウクランのウエンタラップ（夕べの悪い夢）のようなことのないように、孫をお護りください……」と頼むのである。アベフチ（直接の祈禱）が済んだら、今度は私の枕元に来て、「どんな悪者でも、いま神様に与えた尊い物をこの孫にも与えるのだから、もし孫を苦しめるようなことをしたら、お前はきっと神様の戒めを受けるだろう……」と、酒などを私の頭に二、三滴落としてから、一と口飲め、といった。私は暗示にでもかけられたように、そのとき床に起き上がって恭々しくいただいた。

このような家の中での祈禱が済んだと思うと祖母は外へ出てツプカムイ（太陽の神様）にも同じようなお祈りをした。

そして供物を全部捧げるのであった。元はヌサ（神様の安置所）というものがあって、そこに供物を捧げた。がそのようなもののない昨今は、家の東側で人びとのあまり歩かない所に置くのである。これでやっと、祈禱のすべてが終了する。

その間の祖母の表情は敬虔そのもので、私たちがなにをいっても聞くふうにさえなかった。祈禱が終ると祖母は自分の見た夢がどんなに悪いかを、表情をつくりながら話すのであった。そんなとき下手に逆《さから》おうものなら大変である。過去の体験の一つ一つ挙げて、人柄が変わったように私を叱りつけた。

なにより祖母の夢には、真実性があるといった。毎年ハルタカル（作柄の夢）といって、一日中にその年の作柄を夢で占った。がそれはぜったいに、はずれたことがないといった。また神仏の存在も、自分が夢で見たのだから間違いなくあるという。神様は衣を着た僧侶だとか、真っ白い髭のお爺さんだといった。仏さんは、あるとき夢の中でどこか知らないところへ行った。すると死んだハボや、兄弟や自分の子（祖母は八人の子を生んだが、現在二人しか生きていない）などがいて、皆で自分を歓迎してくれた。それなのにハボだけはとてもイルシカ（怒る）して、ヘマンタネエッコラン（なんしに来た）と激しく自分を追い返した。もしあそこでハボに追い返されなかったら、きっと自分は死んでいた。これもふだんから信仰しているおかげで、ハボが自分を護ってくれた。それなのに、お前は体が弱いくせにそんな精神でいるから、なお悪者につけこまれるんだ……と、私がなにをいっても受け付けなかった。

がその表情には、不安が歴々と露《あらわ》れていた。私の罰当たりな言動に対してと、自分の信じているものが根底からくつがえされることの怖れとの、混淆したものの中に焦燥していた。その憔悴しきった祖母の表情を見ると、私はたまらなく淋しくなって、激しい自己嫌悪に陥るのである。

純朴に己の夢を信じて、私の手の届かない日常の中から生まれ育てて来た信仰なのである。その尊いもののたとえ一部なりとも、否定せよというのは、祖母の神秘的な人生の抹殺にも等しいものであった。病み悶える様を見て、医薬のみに依存せよといえる肉親がいるだろうか。高熱がつづけばタオルの一本も冷して与え、痛いと悶えればさすってもやりたくなる。これが人の子の情であり、肉親の愛なのである。悪夢に魘されて、まんじりともせず曙光を衝いて来るような祖母に、鞭打つだけの勇気はさすがの私にもなかった。なにより私の年齢の中には柔らかい協調性、あるいは創造性があるといえるかもしれない。しかし、八十に近い祖母には私にくらべ新鮮な吸収力というか解読力がないのである。で私は自らの傲慢さに、やり場のない怒りを感じて口をつぐんでしまう。そんな私を見て、祖母はやっと安心したように、神様の功徳のほどを得々としてまくしたてるのであった。

祖母の神様

五月のある朝のことであった。私は六時ごろ、家族の者に敲き起こされた。病弱な私はいつも七時ごろでなければ起床しないが、祖母が来て待っているというのである。その日八時三十分のバスで発とうと決めていたのに、なんとまあ気が早い、と私は寝呆け眼をこすりながら、二階から降りて来た。八十一歳の祖母は暖炉の前にピョコタンと坐っていた。私を見ると恥じらう花嫁のように、両手を衝いて、

「どうぞよろしくおねがいします」とニッコリ笑った。私は奇妙なくすぐったさを覚えて、ウンともハアともつかない返辞をしていた。昨日までの祖母の病気は、もう完全に癒っている。私はとても愉快な気持になって洗面にとりかかった。

祖母はいつもお詣りしていた神社に、行きたいといい出した。めっきり老い込んで一、二年参詣していなかった。それだけにいくらか元気が出て来ると、行きたいという気になったのだろう。三カ月に一度なにがしかもらう養老年金も貯めてあるので、旅費は自分が持つから誰か付き添って行ってくれといった。だが五月といえば春耕期であり、農家のいちばん忙しい時季である。農業を営む叔母もおふくろも付き添って行かれないので、もう少し待てといわれた。が行きたいとなったら、だだっ子のような祖母は聞かなかった。以前はよく一人で行った。が年老いて不安を感じるせいか、悄然として寝込んでしまった。

そんなことを知らない私は、祖母が体を悪くして寝ていると聞かされたのである日見舞った。すると、「なんだか頭が痛い、動くと気持が悪くなる。こんなとき高山の神さんに行けば癒《よ》くなるのだが……」といって、いつも愛想のいい表情が憮然としていた。「じゃ手紙でも出そうか？」といったがやっぱり無表情であった。祖母は体具合が悪いというといつも私に手紙を書かせて、高山の神様宛に出すのである。すると祈禱した旨を書いて護符が送られて来る。それを受け取ると、祖母の病気はたいてい癒くなってしまう。だが、その日は、それも好まぬふうであった。私はどうしたものかと訝っていると、「一度お詣りしたいのに、誰も連れて行ってくれない……」といって、寝具を顔に引き上げてしまった。私は思わず「ヘェ……」といった。杖を頼りのうしろ姿などを見ると、そんな気丈夫なものがあろうなどとは、思ってもみなかった。それなのに、乗物を四、五回も乗り換えなければならない高山まで行こうというのだから頼もしい。私は「じゃ行こうか……」といった。途端に祖母の顔の被いがパッとめくれて、あの細い瞳が私をみつめた。が「したって兄さんは……」と語尾を濁して、再び顔を被った。暗に私の体裁を気遣っていた。が私はごく自然の気持で「いい明日行こう」といった。

やがて出発の時間が来て、私は玄関に出た。が上り框のところにある大きなフロシキ包みに別に意も止めなかった。ところが私のあとにつづく祖母が、それをヨッコラショと背負っ

たので仰天した。思わず「それ婆の荷物？」と訊くと祖母は「うん」と涼しい顔で応えた。「うわア、何をそんなに持ったの？」と問うと、「寒かったら困るので着物一枚、枕が固かったら眠られないので、スポンジ製の枕一個、それに神様に供えるお米だとか、コンブ、空瓶三本などだ」といった。しかもそれらの物を減量されることを懸念してか、杖を衝いてスタスタと歩き出した。私はただ啞然としてそのうしろに繫った。

　私の家から五十メートルも離れていない停留所に着く間もなく、砂埃をあげてバスが来た。

「T街行きです」と突慳貪にいう車掌は、それでも祖母に手をかして乗せようとしてくれた。が背後の荷物が乗車口いっぱいになって、いやいやをはじめた。私はこの旅行の容易ならざることを覚悟して、それを押し上げていた。

　バスは国鉄駅に着いて、私の肩からは当然のように、大きなフロシキ包みがぶら下がっていた。それでも私は、祖母の手を曳いて列車に乗り込んだのである。一歩踏み入ると車内の眼がいっせいに私に集まった。私は来たな！　と思った。が強いてそのような意識を持つまい、と自分を叱った。列車内の祖母はじっと眼を瞑って、手で口元を蓋っていた。そうすることによって、手の甲から腕にかけてのシヌエ（入れ墨）はまる見えであった。そのせいか、私はずいぶんと不快な光景に衝き当たった。

　ある乗り換え駅であった。——間もなく列車が到着しますから柱の内側にお並びください——と、アナウンスされた。私は祖母を気遣って、階段のところに待たせて列に加わった。私の前には登山風の若い男二人が、大きなリュックを脚元に置いて並んでいた。その男たちが「おい、あらアイヌ……」「ほう……」「俺本物のアイヌ見るの初めてや……」「なんか食べているんでないか……」と、話していた。男たちの眼は、まるで動物園のサルでも見ているようであった。

　祖母は階段に腰かけて、膝の上に手を組んで口をモグモグさせていた。構内に列車が入れ替るたびに顔が動くのだが、別に意識しているふうではなかった。身装《な》りは黒っぽく、蓬髪だけが真っ白であった。そのままの表情がすぐ笑顔に変わるような老婆だが、口元の入れ墨だけがこの男たちに映るらしかった。私はよほど、ここにも本物のアイヌが居りますよ、と名のってやろうかと思った。

　私たちはやがて、目ざす神様に着いたのであった。車から降りた私は、まず祠堂の立派さに目を見張った。ここの神様は、戦後泡沫のように現われた新興宗教の一種である。小さいとき祖母に連れられて来たことがあるが、その当時は電気もついていないまったくのあばら家であった。それがいまでは、私さえも畏敬するような殿堂と化している。祖母のありがたがるのも、無理もないと思った。

　若い男が応対に出て来た。祖母は「帳場さん」と称《よ》んでなつかしそうに話しかけた。が、彼はおざなりに頭を下げて「どうぞ……」と、私たちを招いた。祠堂と母屋のつなぎ階段を降ると、小さな部屋があった。そこには六、七人の婦人が屯していた。その中央に恰幅のいい、五十がらみの男が坐って何事かを喋《しゃべ》くっていた。だが私たちを見ると「いよう、お婆ちゃん」と声を変えて来た。その声を聞くと、祖母は腰でも抜けたようペッタリ坐って、

「先生さましばらくでございました」と、噦《しゃく》り上げてしまった。男は「このお婆ちゃんは、遠いところから来ているのですよ」と、周りのご婦人方にいった。祖母は「こんな歳をしてお詣りできるのも、みんな神様の……」といって、何度も頭を下げていた。男は「きょうはまた、息子さんにでも連れられて来たのですか？」と、いった。祖母は「いえ孫なんですの。こんな婆を恥ずかしがるもしないで……、これもみんな神様の……」とまた声を詰らせた。すると一人のご婦人が、

「ほんとにね、いまの若い人は普通のお婆ちゃんでも連れて歩かないのに」といった。

　祖母はここに来ることを、どんなにたのしみにしていたかを語った。が、一とおりの接待が済むと、先生さまと称する男はさきほどの話のつづきに移ってしまった。

「あの大森さん、あの人はどうです。癌だといわれて、医者にも見離された人ですよ。それがどうです、私のところへ、たった一回来ただけですよ、それでもう癒ってしまったんですから……ありがたいことですね……」といって、周りを舐めるように見廻した。ご婦人たちの中から、感嘆と慎しみ深い溜息がもれた。二十五、六の娘を連れた商家風の主婦が、

「ほんとにね、あの人なんか、助かるという人はおりませんでしたからね……」といった。先生さまはそれに勢いを得たように、神様の功徳のほどを表情たっぷりに語らった。チョビ髭を生したその表情は、どこかヒットラーにも似ていた。祖母は少しでも気に入られようとして、先生さまの話に相槌をうったりした。が先生さまのくすぐったくなるような瞳は、商家風の母娘に多く流れていた。この娘さんは下肢に疾病があるのか、脚を突き出して先生さまのお話を聞いていた。そのうち先生さまの話題が変わった。

「私がどうしてこんな山ん中にいるかというと、私はパチンコが好きなんですよ。街の近くにいると毎日パチンコ屋通いをして、信者の方たちに怒られるでしょう。だから山ん中に引っ込んでいるのですよ」といって、あッハハハと笑った。ご婦人方もいっせいに笑ったので、私もついつりこまれてしまった。がテレ隠しに私は傍を見やると、祖母がいなかった。自分に関心のない先生さまに見切りをつけて、祖母は神様とお話をしに行ったのだろう。私もそーっと待合室を脱け出た。

　祖母は広間の正面にある祭壇に対《むか》って、手を合わせていた。いつもお祈りをするとき、祖母はまず自分の体の苦痛を訴えた。そしてどうぞ神様癒してくださいとおねがいした。それから私たち肉親の名を挙げて、どうぞご無事でありますようにと祈った。いまもきっと、私たちのこともおねがいしているのだろうと思う。がさて、私にはどうしても手を合わせる気になれなかった。

私が病気をしたとき、祖母はここの神様にかけ詣りをしてくれた。そのとき、ここの神様は、神も親も敬う気のないまったくの我儘の子であるから、まず癒る見込みはないといったそうだ。私には何よりそのことが面白くない。

だがその私がこうして、祖母の手を曳いて参詣に連れて来たのだから、神様はさぞびっくりしていることだろう。内心ほくそ笑みながら、私は広間の鴨居にめぐらされた、神殿建築の寄付名簿を追った。百円単位から記されている。がその額がふえるにしたがって、私はその人たちの顔が見えるような気がした。そのうち三十万、五十万とピークに達して、私は思わず感嘆した。私はこの寄付名簿のほうがありがたくて、勿体無や勿体無やと鴨居に対って手を合わせていた。

夜になると、信者は十四、五名にふえていた。がその大半は、四十歳以上のご婦人方であった。しかもどの顔もお酒でも飲んだように、赤い顔をしていた。話をするのを聞いていると、皆人情家でとても物わかりがよかった。祖母は少し品のいいおかみさんを摑えて、「昔はアイヌアイヌってよくバカにされたもんですけど、いまの時節にはそんなくべちゅはないですよ……」といった。おかみさんは「ほんとにね、何も変わりないのに……」といった。祖母は気負ったように、「そんなバカをこく奴にかぎって、貧乏していますよ。私の娘たちは皆百姓して立派にやっていますから、こうやってお詣りにも来れますの……」といった。おかみさんはさも感激したように「よかったねお婆ちゃん!」と祖母の手を握った。このおかみさんも、祖母のような〝本物のアイヌ〟を見たのは初めてらしかった。が祖母はいろいろなことを語った。

「昔はバカなことをしたもんですよ。(手のシヌエを見ながら)このようにしないば、親も兄弟も見えない遠いとこさ連れて行かれる、ていわれてね……。大人たちにきっちに押えられて、カミソリでやられるんですが……いやとっても痛くてね……。(当時を彷彿とさせるように表情を歪め……)三日ぐらい物も食えないし、そりゃ切ないものでした」。おかみさんの表情が真剣になった。「でいまはこんなことしていないのですか?……」と訊いた。「勿論、いまはアイヌもシャモ(和人)も変わりない時代ですよ……。こんな恰好していても、福山さんや清見さんたちにも可愛がられてね……」。祖母は幸せそうに眼を細めた。福山さんや清見さんというのは、村の豪農といった家柄で祖母が昔から特別世話になっている人たちであった。祖母はあんがいしっかりした物のいい方をするのだが、このように説明しなければわからないようなこともいった。だがこのおかみさんは「よかったね……」と相槌を打っていた。

そのうち、いきなり待合室の戸が開いた。「皆さんお詣りの時間です。本堂に集まってください」と、祖母が帳場さんと称んでいた若者がいった。一瞬待合所内は騒《ざわ》めいて、皆ぞろぞろ出て行った。祖母も皆といっしょに出て行って、私だけが取り残されてしまった。一人になってみると、自分の頑さがぽっかり浮いたような気がして、私もひきずられるように皆のあとを追った。

本堂には信者たちがきちんと坐っている。私もそのいちばんうしろに鎮座して、皆と同じように手を合わした。私が坐る間もなく最前列の帳場さんが、サッとひれ伏した。すると同じような現象があちこちで起こって、また私だけが取り残されてしまった。私も慌てて同じような仕種をした。先生さまのご入来であった。先生さまは、昼間祖母がお祈りを捧げていた一段高いところに、私たちに背を向けて静かに坐った。私たちのようにひれ伏したまま、三十秒ぐらいすると、頭を上げてポンポンと拍手を打った。若者を先頭に、信者たちもいっせいにそれにしたがった。私もパチッパチッと手を鳴らした。前のほうで同じようにまたポンと音がした。私も同じようにまた手を鳴らした。信者たちもいっせいにそれにしたがった。今度は先生さまの次に、私が早かった。先生さまは私たちのほうに向き直って、丁寧に頭を下げた。そしてすっと立って、さっと居間のほうに消えて行ったと思うと帳場さんが「終りました」といった。私は唖然として、合わせていた手を離すことを忘れていた。なんのことはない、二分か三分のお詣りなのであった。

お詣りが済むと、ご婦人方は頭を対い合わせるように蒲団を敷いた。商家風の母娘は、いちばん上手に就寝した。暗黙のうちにその順序が決められてでもいたように、私と祖母は末床であった。広間の螢光灯は消されて、誰も喋る者はいなかった。祖母は念願適ったことを悦んでか、容易に眠りに就けないらしく、何事かをつぶやいて寝返りを打っていた。私は与えられた粗雑な寝具にくるまって、この参詣が祖母の最後になるのでないかと、フト思った。

翌朝まだ薄暗いうち、私は眼を醒した。私は寝たまま傍の祖母を見たが、蒲団がペシャンコになっているような気がした。身を起こして薄明りを透すように見たが、やっぱり祖母の寝床は空っぽであった。私は急いで上着をつけて、表に出た。

出てみると周囲の森に、しみ透るような声で小鳥たちが啼いていた。闇は東方から薄らいで、附近の建物がおぼろ気に浮いていた。私は土の香をかぐように透してみた。が祖母の気配は、どこにもなかった。私はそのまま、辺りを窺うふうにしていた。と、キンキンという陶器類の触れ合うような音が聴こえた。その音は、母屋の前にある小さな建物の中からのようであった。私はそーっと近寄った。

祖母は神様からいただいて行く水を汲んでいたのである。祖母は私を見ると「もうここに来たら、すっかり体が癒《よ》くなって、朝になるのが待ち遠しくて、待ち遠しくて……」といった。この水は御水といって、神様にお供えして祈禱が済んでから持ち帰るのであった。傍に手押しポンプがあるのに、祖母は不便な釣瓶井戸を使っていた。「ポンプを使うといいのに……」というと、祖母は「こっちの水のほうがいい……」といった。無骨な桶から小さな瓶に移す水は大方こぼれていた。だが祖母は瓶を持ち上げて、透すようにしてからまた汲んでいた。

私は祖母の傍らを離れて、母屋の前を流れるせせらぎのほうに降りて行った。私は何故か、とても淋しかった。ここに来て感じたものは、人びとと私の隔絶であった。屈託のない語らいにも、私は自分を感じてしまう。がそれが驕りにも似た、醜いもののような気がしてならなかった。私は祖母の満ちたりた表情に、畏敬すべきものを感じて、不器用に操つる釣瓶桶を黙ってみているより手がなかった。私にも以前は、祖母のように素直な信仰心があった。それがいつの間にか、それを蔑視し、否定する側になっていた。長い病床による、苦痛意識の結果でもあったろう……。が私にはもっと別なところに、その原因が潜んでいるような気がしてならなかった。

古老たちの少なくなったことにもよるが、私たちの身辺から素朴な信仰の対象であったイナウ（木幣）が完全に消えていた。盆だとか正月、あるいは命日などに行なっていたシン・ヌラッパ（仏の供養儀式）の、厳かなうちにも華やかな集いも、ほとんど見なくなった。偏見視され蔑まれる直接的なものは、若い層から強硬に頑に否定されてしまったのである。それが祖母の力説する「アイヌもシャモも変わりない時代！」を造り上げたのかもしれなかった。が半面に、私たちが帰依する真の場がなくなってしまっている。そこにある何々神様、何々宗教と称するものも、異なった造形物によるきらびやかな威光だけであった。信仰そのものの対象は、木も銀も変わりないのである。理論を伴った特殊な境地を創り上げるのなら別であるが、祖母のように、われわれの身辺における神々でいいのである。疾病意識を休めるほどの信仰なら、われわれの身辺における神々でいいのである。

だが私たちの身辺からは、自ら敬える神々の存在がなくなってしまっている。その末路が祖母の姿のような気がしてならなかった。私は頑に煩悶しつづけていた。……やがて背後に人の気配がした。

足音を忍ばせるように、近寄って来る祖母であった。祖母は背後から私の顔を窺うふうにしてから、せせらぎの淵にしゃがみ込んだ。そして手で清水を掬って一と口飲んで「カムイオピッタエネプンキネワ……」と、唱え出した。神様皆で自分を護ってくれたおかげで、こんな遠いところへ無事着いた。「ネツエサクノカ、チエコエプンキネ、イヤイライケクス、ワツカウスカムイオルン、アシルアシテナ（何も供物もないけど、自分を護ってくれたことをここに感謝して、水の神様にお礼を申し上げます）……」と、せせらぎに語りかけるようにいった。

周囲には小鳥たちが歓喜の囀りをつづけて、私は何故か小気味よいものを感じて、祖母の祈禱をじっと見守っていた。祖母の中にはなお厳然として、葬られたはずの私たちの神々が生きていた。念仏も経文もいらない、ただ自分の心に生じた言葉を、身辺の木や水に語りかければいいのである。金ぴかを輝やかせる必要も要らない。多額の出費も要らない真の信仰を、私はそこに見たような気がした。私は大きく息を吸い込んで、沈むように吐き出した。

本堂に戻ると、朝食の仕度がしてあった。私たちを見ると「さあ早く坐ってください！」と商家風の主婦がいった。お膳には、紙に包んだおニギリが置いてある。私がそれを採り上げると、「あ、それお弁当ですよ」とまた主婦がいった。そして金属製の食器を、うっちゃるように私の前に置いた。

食事が済むと、また帳場さんの入来であった。「皆さん治療をお受けになりますね……」といって、あたりまえのように順番札を渡して来た。私にものばして来たので、「ぼくは……」と口ごもると、咎めるように見降して次に移って行った。順番札を貰うと、信者たちはこそこそ荷物をまとめて待合室を出て行った。

本堂には、商家風の母娘がもう先生さまの治療を受けていた。先生さまは話をしながら、しゃく（笏）のような木片で、娘の体をさすってときどきスッスッと、歯の間から息を抜いていた。治療が済むと母娘は丁寧に頭を下げて、平らな紙包みを先生さまのほうに差し出した。先生さまはハッといって、スッと息を抜くようにして、それを受け取っていた。先生さまの傍らに小姓のように控えていた帳場さんが、○○さんと次の名を呼び上げた。

いよいよ祖母の番が来た。がそのときは他の信者たちは帰路に就いて、誰も残っていなかった。祖母は何度も頭を下げて、つまずくような恰好をして、先生さまの前に進んでいた。先生さまは「どう、お詣りしていくらかよくなったかい」と、祖母を迎えた。祖母は「はい、きのう来てから頭もすっかり楽になりました……」といって、あそこもここもと患部を訴えていた。が先生さまはそれだけいうと、あとは聞いているのか聞いていないのかわからぬような返辞をして、スッスッと息を抜いていた。その仕種は商家風の母娘にしたときより、真にせまっていた。そのせいか、商家風の母娘より短い時間に、「はい、終りました……」といって、先生さまは祖母の肩をなで下した。祖母は「ありがとうございました」といって、懐から赤い巾着を引っぱり出して、紙幣を抜いて先生さまに差し出した。先生さまは再びハッといって、スッと収めてニッコリ微笑んだ。祖母は先生さまの表情を感慨ぶかげにみつめて、「またお詣りに来れますように……」と、畳に額をすりつけた。先生さまは軽く会釈して引き下がってしまった。それでも祖母は顔を上げなかった。私は「さあ……」と、促すと祖母はやっと顔を上げて、袖口で眼の辺りを拭っていた。

証しの空文

薄暗い部屋に、嗚咽のようなものが漂っている。雨雫《だ》れがポトリと触れたときのように、もうろうとした神経があわててそこに集中した。……干物のように乾き切った、祖母の表情が瞭然と映って来た。歪みのない微笑を浮かべて、永久《とわ》の旅出を告げている。

昭和三十七年八月三十日午後七時二分、その八十二歳の生涯を静かに閉じた。おふくろや叔母の嗚咽がつづいて、誰も口を開く者はいなかった。五時ごろから容態が変わって往診を受けたが、医師は黙って小さなアンプルを一本うっただけで立ち去った。その枕辺に、私は石のように動かなかったのである。

石膏のような顔面に、シヌエが鮮かに浮いている。偏見視され蔑まれる、宿命の刻印のようであった。「バカなことをしたもんだ……」といいながらも、自らの宿命を呪わなかった祖母、その周辺には、いつも神々があり御仏があった。そしていま、……自らその境地にある。

翌日、チカルカルベ（模様縫いをした礼服）で被われた祖母の遺体は、北向きにのべられていた。首からは玉サイ（首飾り）が、耳からはニンカリ（耳環）がかけられてあった。顔面はナンカツ（白布）で被い、額はチバヌブツ（黒い鉢巻）で、きっちりしめられている。生前から、「オムラの晴着だ……」といって、仕度していた物で祖母の門出が飾られた。死んだときそれらの物の整っていないことは、老婆としての恥辱である。祖母は他に、ホッツ（脚絆）やテクンベ（手っ甲）なども用意してあった。

九時ごろから、悔みの人びとがひっきりなしに訪れて来た。しかもその大半は部落の和人たちであった。正午近くになって遠来の弔い人も訪れて、家の中は立錐の余地もなくなった。その中に、祖母のようにシヌエした老婆も三人顔を見せている。喪主としてのおふくろは、慣しによって仏の右上座に坐って、老婆や年増女が遺体をとりまいた。だが何かをためらっているふうに感じられてならなかった。そのうち祖母の従姉妹に当たる七十いくつの老婆が、悔みに訪れて来た。

老婆は遺体に近づくなり両手をつかえて、締めあげられるような慟哭をした。そしておふくろの傍ににじり寄って、「イヌヌケアシ、エチウヌフウエンベアン（可哀想にお前の母親が死んでしまって）……」と、イムサ（抱き合って悲しむ行為）した。老婆は泣きながら悲しみと慰めの言葉をいって、おふくろの肩をなで下したり両手をとって握手のような行為をした。おふくろも涙を流して、死に至るまでの経過を説明し、まだまだ生きていて欲しかったのに……といった。するとと遺体の周りの女たちが、オラトリオのような泣き声を奏でて来た。そう確かに奏でたという形容が当たっている。女たちはいちように畳に両手をつかえ、左右に小さく体を揺って哀切きわまりなく泣いている。ざわめいていた仏間の声が一瞬沈んで、衆目は女たちに注がれた。私は凪いだうねりが、裸足を洗うような錯覚に襲われた。弔いの人びとが仏間いっぱいに満ちても、まだ何かがたりないような気がしていた。だがそれはなんなのか、摑み得なかった。しかしいま女たちのライチシカリ（哀悼泣）の仕種を見て、無意識の渇望が本能の一部であったことを知った。

戸数七十の小さな部落に、いまでは三分の一ぐらいしかアイヌと呼ばれる人びとはいなかった。私が幼いころ二十名近くいた古老たちも、年々歿して、いまでは祖母の弔いに顔を見せた三人の老婆を残すのみとなった。比較的恵まれた生活をする者の多いこの部落のアイヌ人たちは、風習や生活に至るまで一般化して、純然たるものは全く形を潜めてしまっていた。

以前に、部落でも豪農の部類に属するアイヌ人の家で、古老が亡くなったことがあった。そのときこの豪家は、宗派を法華から禅宗に切り替えて、その野辺送りを営んだのである。この部落のアイヌ人たちは、皆法華経信者であった。それがこの豪家の体面を傷つけるからであった。ある者は、自分たちの先祖をどうするのだ、とそれを罵った。だがそれも、この豪家に通じるものではなかった。古老の死を悼んで泣く弔い老婆を、主人は窘めて隅のほうに押しやったのである。それがきっかけのように、部落内から純然たる風習が薄れていった。そしてその慣しが、いつしか嘲笑されるようになった。

だが、いま私の目の前で行なわれているライチシカリは、潮騒だけを感じる波打ち際に立ったときのような、心地よい感触を私に与えてくれるのであった。

私は誰かに、肩を衝かれていることに気がついた。部落内の有志の一人であるアイヌ人が、私の傍に来ていた。「あれを辞めらしたら……。このとおり大勢来ているのだから……」と、同意を求めて来た。私はコックリ頷いた。しかし、ゆっくり首を左右に振って、「いいです、もう最後なのですから……」といった。男は憮然として顔を背けた。卑屈な過去を持つだろう、この男の気持もわからぬではなかった。が私は、もっと泣いてくれもっと泣いてくれ、これが最後なのである。私自身も、祖母にも、私にも、これが最後なのである。これまで偏見視され蔑まれることを極度に嫌って、本能の抹殺のみと闘っていた。しかし、いまは何も恐れるものはなかった。嘲られ蔑まれても、私は祖母の最後を飾ってやりたかった。どんなに古式に則ろうとしても、純然たるものの失われている今日、それは形式のみでしかない。

私が幼いころの記憶だが、女たちのライチシカリと同時に、一方ではエカシ（老父）が火の神様にお祈りをしていた。それが済むと、エカシは死者の傍に来てイヨイタッコテ（引導渡し）をするのだが、それは実に激しく一種異様な光景さえ生んでいた。炉の周りを屍の枕辺には、いろいろなイナウが立てられてあった。……だがいまは、そのイナウ一つないのである。しかし私は、それを欲しいとは思わなかった。このまま、このままでいいのだ、と呟いていた。

そのうち法華の僧侶が、供養に訪れて来た。形どおりの枕経を唱えると、おもだったものを集めて葬儀の打合せをした。二十四時刻を経なければならないので、出棺は翌日と決められた。通夜は午後七時。告別式、九月一日午前十一時。出棺は午後一時と半紙に記された。

夕刻になってから遺体は納棺して祭壇を設けた。その中央に肖像を掲げたが、まだ八十一歳当時の面影は美しい微笑を湛えていた。花の好きな祖母は、「オラの死ぬときは、花さえあれば何も要らない……」と、よくいっていた。その言葉どおり、棺と祭壇は大小様々の造花で埋めつくされた。やがて通夜読経もはじまった。遺族は最前列に坐り、私も僧侶のうしろに膝を折っていた。七十キロもあろうと思われる僧侶は、金ぴかの衣を着て帽子を冠って、汗をだらだら流して読経した。

　しかしそれが悲しみを誘ったり、故人の冥福を祈らせたりするものには思えなかった。読経が熱すれば熱するほど、私の心はわけもなくうつろになって行く。

　昨夜来の疲れなのかと思って、頑に手を合わせていた。が背後で〝グワッ〟という獣の奇声のような響きが発した。押し殺した笑いが、仏間に漂った。僧侶の読経はなお力んだ。が、それは生きた人間を倦怠に誘い〝眠途〟に送る仕種のような気がしてならなかった。いまの奇妙な響きも、誰かの睡魔の咆哮であったのだろう。

　鄭重な最後の念仏によって、通夜の読経は納められた。僧侶は緩慢に対《む》き直って、静かに一礼した。そして「ちう夜の義務のようなものとして、これから駄弁を弄しましゅ。わたくすは浜育ちのせいで、言葉に訛りといいましゅか〝アクシエント〟がありましゅから、ひぞうにお聞きぐるすうとは思いましゅが、ごかんべんねがいましゅ……」といった。

　それから「エ……」という助詞をやたらと加えて寓話めかしの話をした。私は神妙に僧侶の説法に、耳を傾けるふうを装っていた。いくら祖母が死んだといい聞かせても、胸中には何も湧かなかった。背後で再び、凄まじい音がした。私は静かに体を捩ったが、温厚な多吉という農夫の諧謔《おどけ》たような眼とかち合った。私は知人の多吉に、何かとても悪いことをしたような気がして、微笑みながら宜いの……というように軽く頭を下げた。五十過ぎの多吉は、昔気質の純朴な農夫であった。意味も通じない読経や、たわいない寓話に眠気を催すのは当然の現象なのである。遺族としての私さえも感慨の湧かない通夜に、多吉農夫の放心を咎めることができなかった。それにしても、何故こうも私は空漠としたものを意識してしまうのだろう……。

　九時近くになって、通夜法要はすべて終了した。人びとは三三五五立ち去ったが、それでも二十名ほどが残って、祖母と夜をともにしてくれた。その人たちは茶の間や仏間で屯して雑談をしていたが、シヌエした三人の老婆は祖母の棺の傍を離れなかった。三人は額を合わせるように話し込んでいるが、私はフト幼いころ見た通夜の光景を憶い出した。

　薄暗いランプの下に屍があった。額にチバヌブをしたフチ（老婆）たちは、チカルカルベを着てその周りに膝を折っていた。誰かがイソイタクツ（お噺）をして、あとの者はホウ、だとかイヨーハイ（どうしよう）などと、相槌を打っていた。一方茶の間では、焚火の炉を囲んでエカシがユウカラー（詞曲）をうなっていた。他の人たちは火箸や煙管でイヌンベ（炉縁）を敲いて、フウオ……フンと囃していた。

　フチたちは死人を慰めるイソイタクツをし、エカシたちは意気銷沈した人びとを高揚させる武勇伝を語るのであった。

このような行事を総じて、ボネネウサルカ（死人を慰める）というが、それはうつろな放心を宥すものではなかった。無意識のうちにも、人びとはその荘重な雰囲気に収まり霊を弔っている。だがいまは整えられた祭壇と、造花で埋めつくされた棺がだだっ広い部屋を占めて、うつろな香華がその周囲に漂っている。生と死の、あまりにも隔てられた現実なのであった。

通夜も明けた翌日、出棺準備などで家の内外ともあわただしかった。私も喪主の長男として、何かと気ぜわしかった。墓標は古式の物を使用することになったので、直径二十センチ、長さ三メーターぐらいのチクベニ（槐）を山から切って来た。その鬼皮を剝いで上部を円く細工するのだが、その部分に巻くウトキアツ（黒縄）の順序が、誰にもわからなかった。そのことで相談を受けたりしたが、謂れさえわからぬ私には識る由もなかった。老婆の一人に訊いて、やっと事は落着したが、ああでもない、こうでもないという議論の中に、下卑た笑いも混っていた。だが私は、怒る気もしなかった。嘲られ蔑まれた古代は影を潜めて、「アイヌもシャモも変わりない時代！」になっているからである。

やがて告別式法要も営まれて、私は僧侶の傍で手を合わせていた。もうこれで祖母との永久の別れなのだといい聞かせても、別に新たな感慨は湧かなかった。それぱかりか、僧侶の読経は張りつめていた神経を和げた。一晩ともほとんど眠っていなかった。そのせいか、私は激しい睡魔に襲われてならなかった。何かを考えようとして焦った。が、僧侶の読経はそれを阻んでいた。そのとき、フッと「これ兄さんにって、前からいっていた物ですよ……」と、おふくろから渡された祖母の遺品を憶い出した。小さなコンダシだが、葬儀の混雑にまぎれて内部を改めていなかったのである。私は静かに、僧の傍を離れた。

二階の書斎に来て、私はしばらく机に凭れていた。何かを考えようとしても、意識が散漫になって空漠としてしまう。あまり弔いの経験がないせいかしらん……。それとも心から、祖母の死を悼んでいないのだろうか……とも思ってみた。祖母の臨終を看取ってきょうの出棺間際まで、私は一と粒の涙も落とさなかった。あの女たちが泣いたとき、ちょっぴり眼窩を熱くしたが、それとて悲嘆のそれではなかった。本能の無意識の感傷のようなものであった。

私は緩慢な動作で、コンダシの物をつまみ出そうとした。すぐに触れたのは、赤い巾着であった。次に黒い布切れの包みが出て来たが、中には義歯や古銭が二、三枚あった。私はコンダシを持ち上げて、内部の物を机の上に空けてみた。養老年金手帳や写真などが出て来た。最後に四ツ折りにして書状のような物が、パタッと落ちた。私は上のほうから改めようとして、それをひろい上げた。二枚の半紙を中折りにして、墨書したものだが、私は漠然とそれを開いてみた。まず〝借用証〟という文字が飛び込んで来た。「一金　七千六百円也

但し右は　契約日当未払い金なるため　本証書を以て借受金の証しとする　こと依如件　昭和三十年七月十九日　本籍栃木県今市市川室二二一　滝正一　印　平目さた殿」と記されていた。もう一枚には、

支払い保証書
一　金七千六百円也
一　契約日当不払金
一　支払方法　昭和三十年九月　第二学期の学校開始に伴いこの仕事を開始し　同年十月末日までに　一切を精算する証とする
一　支払地　静岡県
昭和三十年七月十九日
本籍　栃木県今市市川室二二一
滝正一　印

平目さた殿

と記されてあった。私は居ずまいを直してもう一度読み返してみた。フッと意識が途切れた。「全然金が出ないもんだから、汽車賃だけで帰って来た……」という言葉が浮かんで来た。

憶えば、昭和三十年五月五日に、私たちは祖母を見送ったのであった。それまで何度も話を持ち込まれたが、私たちはそれを断ったのである。関係者は、アイヌの真の姿を理解してもらうために是非！　といった。だが私たちは、祖母を見世物にしたくなかったのであった。しかし祖母の知り合いの老人たちは、続々と旅発って行った。それに刺激されたのか、祖母は自分で事を運んでしまったのであった。そうなれば、もう私たちの制止は聞かなかった。

そして年も暮れようという、十二月三十日にやっと祖母は帰宅したのであった。祖母はとても苦労したと嘆いた。行った当初は、不馴のせいでいろいろと戸惑うことがあったらしい。初めは東京周辺を、興業した模様である。それを問えば、「池のある学校……」「松みたいな大きな木が植えてある学校だった」としか答えられなかった。

朝九時ごろ、祖母たちは旅館を出て任地の学校に着く。そして舞台の上で、古式を形づくって児童に見せるのであった。そのようなことに馴れた者は、おざなりの形態しかしなかった。が、祖母はあくまでも真実のものを露していた。そのことでよく、酋長格のエカシと衝突した。だが日が経つにしたがって、それも止むを得ぬこととわかった。連日の興業は七十歳以上の老人には、とても無理であった。動きの激しい踊や腹の底から押し出さなければならない声は、祖母を疲れさせた。クタクタになって旅館に戻れば、焼酎の二合瓶が祖母たちを待っていた。他の七人の老人は、皆それに飛びついた。だが祖母は、一滴も飲めなかった。部屋の隅で壁に寄りかかって、じっと眼を閉じている。すると仲間たちは、偉ぶっていると中傷した。が、祖母はそれにかまわなかった。

ある日、老婆の一人が適量をオーバーして喚き出した。他の者たちもいちように酔しびれているので、面白がって嗾《けしか》けたのである。すると老婆は、狂ったように嬌態をとり出した。(これは、イムといって一瞬の精神錯乱に陥る状態をいう)部屋の中は奇声と、爆笑の渦と化した。祖母は嘔吐を催すような嫌悪を感じて、思わず「止めれ!」と叫んでしまった。「ナニ！」という怒号がそのとき還って来た。「こんなとこまで来て、なにも恥を晒すこともないべさ……」と、また祖母はいった。一瞬声は止んだ。が「帰れ!」と、エカシが怒鳴った。「生意気だ!」と、フチたちがいった。

祖母は荷物をまとめて、部屋を飛び出してしまった。が、どっちへ向けば帰れるのかわからなかった。祖母は憤りと心細さのあまり、廊下で泣いていたのである。そのとき旅館のおかみが通りかかって、祖母を別宅に連れて行ってくれた。祖母はおかみに事情を話して、駅までの案内を請うた。だがおかみは、「誰でも酔えば同じですのよ。別にアイヌだから……なんて私は思いません。お婆ちゃんのように、立派な方もいるんですもの……」と、祖母を慰めた。それから祖母は、おかみと親しくなった。がそれがまた、白眼視される原因にもなった。しかし祖母は素知らぬふうを装って、皆と行動したのであった。

ある日、興業責任者の男が、「学校のほうから金が出ないので、皆に払うことができないから、これを渡しておく。これは金を払う条件になるので、失《な》くさないように……」と、各自に紙切を渡して来た。祖母はそれを、懐深く収めたのであった。

学校を主とした興業も、やがて休学期を迎えてあぶれてしまったのである。祖母たちの興業は街中に変わった。が、目に見えて待遇は悪くなって、焼酎の二合瓶も出なくなった。老人たちは、あるきりの懐金もはたいてしまった。異郷にある老人たちの疲労を癒すのは、それだけでしかなかった。ある者が書き付けの支払いを要請した。興業主は、支払い期日までは……と受け容れなかった。「なんぼでもいい……」と、彼はいった。「金がない」と、興業主はつっぱねた。「したら、これでなんぼでもいい、貸してくれ……」と、書き付けを差し出した。老人たちは、再び喉を潤すことができるようになったのである。祖母はその書き付けの支払いが、いつなのかわからなかった。持ってさえいれば、金が入るものと思っていた。

「バカくさい。全然金にならんかった。帰るときに、四千円くれただけなもんだから、汽車賃にしたらもうなんもない。したから、おみやげも買って来れなかった。それでも、宿屋の奥さんから——これなんだかかんだかいっぱい貰って来た……」と、包みを私たちに差し出した。コケシや手造りの人形、菓子などその人柄がしのばれる贈り物であった。祖母はその奥さんの面影を語って、「オラ、ほんとにあの奥さんでもいないば、とっくに帰って来た。すぐ礼状を出してくれよ兄さん……」といった。家族の者たちが、めずらしがってほじくり出しているうち、一冊の文庫本が出て来た。「これは?」と問うと、「あ、それ宿屋の娘さんに貰ったんだ。家の兄さんはとっても本好きだから、読み古した本でもいいからくれったけ、それくれたんだ……」といった。S社版の、阿部知二の『冬の宿』であった。

翌日、私は祖母からいろいろ話を聞きながら奥さんに礼状を認めた。そのとき「これ……」と、書状を差し出して来た。「まだお金貰っていなかったの? 十月中に精算するって書いてあるよ」「知らない、何もくれなかったもの……。皆はそれで前借りして飲んでいたらしかったけど、オラは現金で一銭でも持って来たいと思うからそんなことしなかったもの……。してもも大丈夫だ、来年また頼みに来るったもの、それまで持っていれば払ってくれるべせ……。滝さんは、とっても立派な人だから、まさかそんな〝不義理〟なことしないべせ……」といって、祖母は大事そうに書状をまた懐にしまい込んだ。

それっきり、私はそのことを忘れていた。祖母が本州方面に旅出たのは、その年一度かぎりであった。私は、アイヌ……アイヌ……と呟いてみた。だがその言葉の意味がわからなかった。

階下から、僧侶の濁声が聞こえて来た。ニブイ鐘の音が、ゴーンと脳裡を打った。祖母を古式の慣しによって弔えたら、私はどんなに満ちたりたろう……。私と祖母はあの読経によって、隔絶されてしまっていたのである。そこには私が弔う余地のない、一つの形式に委ねられた空虚な時間があるばかりであった。

私の頬は、いつしか熱い涙でぬれていた。虚構も誇張もない八十二歳の祖母の懐に、悪たれた寄生虫が長いこと棲息していた。その証しの空文が、佳麗な毒蛾の骸のようにパタッと落ちたのであった。

(『コタンに死す』新人物往来社 一九七三・八)

鳩沢佐美夫《はとざわさみお》　1935—1971

北海道沙流《さる》郡平取村に生まれる。一歳のとき、母・平目美喜が祖父の弟・鳩沢コトンバウクの養子となり、鳩沢姓になる。平取村立紫雲古津小学校に入学。身体の不調のため各地の病院で診察を受け、九歳の頃、脊椎カリエスと診断された。平取村立平取中学校入学後、病状が悪化し、肺結核と診断され、休学して入院生活を送る。一九五八年、二三歳のとき大和生命保険会社に入社し、翌年、『日高文学』の結成を知り入会。一九六〇〜六一年、同誌上に、精力的に作品を発表する。一九六二年より五年間の入院生活を送るが、一九六三〜六五年には、『山音』誌上に、代表作と評される**「証しの空文」**「遠い足音」などを発表。一九六九年、日高文芸協会を発足し、編集責任者となる。一九七〇年、『日高文芸』第六号に「対談・アイヌ」を企画した。この対談は、アイヌをめぐる現状について告発・提言を行ったもので、同年の『北海道新聞』で論評されたほか、一九七一年に『郷土研究』に転載され、一九八〇年には『北海道文学全集』にも収録されている。一九七一年、『日高文芸』の責任編集を退き、八月に平取町で死去。三六歳。著作集として、『若きアイヌの魂—鳩沢佐美夫遺稿集』（一九七二）、『コタンに死す—鳩沢佐美夫作品集』（一九七三）などがある。

他者からのまなざし

「証しの空文」は、『山音』（一九六三・八）に発表された。前年にあたる一九六二年、二七歳の鳩沢佐美夫が体験した祖母の死がテーマとして編みこまれた作品である。

作品の冒頭で、祖母の死を前にした語り手「私」が思い返すのは、祖母と一緒だった幼少期の幸福な環境が、他者のまなざしによって変化させられた出来事である。学齢期の男児からぶつけられた「アッ、アイヌ……」という言葉によって、「私」は「自分がアイヌだという意識」を自覚するのだが、それは「悪いこと」「恥ずかしいこと」という否定的感触を伴っており、その認識が「私」と祖母との間に距離感を生み出した。このことは、アイヌが日本で、マイノリティとして差別化されてきた歴史的経緯と関わっている。なぜマイノリティの側の自己認識にマイナスの評価が生じるのか、近代の社会構造と重ね合わせて考えてみよう。

他者からのまなざしによって変化する自己認識やそれにまつわる矛盾や困難について、象徴的に示しているのが、祖母と宗教との関係である。祖母は、アイヌ古来の儀式を離れ、新興宗教を信仰していた。せせらぎの淵で神様に語りかける祖母を見る「私」は、宗教の形式が置き換えられても、祖母の信仰心それ自体は何ら変化しないと感じ取っている。だが、その新興宗教をめぐっては、「先生」の態度や、寝床の位置、治療の順番などから、信者たちの間に暗黙の上下関係が作られていることが読まれよう。アイヌである祖母は、明らかに下位区分化され、差別を受けている。そして、祖母の信仰はそのような様式に捧げられてもいるのである。つまり、語り手の認識とは別に、小説のなかに描き込まれた細部を精読するなら、形式の変化と関わらざるをえない個人の内実、それによって更新され続ける現実世界の差別のしくみが浮上するのだ。こうした小説の構造からは、他者や外部との関係のなかで形成されるアイデンティティの力学について考えるための手がかりが得られるだろう。

　さらに、祖母と「私」の関係性には、世代の差とともに、ジェンダーの差異が刻まれていることにも注意したい。祖母のシヌエ（入れ墨）は「偏見視され蔑まれる、宿命の刻印のよう」と叙述され、老女たちのライチシカリ（哀悼泣）もまた、偏見視される風習だと意味づけられている。つまりそれらは、アイヌを差別化し、有標化する目印として機能しているわけだが、そのような目印が、つねに女性の登場人物によって代表され、担われているという構造が、この小説のなかには埋め込まれている。加えて、幼い頃の「私」が聞き取った「アッ、アイヌ……」という言葉は男児たちのものであったし、祖母を伴った電車内で「本物のアイヌ」と囁きあってこちらを見遣るのも男たちのまなざしであったことが明記されている。つまり、まなざされるアイヌは、構造上の位置としてつねに女性ジェンダー化されているのであり、男性である「私」は、ジェンダーの力関係のなかで不安定さにさらされる。マイノリティの表象とジェンダーの表象が交差するしくみについて、検討してみる必要がある。

　小説末尾に現れた「悪たれた寄生虫」、「その証しの空文」は、象徴的な記号表現である。小説全体の力学と関わらせながら、その分裂した複数の意味について考えたい。

視点1　アイヌをめぐる歴史について調べ、「私」や祖母の置かれた状況や、この小説が書かれた当時の文脈を考えてみる。

視点2　アイヌであると自覚した「私」のアイデンティティが、他者のまなざしとどうかかわっているか、分析する。

視点3　祖母と「私」の関係に注目し、マイノリティの表象とジェンダーの力学について考察する。

〈参考文献〉須貝光夫『この魂をウタリに―鳩沢佐美夫の世界』（栄光出版社、一九七六）、木名瀬高嗣「〈アイヌ・文化《カルチュラル》研究《スタディーズ》〉あるいは〈「サバルタン」性〉の人類学のためのメモランダム」（上・下）（『情況』二〇〇四・一二、二〇〇五・一／二）、テッサ・モーリス＝鈴木『辺境から眺める―アイヌが経験する近代』（大川正彦訳、みすず書房、二〇〇〇）、児島恭子『アイヌ民族史の研究―蝦夷・アイヌ観の歴史的変遷』（吉川弘文館、二〇〇三）

（内藤千珠子）

リービ英雄　仲間

1

布団の中で上半身を起こして、手さぐりで窓の鍵を探した。秘密の箱の錠をいじっているような気持ちになりながら鍵を三回ねじると窓がとつぜん開き、灰色と青が交互にうねるかわらの海をベンは見渡たした。二階家の屋根が続く中、ところどころにビルが突出して、ピンク色の夕映を受けている。高台に向ってベンの視線が上るにつれてビルが密になり、かわらもコンクリートも尽きた辺りでは二つ、そして三つの小さな光が、オリオン星座の三つ星のように一列に点った。秋の夕方に安藤が指差して、神経質な笑いをもらしながら、「あれはしんじゅくだ」と教えてくれた光だった。

ベンがそろそろしんじゅくの仕事へ出る時刻がやってきた。

背後から地平線の光を浴びながら部屋の中へ振り向いた。安藤が午後から出かけていない四畳半の部屋は、本とレコードと空になったニッカの壜でうずまっているのに、妙に広く感じられた。体の大きな安藤が占領していた分を、自分が満たさなければならないという衝動にかられて、ベンのまなざしが畳に散らばっている安藤のものの上をさまよって、窓とは反対側の壁で止まった。

壁には安藤の学生服が掛っていた。大きくて、真黒い学生服は、夕暮れの残照がわずかに照らしている四畳半の部屋に君臨していた。ベンは下半身を布団に包んだまま壁の方へ、這うようにゆっくりと動いた。

部屋の中も、外の廊下も、静まりかえっていた。

学生服を見上げた。秋の夕方、学生服を着た安藤の黒い後姿を追って、はじめて東京の路地を歩いたことを思い出した。

安藤の学生服を着たい。

ベンはそんな衝動にかられた。

自分の痩せた白い体を、真黒くて、一廻り大きい服で鎧《よろ》って、安藤の下宿から外へ出たい。そしてW大学周辺をぞろぞろ歩いている安藤と同じ制服の群れの一人となって、その中へ溶けこんで行きたい……ベンは下から手を伸ばして、学生服をさわってみた。意外と生地が荒い。胸のポケットを手のひらが掠《かす》めて、襟から一つ目のボタンをはずした。ボタンに刻まれている難しい漢字の模様を指先でたどってみた。暗い部屋の中で残りの三つのボタンが鈍く光っていた。

となりの家から、ピアノの音と、子供がせせら笑っているような甲高い声が聞えた。

やめた方がいい、脳裏のどこかから日本語の声が命じた。ボタンをはずしたまま、ベンは安藤の服から手を引いた。

布団を蹴るようにしてめくって立ち上ると、すぐ自分のジーパンとフランネル・シャツと、その上に青いジャケットを着た。半分ねむっている頭で廊下に出た。

一階に下りると、玄関のわきにある洗面台の前に立って、鏡の下に安藤が置き放しにしているカミソリを手に取った。ゴムで巻いた一束を銭湯で二十円で売っている小さなカミソリだった。大きな安藤が使った小さなカミソリを握り、安藤がするのと同じように、ベンは顔に冷い水をかけて、石けんで何とか泡を作った。何度も使われているうちに鈍くなった刃がほおに当った瞬間、ベンは完全に目が覚めてしまった。

目が覚めると同時に、鏡の中の顔が次第に白人の顔の輪郭を帯びてきた。ベンはびっくりして、「あっ、外人の顔だ」と思わずつぶやいた。鏡の中にあるのは、とにかく薄白い顔だった。安藤とも、しんじゅくの人々ともあまりにも違った顔だった。ベンがアメリカ領事館を出てから、その顔を見て自らおどろくのは、はじめてのことではなかった。

ベンが家出をした後、安藤が「他にお前を泊めてやる人がおらんから、しばらくは俺んとこに泊めてやる」といってくれたとき、その薄白い顔を憐んでいたに違いない。

その顔はまた、どこか父の顔と似ていた。大きすぎるひたいの下でするどい光を放つ青灰色の目を見るたびに、ベンは父に見られているような気がした。「たとえお前が皇居の前で切腹をしたとしても誰もお前のことを日本人と認めない」と戒《いまし》めた父のことばを思いだすのだった。

ベンは家出をしてから、なるべく鏡を見ないようにしていた。

となりの家の台所で魚を焼いているにおいが下宿屋の玄関を通して、ベンの鼻を突いた。

安藤のタオルで自分の顔をふいて、玄関に出た。土間に散らかっている黒い靴の中から、去年バージニアで母に買ってもらって今はかなりすり切れた、自分の大きな茶色いローファーズをすぐ見つけた。ベンは、足だけは安藤より大きかった。

大通りに出ると、「ヤマザキ・パン」という看板の下をくぐって、バタークリームパン一個とアン・ドーナツ二個を買った。おつりといっしょに言い渡された、その日一番の「お上手ですね」が耳に鳴り響いている間にバタークリームパンを一気にむさぼり食った。

毎日、ちょうど夕陽が安藤の部屋の窓に射す時刻に起きて、「ヤマザキ・パン」の看板の下で女店員に三十五円を渡たして、「朝ごはん」を買うのだった。そして毎日、同じ女店員から、「お上手ですね」といわれるのだった。店に少しでも居残れば「お上手ですね」の次にかならず突きつけてくる質問を避けようと、ベンはジャパニーズ・スマイルのような曖《あい》昧《まい》な笑みを浮べながらうなずいて、パンを手に握ったまますぐ店から退いて、歩道に戻るのだった。

アン・ドーナツをかじりながら交番前の交差点を左に曲った。文学部のコンクリートの塔の上で、夕暮れの空が曇っていた。門の中からW大学の学生たちが三々五々のグループに固って、歩道に流れてきていた。黒い髪に黒い学生服に黒い靴の塊《かたま》りが、次々にベンとすれ違った。二つか三つの「ハロー」が歩道に転がっているのを耳の後で聞きながら門を通り過ぎて、並木の枯枝の覆いの下、より深い闇の中へ入った。並木の闇を身にまとったように、自分の姿が見分けられなくなった、と思うと、ベンは安心とともに一種のよろこびを感じた。

並木が尽きたところに来た。高台の団地の向うには、地平線に砂金が浮いているような、しんじゅくの光があった。

高台の下に広がる公園に入り、安藤に教えてもらった小道をたどって、高台へ登りはじめた。小道のところどころを電灯の光がわずかに照らしていた。途中から、灯の中を淡雪がまばらに流れるようになった。

登りきったところの団地をぬけて、その少し先で、冷くてまぶしい光の奔流がベンの目を射《さ》した。

大通りまでやってきたのだった。

今まで歩いてきた道と違って、その大通りの名前をベンは知っていた。安藤から聞いたのではない。安藤の部屋からしんじゅくへ通っているうちに、いつの間にか自分で覚えたのだった。

明治通り。しんじゅくへ光を吸いこみ、またしんじゅくから光を運び出す。毎夜、公園の小道から団地をぬけて、その光にさらされる瞬間、ベンは体中を走る幸福な震えを覚えて、思わず足を早めるのだった。手にとるように近くに見えるしんじゅくに向って、明治通りの歩道を急いでいる人たちの流れに、人知れず身を寄り添わせた。

五六分も経たないうちに、明治通りがゆるやかな下り坂となって、下り切ったところで二股に分かれるのが先方に見えた。二股の上にかかった長い歩道橋が淡雪の中で白く輝いている。二股の手前でがくんと揺れて右へ姿を消した都電の後を追って、ベンは二階建ての家屋にはさまれて弓状に曲った線路を踏んで歩いた。まだ夜になっていないのに、もうすでにジャズや演歌がかすかに流れていた。二階の窓のものほし台にはドレスやタオルの洗濯物が、置き忘れられたように雪に覆われてたれ下っている。その向うの窓には女が座って、白い線路を注意深く歩いて近づいている自分を上から眺めているのに、ベンは気づいた。

五十歳前後の、マダム風の女は、窓から厚化粧の顔と、サテン・ドレスの肩だけを見せていた。開店前のひまつぶしに窓に座って雪景色を眺めていたのだろうか。

また何か言われるのか、とベンは思わず身構えた。

女の顔の前を、雪が薄いベールとなって流れていた。ベンがすぐ下まで近づいたとき、ベールの後から女の赤い口元が、何語で話しかければいいか迷っているようにためらって、それから、

「寒いな」と男の声をベンに投げかけた。

ベンははっとして、一瞬、頭の中ですべてのことばがつまずいているような戸惑いを覚えた。返事を待っているようにこちらをじろりと見下ろしている窓の中のオカマの顔をうかがって、ベンはこの場に唯一ふさわしいことばを放った。

「それはいえる」

ベンの口をついて出る日本人の声音を聞いて、オカマがざらざらの笑い声をたてて、

「いえるよな」と言った。

何となく友好的な笑い声だった。女を演じて生きている男が、ベンの素姓を見抜いてしまい、同時にベンが演じているものを認めてくれているように聞えた。

男を逸脱した男の視線を背に感じながらベンはまた足を早めて、路地が線路を横切るところに着いた。ゴールデン街の入口で行き来している日本人に交わり、右へ曲って、仕事へ急いだ。

2

領事館から家出をする前の二三日、ベンは父とも父の妻とも口をきかず、自分の寝室に閉じこもり、吃音者が主人公の小説を読んでいた。

安藤の部屋に飾ってある写真の、軍服姿の作家が書いた小説だった。表紙に炎に包まれた金色の鳳凰の絵柄が描かれている英訳本で、ベンは読んでいた。

ベンはそれまで、日本の小説を読んだことがなかった。ベンの寝室に隣接している父の書斎には、中国の哲学や東洋の歴史についての古い書物がずらりと並んでいた。しかしその中には日本の小説は、小泉八雲のKwaidanやKottōをのぞけば、一冊も見つからなかった。

山下公園をわたる港の風を受けて、寝室の窓いっぱいに翻《ひるがえ》る星条旗のはためきを耳の後ろで聞きながら、ベンは鳳凰の絵柄の上にTHE TEMPLE OF THE GOLDEN PAVILIONというタイトルを金色で箔押ししたペーパーバックのページをめくっていた。中学生のときにはじめて喫ったたばこの煙を、少しずつふかしては味わってみたように、短いパラグラフの一つ一つにじっくりと目を止めながら注意深く読んだ。

吃音者の名前はMizoguchiという。そのMizoguchiについての描写のある個所が特にベンの目を引いて、思わずそこを何度も読み返してしまった。

The first sound is like a key... Mizoguchi は最初の音で吃る。その最初の音が「私の内界と外界との間の扉の鍵のようなものであるのに、鍵がうまくあいたためしがない」という。

最初の音でつまずいて吃ってしまうときのことを、

like a little bird struggling

と軍服姿の作家が書いている。「濃密な黐《もち》から身を引き離そうとじたばたしている小鳥にも似ている。やっと身を引き

離したときには、もう遅い」。

It is too late.という吃音者の顔を思い浮べようと、ベンは色々と想像をめぐらしてみたが、ついに何のイメージも結ばなかった。

耳の後ろで足音がかすかに聞えた。数人の、ゆっくりとした足音だった。振り向いて、窓の下にちらりと視線を移すと、山下通りの歩道を歩いている何人かの日本人が、領事館の鉄柵の前へ近づいていた。

ベンは英訳本をテーブルに置いて、目をつむった。明確な像を結ばない吃音者の顔に代わって、安藤の部屋に飾ってある作家の写真が頭に浮んだ。学生服のとなりにその写真が掛けてあった。軍帽の目庇《めびさし》の下から安藤の部屋を凝視している小さな顔と、厳しいまなざしがくっきりと思い出された。

そのまなざしは厳しいだけではなかった。厳しさとは別の心情をうまく表わせず、そのために目がわずかに吃っている、という不思議な印象を与えていた。安藤の部屋で見た写真の顔を、領事館の寝室で思い出すと、そんな印象ばかりが強くなってしまう。

星条旗のはためきの向うから、鉄柵の前を通り過ぎてゆく日本人の会話と、一斉に起っては一斉に消えるリズミカルな笑い声が、領事館の二階にある寝室まで届いた。

吃る人にとっては、吃らない普通の人々の声が領事館の中まで聞えてくる日本人の日本語に似ているのではないか、とベンは思った。


領事館から家出をして、しんじゅくに着いてからも、ベンはよく吃音者Mizoguchiのことを思い出した。

The first sound is like a key…

しんじゅくではじめて出合った人と話すとき、ベンの口をついて出る最初のことばから、問題が起きるのだった。そのことばが日本語であると相手が気づいた瞬間、相手の顔にはきまっておどろきの色が浮び、そのおどろきが相手の耳をふさいでしまうのか、後につづくベンの日本語が聞こえなくなるようだった。ベンが話しだしたとたん、あこうとした鍵が忽《たちま》ち錠の中にはさまれて動かなくなったように、相手がしかめっ面をして黙りこむか、あるいは逆に「お上手ですね」や「うまいですね」という文句を突きつけて、ベンが言おうとしていることに応答もしないで、薄白い顔をしたベンが日本語で話すという出来事そのものに話題をすり替えてしまう。

「日本《にっぽん》におるんだから、日本語で喋るべきだ」と安藤に言われて以来、ベンは日本語で話そうとしていた。安藤の後をついてW大学周辺の路地と坂道を歩きまわり、いつの間にか自分の口を出る音の流れが日本語であることを忘れるようになった。忘れるようになった時点で、それらの音がはじめて日本語になったのかもしれない。「日本語で喋るべきだ」という安藤の戒めの中には、「忘れろ」という響きもあった。「英語を忘れろ、アメリカを忘れろ、アメリカでお前に何があったか知らんが、それをぜんぶ、忘れろ」と安藤が命じているように聞えた。実際、安藤の日本語を聞いて、自分の拙《つたな》い日本語で応えている間、ベンは確かに忘れることができた。

　ところが、しんじゅくに着いてみると、安藤と違って、忘れさせてくれない、否、忘れられては困ると思っている日本人が実に多いということに、ベンははじめて気づいた。ベンが出合ったのは、沈黙やほめ殺しの文句だけではなかった。最初のことばの響きの中から、ベンの忘れようとしている態度を相手が感づいてしまうと、応答してくれないどころか、ときにはとつぜんの侵入者に石を投げるという勢いで、ベンの日本語よりはるかに拙い英語の断片を浴びせかけることもあった。

　吃音者とは逆に、ベンの口から流れることばがなめらかになればなるほど、人のおどろきが堰《せき》となって、そのことばをベンの内界に押し戻してしまうのだった。ベンがあわてて他の日本語に言い直したときは、もう遅い。

　忘れることが許されないから、遅くなるのだった。

　ベンが家出をしたのは、十一月末に近い日だった。一日しんじゅくを彷《さまよ》ってから、夜になりかけた頃、広場にたどりついた。広場の真中に噴水があった。噴水のほとりのベンチで横になると、広場の灯という灯が点り、噴水の池の面を冷い風が無数の細石《さざれいし》を一どきに投げこんだように掠めて、ネオン色の飛沫がズボンのすそを濡らした。

　噴水を三方から囲んだ映画館の開幕のベルが一斉に鳴りだした。ベルの音が止んだ後、人の出入が激しい広場には数秒間の沈黙が続いた。意識が薄れてゆくのを感じたとき、今度は周りの人の声が妙に高まり、一つ一つの声が聴き分けられるようになった。

　それよりも不思議なことに、そのとき、周りから聞えてくるたくさんの声、日本語の声が、生まれてはじめて分った、という気がした。まるで自分自身の声が劇場や三方の映画館にこだまして、その声からたくさんの日本語の声、「だ」と「よ」と「わ」と「ぜ」で終ることばが派生して、黒ずみかけた広場の空の中でうっそうと繁茂したかのように、分った、という気がしたのだった。

　地面の冷たさがベンチを通して全身に伝わり、ベンは震えだした。「ノベンバー」はどこへ行ってしまったのか、噴水の音に交じって、四方から日本語の声が「忘れろ」とうながしているように、耳いっぱいに鳴り響いた。

　かすかなほほえみを浮べたまま、ベンは目をつむり、意識が次第に混濁した。

　未明の広場で目が覚めた。不規則な長方形の空に現われた一筋二筋の白い光線をベンチから見上げている自分に気がついた。

　始発電車の音が響き渡った。

　ベンチから起き上ると、頭が浮いている感じがした。何か名づけられない重荷を知らないうちに下ろしてしまった、というような感覚だった。

　清らかな、しんじゅくの空気！　ベンは広場をゆっくり見渡たした。止まった噴水の両側に並ぶベンチにも、噴水に上る石段にも、ぼろぼろの布団や新聞紙で体を包《くる》んで寝ている人がいた。劇場の前で黒い作業着と地下足袋の男たちが輪になってしゃがんだまま、手だけを忙しく動かしているのが遠目に見えた。輪の内から「あかたん」という歓声が上って、広場の静けさを破った。

　ベンは立ち上った瞬間、脚がふらついた。ベンチにもう一人の自分の死体を残しているという気がした。十一月末の夕暮れどき、しんじゅくの広場に迷いこんで、噴水のほとりで夭折《ようせつ》したアメリカ領事の十七歳の息子。けっきょくはゴーホームしなかった若きヤンキーの、薄白い顔の屍《しかばね》。

人に見つかる前に、早く逃げよう。ベンはあわててベンチを離れ、噴水の石段をすばやく下りて、広場の真中に立った。青いジャケットのジッパーを首までしめると、劇場に向って広場を横切った。

　劇場の壁を飾る着物姿の女歌手の看板の下を歩いて、黒と茶のコートを着た人々とすれ違った。前日と違って、なぜかかれらの姿から「ジャパニーズ」や「日本人」ということばは思い浮ばなかった。しかも、かれらの中を歩いている自分に対して、わずかなおどろきしか感じとれなかった。

「しんじゅく」という場所柄のせいか、すれ違う大人たちも、みんな家出をした結果ここにいるように見えた。安藤がよく口にしていた「しんじゅく」は、けっきょく誰もゴーホームしない場所を意味していたのか。ベンの頭の中で安藤と似ているがまぎれもない自分の日本語の声が湧き起った。その声は、「俺はここにいるべきだ」と告げていた。

　広場に流れこむ横丁にベンは入ってみた。

　横丁は、都電通りから長く、ゆるやかな勾配となって、広場まで下ってきていた。横丁の入口にあるゲーム店を通り過ぎて少し歩くと、横丁が二つ目の路地と交差する角で、英語の白いネオン・サインがベンの視線に入った。そのネオン・サインは、早朝の淡い光のために点いているかいないか分らなかった。喫茶店のネオン・サインだった。ゴシック体の文字で〝Cassle〟と書いてあった。

　ベンは〝Cassle〟へ歩み寄ってみた。ネオン・サインの下にあるガラス・ドアの脇に、ポスターが張ってあった。ポスターの一番上に見える真赤な漢字が、アルファベット以上に、ベンの目を引いた。

「月一万五千円」

　ベンは二度も横丁を往復し、近くの路地も一廻りしたあげく、「キャッスル」へ戻った。さっきより明るんできた路上に立ってしばらくためらい、やがては「月一万五千円」という真赤な漢字に勇気づけられて、ガラス・ドアをあけてみた。

　中に入ると、一階にも、広い階段の上にある中二階にも、天井から大きなシャンデリアがぶら下っているのがまず目についた。ベンは一瞬、領事館の玄関ホールを思いだした。だが、「キャッスル」のシャンデリアは領事館のそれのようにクリスタルの透明色ではなくて、プラスチックの牛乳色だった。プラスチックのシャンデリアは二つとも消えていた。「キャッスル」の中にはガラス・ドアから洩れてくる朝の自然光が二筋三筋射し込んでいるだけだった。

入ってすぐ右側にあるレジで、中年男がひとり、伝票の束をめくっていた。レジの後の壁に掛かっているスピーカーからは、何の音楽も流れていなかった。客も従業員もみんな帰った後だったのか、「キャッスル」の中には中年、だがベンの父より若く見える男のほかに人気《ひとけ》はなかった。

ベンは光の一筋を追って、レジまで歩み寄った。頭を下げながら話そうとした。

目の前の薄い光を遮《さえぎ》るようにベンが立って、話しだそうとした途端、中年男は何か困ることが露見してあわてるかのように、伝票の束を握りしめて、「クローズ」とあわてて片手をふってみせた。

ベンはレジから一歩退いた。胸の中から日本語がこみ上げてくるのを覚えた。

「あの」と最初の音を口にした。

中年男の顔にはおどろきの表情が浮びはじめていた。大きくて細長い、ニコチン色の顔いっぱいにその表情が拡がり、額《ひたい》から不精ひげの生えている顎まで支配してしまう前にと、ベンは口を早めて、残りのことばを一気に吐きだした。

「……ぼしゅうの看板を見たんですが」

静まりかえった「キャッスル」の中で、自分の声がプラスチックのシャンデリアに当って、あちこちへ散らばるように細かくこだましているのが聞えた。

しかし、中年男は「あの」につづくことばが耳に入らなかったのか、顔はおどろきで強張《こわば》ったままだった。おどろきが次第に狼狽に変り、中年男が叱っているとも嘆願しているともつかない不安定な声で、

「クローズ、クローズ」と、目の前からベンの姿を追い払うように、手を激しく左右に振りつづけた。

「ここで働きたい」。ベンは力のぬけた声で言い直してみたが、日本語でそう言いながらも、英語でIt is too late.だと分っていた。自分の日本語が中年男の耳には何語に聞えたのか、といぶかりながら、打ちひしがれた声音で「失礼しました」とつぶやいて、ガラス・ドアへぎこちなく後ずさりした。

レジの前からベンが離れてゆくのを確めると、中年男はほっとしたように振っていた手を休めた。

ベンがガラス・ドアまで引っ込んだ瞬間、中年男が急にお辞儀をした。ベンより倍以上年上の中年男が深々とお辞儀をして、「おお、サンキュー」と言った。

やがて中年男に背を向けて、ベンがガラス・ドアを押した。背後から、呪文を唱えているかのような、すこしずつ高まる声が聞えた。

「おお、サンキュー、ケネディ、偉い、グッドバイ」

「キャッスル」を出て、また横丁に踏み入ると、広場から流れてくる朝の光が溢れ、シャッターのきしむ音が響いてきた。角のゲーム店の外で、ベンと同じ年恰好の少年従業員が二人、開店の仕度に勤《はげ》んでいるのが見えた。

光の中で一つ一つが浮き彫りになっている敷石の上で立往生しているベンの姿が、かれらの視線に触れるなり、二人とも、仕事の手を休めて、じろじろ眺めはじめた。そんなことが前日よりひどく気になって、ベンは渋々と動きだして、都電通りの方へ足を引きずった。

ズボンのポケットに手を入れてみた。大きさの違った札が三枚残っている。「治外法権証明書」と父が皮肉っていた大使館の身分証が昨夕《ゆうべ》まで入っていたポケットの底には数枚の、触れると冷い硬貨が転っている。穴のあいている薄い硬貨もあった。

足下の地面を確かめるように、敷石を一つ一つ踏み締めながら、これで領事館にもどったら、とベンは考えてみた。領事館は父の家だった。父と、父の妻と、父と父の妻がもうけた黒髪の、腹違いの弟の家だった。家出をする前に、ベンが安藤の部屋で時間を過ごしたあげく、父の家族が夕ごはんを食べ終った頃にやっと領事館に顔を出すことは何度かあった。そんなとき、父は、お前をバージニアに送り返す、母の家に送り返してやる、とおどすのだった。父にたびたび思い知らされたように、ベンは「ディペンデント《扶養家族》」に過ぎない。「インディペンデント」の反対だ、と。父にはいつでもベンを日本から退去させる権利があった。そのことをベンに告げるとき、「ブラック・ユー・オフ・ライク・ア・バッド・リーフ《くさった葉っぱのようにお前を引きちぎる》」、とブルックリン生まれの父がめずらしく南部的な表現を使っていたものだ。

今度は二日も三日も帰っていない。

父はすでに動き出しているだろうか。父がすでに領事室に日本人の秘書を呼び、その日本人の秘書に通訳させて、日本の警察に捜査を始めさせているのだろうか。

「ケネディ、偉い」。ベンは思い切り敷石につばを吐きかけた。横丁の坂を上りつめた先の方に、「歌舞伎町一番街」と書いてある派手なアーチが見えた。アーチの下を横に流れて、駅の方から街へ脈々と動いている人波の黒々とした頭の向うで、都電とバスが次々と行き交っている。

都電通りが、ローファーズのすぐ先まで迫ってきていた。

人波の一部がアーチの下で分れて、一人で歩いているベンに向かって、横丁の坂を下りてきた。

It is too late.

数十人が一斉に自分に注ぐまなざしをベンは感じた。

「お前は何でここにいるんだ」と一人一人が問いつめているような、数十人の注視の中で立ち止まった。

消え入りたいようなはずかしさを覚えて、ベンは振り返った。日本人のまなざしに背を向けるようにして、小走りになって、歌舞伎町を横切る長い路地へ逃げこんだ。

その夜、ベンは安藤を連れて、「キャッスル」の前に再び現われた。

「月一万五千円」という真赤な漢字を、ベンが安藤に見せると、安藤はただ、「おお、いいね」といって、一瞬のためらいもなく、ガラス・ドアをあけた。

後をついて入ろうとするベンを振りかえって、「お前は外で待っていろ」と安藤は手で止めた。

あちこちのネオンが点りはじめた横丁に、ベンはひとりで立っていた。ガラス・ドアをのぞくと、自分がその日の朝にしたのと同じように、安藤が坊主頭を下げて、レジにいる中年男に話しかけているのがプラスチックのシャンデリアの光の中で見分けられた。安藤と、中年男が、ときには同時に、ときには交互に、うなずき、笑い、真剣な表情になり、それから言い合いを始めていた。その間に安藤が二三回、ガラス・ドアの外に立っているベンを指差したが、安藤が言いたてる分、中年男は反撥するばかりで、激しくなった議論を見ているうちに、ベンはかえって除《の》けものにされたように感じて、自分とは無関係な口ゲンカを曇ったガラス越しに眺めているような気分になった。

牛乳色の光の中で手の動きがちらついて、安藤が学生服の襟章を差しているらしい。つづいて薄黒い胸のポケットの中から一枚のカード——学生証か？　——を持ち出して、中年男にそれを見せながら、説得しようとしているようだった。

二三分経つと中年男も安藤も、それまでの動作をすべて止めて、二人で静かに話しこみはじめた。最後には、白い光の中で安藤の坊主頭がもう一度、中年男に向かって下げられた。ベンの時と違って、中年男はうなずくだけで、特にお辞儀などしなかった。

安藤がガラス・ドアを出てきたとき、そっとＶサインを送っていた。だが、うつむいたまま、とんでもない冗談でも聞かされたように、笑いをこらえているのが意外だった。

「どうしましたか」とベンが尋ねると、安藤は何か言いたくないことがあるように黙りこんだ。表情をうかがおうとしているベンの視線をさけて、丸三秒間、横丁のあちこちを見廻してから、

「俺が保証人になっちまった」と言いだした。

「ほしょうにん？」

安藤は、忘れかけていた受験英語を思いめぐらしているように顔をしかめて、「ギャランティする人」と付け加えた。

「ギャランティ？　何をギャランティするんですか」

安藤がきまり悪そうな笑みを浮べながら、「お前をギャランティする」と答えた。

「何で」

安藤はさらに言いたくないことがあるように目を伏せて、横丁の敷石にじっと見入った。ベンも、安藤が見ているところに視線を移し、敷石の上にゆらめいている灯のファンタス

ティックな影法師に気がついた。安藤は目を伏せたまま、やがて「お前のことを誰か保証する人がいないとだめだって」と言った。

「何で」ともう一度喉元《のどもと》まで出かかってきた日本語を、ベンは押えこんだ。

安藤がベンのひじを引っぱり、「キャッスル」の前を離れて歩きだした。ベンがその朝通り抜けた、歌舞伎町を横切る長い路地に二人が足を入れると、安藤が振り向いて、ベンの顔をちらりと見た。安藤は何も言わなかったが、何か不思議なものを見るような目で自分を見ていることがベンに分った。安藤の目は、お前はほしょうされていないと日本で生きられない、と言っているようだった。自分を裁いているような安藤の目に、ベンはそのときはじめて憐憫がこもっているのに気がついた。

もう一つ大きな横丁と、いくつかの小道とが交差して、路地がつづいた。路地の両側に客引きが立ち並び、通る人通る人を手招きしていた。安藤を見て、「学生さん」やら「三千円でいい」と呼びかけ、安藤の後をついて歩くベンを見ては「ヘイ・ユー」やら「ジャパニーズ・プッシー」と笑いながら叫ぶ軽やかな掛け声の中を、二人は黙って歩いた。

路地の突き当りにそびえる区役所の黄色い壁が見えてきた辺りで、安藤がもう一度振り向いて、ど忘れしたことをふと思いだしたように、「明日の夜、七時に行けばいい」とつぶやいた。


「よろしくお願いいたします」と安藤に教えられた挨拶を、「マネージャ」と呼ぶように言われた中年男に向って、ベンがイジイジと発音してみせた。

「マネージャ」の細長い、安藤が「うまづら」とベンには初耳の日本語で形容していた顔には、へりくだるような微笑とも不愉快な苦笑ともつかない曖昧な表情が浮ぶだけで、ベンに対しては何の応答もしなかった。ただ「ついて来い」という仕草をして、「マネージャ」は、プラスチック・シャンデリアの灯が届かなくなる中二階の裏から暗い階段を黙々と登りはじめた。

「マネージャ」の後に従い、二階の踊り場に着くと、左手にはもう一つの入口があった。さして明るくない入口から少し入りこんだところには、奥を仕切っている葡萄色のベルベット・カーテンがうっすらと見えた。三階へと、梯子《はしご》のように狭くなる階段を事務的な歩調で登りつづける「マネージャ」に、「あそこは何ですか」と訊くと、三階の黄色い裸電球にほのかに照らされた階段から、ベンの知らないことばがぽつりと落ちてきた。

「どうはんしつ」

「マネージャ」は苛立っているように声を張り上げていた。

三階には暗緑色のロッカーが並んでいる更衣室があった。「マネージャ」は黙って左端のロッカーを開いた。ロッカーの中には、よくのりづけした服の上下がハンガーに掛かっていた。

「せいふくですか」

甲高くて気おくれしたベンの日本語の声が、単に耳ざわりだったのか、裸電球の黄色い光に照らされて一段と大きく見える「マネージャ」の額には二三本のしわが寄り、ベンに向って、というより、ベンから少し外れた空間に向って「プット・オン、プット・オン」と命じた。「着替えたらまた下へ来い」とボタンをかける仕草をして階段を差すと、「マネージャ」は不愉快な仕事を一つ済ましたかのように、すばやく下りてしまった。

更衣室の中にベンは一人取り残された。

ロッカーの中に掛かっている白い制服を眺めた。ロッカーに手を入れないまま、そこにぼんやりと立っていた。上に目をやると、小さな換気孔にピンクと水色と紫の光が舞っている。横丁周辺のネオンが、パチンコ玉が偶然ぶつかり合うように、窓ガラスに代わる代わる当り、火の気のない更衣室の中でそこだけぬくもりのある印象を与えていた。「どうはんしつ」から、演歌の調べと、高まる女の歌声が流れてきた。歌詞の中に、繰り返される「わたしだけ」ということばがかろうじて聞き取れた。

ベンはローファーズをぬぎ、去年の今頃、母がバージニアで買ってくれたフランネル・シャツのボタンをゆっくりと外した。スリルも覚えたし、恐怖も覚えた。更衣室の中に一人立つベンは、シャツとジーパンをぬいでしまう前に、もうすでに裸になっているような気がした。今までこんなに裸になったことはない。

制服の上衣をロッカーの中から出して、手に取ってみた。電球の光に当てると、白い生地はかなり色あせていて、寒さの中であらわになったベン自身の細い腕の肌と同じように、薄く桃色がかっていた。襟のまわりもすり切れている。今まで何人、腕の細い家出少年がこの制服を着たのだろうか。親に買ってもらった服をぬぎ捨ててこの制服を着て、親と共に寝起きしていた時間をひっくり返すしんじゅくの深夜の仕事を、何人がしに来たのだろうか。

ベンはフランネル・シャツをぬいで、制服の上衣をまとった。大きさはぴったりだった。ボタンを襟までとめて、白い服に包まれた自分の胸を見おろした。胸のポケットの上に小さな赤い英語の文字が縫い付けられていた。Cassle と書いてある。数秒経って、ベンははじめてそのつづりが間違っているのに気がついた。しかしそのつづりでいい。「キャッスル」とベンは日本語でささやいてみた。なめらかで、愉快で、カッコいい音だった。

ズボンをはき替えて、アメリカの服を全部ロッカーに投げこんだ。

中二階へ下りる長い階段を見おろした。先刻ほど恐さは感じなかった。

3

かれは血色の悪い顔をしていた。だが、それはたぶん、プラスチック・シャンデリアが発する白い光の輪の中でいつも立っているからだけではなかった。かれは不健康に見えたが、けっして貧弱には見えなかった。むしろタフな印象さえ与えていた。かれはまだ二十歳にはなっていないが、百年も深夜のウェーターをやりつづけてきたと思わせるほど、「キャッスル」の中二階にある持ち場を離れないで何時間も同じ姿勢で立つことができた。

　ベンが階段を下りて、はじめて中二階に現われたとき、かれは待っていた。

　かれは同じ白い制服を着たベンに対して、最初、何とか作り笑いを浮べようとした。しかし、そんな恰好をしたベンがかれの方へ向いたとき、作り笑いが消えた。そして、水のコップと洗いたての灰皿を整然と並べた持ち場の台にベンが近づいたとき、かれはたじろいで一歩退いた。

　自分が近寄るだけでたじろいだかれの前で、ベンは当惑してしまった。あわてて自己紹介しようとしたが、今までは誰にも日本語で自己紹介したことはなかった。いくら首をひねっても、かつてW大学で覚えさせられた日本語教科書の「挨拶編」にあった一文句しか浮ばない。動転してたじろぐかれに対してはまずいのかな、と直感しながら、

「はじめまして、ベン・アイザックと申します」と言い出した。

　言い出したとたんに、はずかしくなった。安藤に対しては一度も使ったことがない、そんなフォーマルな、そんなかしこまった挨拶を口にするのが、なぜかはずかしかった。

　そのはずかしさはかれに伝わらなかったらしい。自分がそこに現われただけで台の向う側に身を隠すようにしり込みするかれには、そんなことをされると自分も平衡を失って当惑してしまうという気持ちも、伝わるはずがない。「はじめまして」といわれたかれはひたすら黙って、かれとまったく同じ「キャッスル」の白い制服と、かれとまったく違ったベンの顔を、交互に眺めた。

　かれは眺めるだけで、血色の悪い顔には何の表情も浮ばなかった。あたかも訓練されたような、かれの完璧な沈黙がベンの耳に鳴り響き、一分も経つとそれが耐えられなくなった。ベンは、本来は新入りの、一番下っぱの、安藤の言葉で言うと後輩の自分の方が逆に訊かれるのが筋ではないか、と思いながら、しかたなく、「名前は何と……」と尋ねようとした。先輩の「名前」の前に「お」を付けることを忘れたのに気づいて、あわてて言い直そうとしたところ、かれは渋々と口元を動かして、つぶやいた。

「ますむら」

　名前を告げた瞬間、無表情のかれの顔面には細かな痙攣が横切った。自分よりはるかにタフに見える先輩のかれが、まさか、自分のことをどこかで恐れているのか、いや、それは

あまりにもコッケイではないか、ridiculousではないか。

かれは再び黙りこんだ。

これから毎晩、八時から、朝の六時まで、かれのとなりで働かなければあの真赤な「月一万五千円」は実現しない。そう考えると、ベンはうっとうしい気分になった。こんな雰囲気を、どうしたら和《やわ》らげられるか、と頭を回らして、そのうちにかれの名前のことに思い当った。かれと似た名前を、ベンはどこかで見たことがあった。日本語教科書の中か、それとも安藤の部屋に山積している本や雑誌の中だったのか、「ますだ」とか「ますやま」とか、確かincreaseを意味する「増」で書く苗字のおぼろげな形がベンの記憶にあった。

ベンはかれに手を伸ばし、かつて安藤が自分の手のひらに日本語を書いて教えてくれたことを、遠い昔のように思い出しながら、今度は自分で自分の手のひらに「増」らしい字の形を何とかスケッチしてそれから「村」とはっきり書いて、かれに見せた。

「ますむらさんの、お名前は、この漢字ですか」

「ますむら」は、不意をつかれたように顔をしかめた。

「違う」ときっぱり言った。

「違う」と言っただけで、それ以上何も言わなかった。「ますむら」はそれ以上、ベンに自分のことを教えたくない、という風に。

ベンはかれのことを訊くのをやめた。かれはいつまでもベンの記憶の中で「ますむら」のままで残った。数日後、更衣室の黄色い電球に照らされたロッカーの名ふだに見たことがなくて読めない字の下に「村」を見かけた。だがそれは、その頃のベンにとっての大半の日本語のように、もはやひらがなの音として脳裏に刻みついていた。そのひらがなの音が、血色の悪い、無表情で寡黙《かもく》なかれのもう一つの属性となったのである。

「ますむら」はもう一度、ベンの顔と制服を見比べて、それからさらに一歩しり込みした。何かを訊きかえしたいが、ベンに相当する呼称が思い当らないのか、「ますむら」は今教えられたベンの名前も、「あなた」も「きみ」も「お前」も言わず、ベンが立っている辺りを顎で差して、問いを投げかけた。

「アメリカ？」

今度は、ベンの方が黙りこんだ。自分の顔に焦点を合わせてきた「ますむら」の視線をさけようと、中二階から一階へ下る広い階段に目をやった。

ぼくについて、他に訊くことはないんですか。

ベンは数秒間、無口のままで、一階のガラス・ドアに目をすえた。返辞につまった自分の、「ますむら」のように一瞬無表情となった顔を、「ますむら」が一層疑わしげなまなざしで見ているのが気になりだして、やがては弱々しい声で、「ええ」とつぶやいた。容疑者が自供を強いられたとき、たぶんこんな身の入らない肯定をするだろう、けっして「yes」を意味しない、こんな弱々しい「ええ」をつぶやくだろう、とベンは思った。

ベンの「ええ」を待ちかねていたように、「ますむら」はそくざに、

「俺はアメリカがきらいだ」と言った。

そう言った瞬間の「ますむら」の顔には、不思議なほどに、これといった表情はなかった。しかしその声には、はじめて力がこもっていた。その声が信念を断言しているように、ベンに聞えた。「ますむら」はもう一度、ベンの顔から、ベンが着ている「キャッスル」の制服に視線を下ろし、それから、身構えようとしているように肩をいからせた。

「ぼくもあまり好きじゃない」

とベンは答えた。

「ますむら」がにらんでいる制服の白い上着は、ベンの胴をぴしっと包んで、その圧力感は心地良い。ほら、ますむらさん、見て下さい、ぼくはあなたと同じになったじゃないですか。

「ますむら」は一瞬とまどった様子で、それから、訊くというよりも言い返すという声調で、「ニューヨーク？」と訊いた。

「ますむら」の声には、ある陰湿なしつこさが感じられた。その唐突な質問は、お前はニューヨーク出身なのか、とか、お前はニューヨークから来たのか、という意味には聞えなかった。むしろ、お前は「ニューヨーク」というところに属するのか、ここにいるべきでないお前が本来いるべきところは、どこだ、「ニューヨーク」というところなのか、と聞こえた。日本の警官が職務質問をするとき、今の「ますむら」の声調で訊問するだろう、とベンは想像した。

そして再び黙りこんだ。

また応答をしないベンを、「ますむら」がじっとにらんだ。血色の悪い「ますむら」の顔が、その瞬間、この上なくタフに見えた。「ますむら」は、じゃ、もう一度訊く、と薄い唇を動かした瞬間、とっさに体の向きを変えて、広い階段のたもとへ「ありがとうございました」と叫んだ。

ベンは「ますむら」が声を届かせた方向を追って見ると、一階のレジの前から、二十代のホステス風の女を連れたオーバー姿の初老の男がちょうどガラス・ドアに向って出ようとしているところだった。

ベンはおくればせに、一階の方へ「ありがとうございました」と声を限りに叫んだ。「ますむら」の声に重なって、ベンの甲高くて歪《ひず》んだ声が「キャッスル」の隅から隅までこだました。ホステス風の女が振りかえり、階段の上で「ますむら」のとなりに立っているベンに気づくや、初老の男のオーバーのそでを引っぱって指差した。初老の男の耳に何かをささやくと、二人で吹き出して、止まらぬ笑い声をたてながらガラス・ドアを出た。

開いたガラス・ドアから横丁の音が入ってきた。横丁を伝って、広場のざわめきが流れこんだ。

ざわめきの中から浮上して、うそのように澄み切った女の

歌声がベンの耳に届いた。その歌詞はまったく聞きとれなかった。「キャッスル」の中で、他に誰もその声に耳を傾ける人はいなかった。ベンは、はじめてしんじゅくに着いた日の夕暮れに広場の入口を女王のようにほこらしげに見おろしていた似顔絵の女を思い出し、広場から気前よく横丁へ流れているのがその人の声だろうか、という空想にふけった。

「ニューヨーク？」

「ますむら」の執拗な声がベンの空想を覚ました。

表情のなかった「ますむら」の顔には、待ちどおしい、という表情だけがはっきりと描いてあった。

ベンの頭の中で、「ニューヨーク」はもはや、ユダヤの親戚が住んでいる場所ではなくなり、何の意味もない、単なるカタカナとして響いていた。

ますむらさん、ぼくはニューヨークの話しをしたくない。カタカナの話しをしたくない。ここはしんじゅくじゃないですか。

「ますむら」の口元がもう一度動こうとした。

女の歌声がすっかり脳裏から消えてしまった。ベンは恐くなった。

どれでもいいから、一つを言え。

「ワシントン……ディー・シィー」

答えがベンの口をついて出るや否や、「ますむら」はすかさず「俺は知らない」と言った。

明瞭で、ほとんど自慢しているような響きが込められていた。

「ますむら」はそう言ってから、視線をベンから手前の台へ移して、とつぜん元気づいたように台の上に並べてある灰皿を布でていねいに拭きはじめた。

急に自分の存在を忘れて仕事に専念しだした「ますむら」を、ベンは横目で不思議そうに睨んだ。「ますむら」がなぜあれだけこだわったかも、少し分るような気がした。

「俺は知らない」。「ますむら」はきっとそれを言わせてもらいたかったのだろう。「ますむら」は意外といろんなことを知っているかもしれない。しかし、かれにとって、知らないことは唯一の安堵《あんど》になっていたに違いない。

「客だ」、と「ますむら」が独り言のようにつぶやき、反射的な動作で台上の水と灰皿をひろって、きびきびした足取りで、スーツ姿の男が今ついた席へ持って行った。「何にいたしますか」、「かしこまりました」と「ますむら」が大声を発しているのをベンが注意深くうかがい、それから広い階段を下りてゆく「ますむら」の姿をじっと見守った。醜い「ますむら」の、一々が細かく正確な動作に、ベンはある種の美しさを感じた。「キャッスル」の中では振舞《ふるま》いがすべてだろう。「ますむら」の振舞いを自分のものにしなければ、「キャッスル」の中では長続きしないだろう。「ますむら」の振舞いに夢中になっていたあまり、かれがいなくなったときはじめて、台の前で立ちすくんでいる自分を中二階の客という客がじろじろ眺めていたのに気がついた。

　気がつくと同時に一階から「いらっしゃいませ」の合唱が耳に響き、また二人の客が中二階へ上ってきた。ベンの制服姿が目に入ると客が二人ともとまどい、まわりを見たが、あちこちの席に他の客が普通にいることで安心したのか、ためらいながらあいている席についた。

　ベンはそのとまどいだけを感じ取り、客の姿も見ないでうつむいて、台の前で一瞬麻痺して立ちつくしてしまった。

　それから、自分を奮《ふる》いたたせようとして、さっきの甲高い声を「ますむら」の声と同じように低めて、「いらっしゃいませ」と言った。

「ますむら」がしたのと同じように、コップと灰皿を手にして、「ますむら」と同じきびきびした足取りで、まっすぐ前を見ながら客に近寄った。客と顔を合わせまいと、客の頭上の壁にかざってあるカレンダーに目をすえて、客の前にコップと灰皿をドンと置いた。

　下から自分を眺めている二つの顔におどろきの表情が浮ぶすきも与えまいと、

「何にいたしますか」と力強くはっきりとした発音で問いかけた。

　完璧に言えたのか、客の目線が自分の顔からメニューへ移っているのを下で感じた。あたかもそこに立っているのが自分でなく「ますむら」であるかのように、一人の客が、

「ええと、ミート・ソースにレモン・ティ」

とつぶやくだけだった。

　もう一人の客が「コーヒー」と言ったとき、はじめてそのもう一人が女であるのにベンは気がついた。

「かしこまりました」

「ますむら」と同じ、確かだがけっしてうるさくはない声の調子が盾となってくれたか、客から「外人」ということばが出なかった。

　ベンが中二階に背を向けた瞬間、たくさんのささやき声が起きたという気がした。階段を下りる途中で、トレイにコーヒーをのせて上ってくる「ますむら」とすれ違った。「ますむら」は黙っていた。

　ますむらさん、あなたになってやるぞ。

　階段を下りると、一階の奥に「マネージャ」が待機しているように立っていた。その後には「マネージャ」を逆光で包む、強力な蛍光灯と黄色い蒸気のまぶしい光が見えた。そこは「キャッスル」のキッチンだった。キッチンに関係のない者は「入るな」と拒《こば》んでいるようなまぶしい光の下で、しみのついたエプロン姿の男が二人、三人、動いているのが見分けられた。

　ベンは「マネージャ」の前まで歩み寄って、一所懸命稽古したセリフを吐くように朗々と、「スパゲッティのミート・ソースひとつと、コーヒーひとつと、レモン・ティひとつ、です」と無事に言い終えた。

「マネージャ」はそくざにキッチンへ振りかえって、

「ワンミートワンホットワンレティ」と叫んだ。

まぶしい光に向かって、犬が吠えているようだった。

「マネージャ」がカタカナを飛ばした瞬間、エプロン姿の男たちがベンの方をちらりと見たが、振り返りもしないで、黄白の光の下でそのまま働きつづけた。

「ワンミートワンホットワンレティ」をトレイに危うげにのせて、ベンは二階にもどった。「ますむら」と同じく「お待たせいたしました」といってテーブルに置いたとき、反対側のテーブルをふいている「ますむら」の沈黙を背に感じた。

客がまた二人、入ってきた。「ますむら」と競うようにほとんど同時に「いらっしゃいませ」と叫んで、ベンは「ますむら」より早くその客の席へ行き、自分でおどろくほど淀みのないことばでその注文を取って、また階段を下りた。

今度一階へ着いたとき、「マネージャ」はいなかった。

ベンはキッチンのまぶしい光へゆっくりと歩み寄って、その真前で足を止めて、一人で立った。

キッチンの中には、自分のことなど無関心に、忙しく動き廻っている男たちの薄汚れた白いエプロン姿が、はっきり見えた。二人は年上で、一人は、その見習いか、ベンと同じ年頃の青年だった。

見習いの方が、大きな鍋から顔を上げて、ベンの方を漠然と見た。ぽっちゃりした顔だった。その顔には、ベンに対する好意も悪意もなく、好奇心すら感じられなかった。ただ、一人で立ちすくんでいるベンを見て、「何だ」といっているような、蛍光灯の下のぽっちゃりした黄色い顔。

ベンは、どこから勇気が湧き出たのか、腹の底から声をしぼって、

「ツーホットワンミートワントースト」と叫んだ。

黄白の光の中から、

「はいよー」という声が返ってきた。

明るい声だった。誰にでも答えるような、こだわりのない声だった。


ベンは夜の仕事が好きだった。時給八十円、二十セントぐらいでよく働かされたが、そのことを特に苦痛に思わなかった。「キャッスル」の中二階に立っていると、一夜が過ぎてゆくうちにしんじゅくが次々と異なる相貌を現わし、その真只中にいる自分がむしろ恵まれている、とさえ思えたのである。しんじゅくが無償で自分の方へ寄ってきてくれている、という気がしたのだった。

「マネージャ」が気まぐれにかけたり消したりする有線から流れてくる演歌の音と、あちこちで上るハイライトとショート・ピースの甘くてきついにおいが好きだった。従業員たちがお互いを呼び合うとき「キャッスル」の中で飛び交うひらがなの音が好きだった。中二階の「ますむら」と一階の「やすだくん」、コックの「いしぐろさん」と「さとうさん」、見習いの「たちばな」(なぜかベンだけは「アイザック」という苗字ではなく名前の「ベン」で呼ばれていた。しかも「さ

ん」はもちろん、「くん」と付ける人もいなかった)。

ベンは何よりも、ガラス・ドアが開くたびに入ってくるさまざまな客を見るのが好きだった。「キャッスル」の客層も時間帯によってはかなりの変化を見せた。ベンが出勤する八時からの早い時間は、近くのジャズ喫茶やゴーゴー・ハウスから流れてくるカップルや若い人のグループが多かった。「アウトサイダー」という英語や「レビストロース」というフランス人の名を口にする学生たちの声が、一階の「団体席」から中二階にいるベンの耳に入ることもあった。十二時頃からは、最終電車に乗りおくれたサラリーマンが多かった。二人や三人で入ってきても、もうすでに話題が出尽したのか、あまり会話を交さなかった。おとなしくビールを飲んでカレーライスを食べて、酩酊した少年たちのようにもの静かにマンガを読みふけるのだった。

そして二時を過ぎると、無口のサラリーマンたちが中二階におとす灰色の印象とは打って変って、「水商売の客」が相次いでそのカラフルな姿を現わしてくるのだった。肥満のママが導くピンクや薄むらさきのイーブニングを着たホステスの群れが階段に高笑いを響かせるとき、「キャッスル」がパレスに変貌した、とベンには思われた。十二月にミニスカートをはいた三十女も、熱帯色のネクタイを結んだ若い男もいた。小指をつめたリンゴ・スターのように、残りの九本の指に指輪をはめた中年もいた。どうせベンには分らないと、大声で業界の秘密を洩らすような会話が中二階のあちこちで起き、どうせベンには関係ないと、札束の交換をベンの目前で平気で行う光景もあった。

そして三時を過ぎると、自発的に始まったパーティが自発的に終ったかのように、「キャッスル」の中がまた静まりかえって、残りの客が小さな椅子にもたれて心地悪そうにうたた寝をする。その時間は閉店の準備にかかる前の一番ひまなとき、従業員たちはめったに開かなくなったガラス・ドアに広場からの未明の光が忍び寄るのを待つだけだった。

一晩中、台の反対側で立っている「ますむら」は、なるべくベンと顔を合わせなくて済むように目線をそらして、仕事のために必要な二言三言の他には話しをしなかった。無口の「ますむら」のとなりにいたベンは、しかしさまざまな客の会話を立ち聞きするのが面白くて、特に淋しい思いはしなかった。四十センチ離れた沈黙と数メートル離れた多彩な日本語の間で、ベンは夜を過ごすことになった。

三日目の一時過ぎ、サラリーマンの注文が終って「水商売の客」が流れてくる前の静かな時間帯に、ベンははじめて「ますむら」が本を読んでいることに気がついた。

ベンと話しをしないで済ませるためにその夜持ちこんだのか、それとも前から静かな時間のひまつぶしに読んでいたのか、「ますむら」は台の隅に灰色のカバーのぶ厚い本を開いて、そこに目を注いでいた。身をかがめて本に見入る「ますむら」の血色の悪い横顔には、聖書を読みふけっている西洋中世の修道士のやつれたプロフィールをベンに連想させるものがあった。

　見ているうちに、ベンは不思議なことに気がついた。「ますむら」はその本のページをほとんどめくらず、いつまでも同じ個所を読んでいるようだった。

　よほど難解な書物なのか、とベンは不思議がり、「ますむら」の細い肩越しに見開きのページにぎっしり詰まった日本語をのぞいてみた。知っている漢字もあったが、のぞいたところの文章はベンにとって意味をなさなかった。

　ベンの視線に気づくと、「ますむら」はとつぜん怒ったように、本を閉じた。

「ますむら」が本を閉じた瞬間、何のイラストもないその灰色のカバーがちらりと見えた。ベンは似たような本をどこかで見た覚えがあった。秋頃に安藤に連れられて行ったW大学付近の書店でよく見かけて、安藤が「みんなが読んどる難しい本」と言ったのと同じ書物だったのか。カバーの色も、あの頃の空と同じだった。カバーには「吉本」と、その後につづく読めない漢字が刻まれていた。

「それは何の本ですか」とベンは読めない字に目をやりながら訊いた。

「ますむら」は、図々しい、といわぬばかりに、片手に本を握ったまま後ずさりした。ベンに返辞をするのも苦痛だという低い声で、

「あんたたちには分らない」と言った。

　ベンは一瞬、口がきけなくなった。

「分らない」といわれて、驚いたのではなかった。実際には、まったく分らないだろう。「あんたたち」といきなり複数にされたことにベンは不意を打たれたのだった。

　それ以上、「吉本」の本について訊かないことにした。

「ますむら」は台の、ベンから一番遠い隅の方に用心深く本を開いて、横目でベンの動きを睨みながら、再びそれを読む姿勢になった。

「吉本」の本にはどんな秘密が書かれているのだろうか。それが「ますむら」にとって自分が絶対に侵入できない領域、もしかすると自分に対する魔よけだったかも知れない、とベンは思った。同時に、「ますむら」が細い肩を張り出してその本を庇《かば》っている姿勢を見ていると、「ますむら」が逆にその本を守護しようとしている、という奇妙な印象を禁じえなかった。もしその本が自分のまなざしにでも触れたら忽ち炎となって燃え上ってしまうことを恐れているかのように。


「水商売の客」の足が引いた三時半頃が、「キャッスル」の従業員たちの食事の時間にあてられていた。

　夕方にバタークリームパンとアン・ドーナツを食べたきりのベンは、しかし最初の数日間、「キャッスル」の中にいる時間があまりに面白かったのか、それほど空腹感を意識しなかった。「水商売の客」の最後の注文を取って、コックの「さとうさん」か見習いの「たちばな」に渡されたものを中二階へ持って行き、ようやく一息ついたところ、「マネー

ジャ」がその出っ張った腹を指して、「イート・イート・フード・フード」と自分で自分の「英語」をめずらしがっているように笑いながら唱えたとき、忘れていた食欲がとつぜん湧いてくるのだった。

四日目の夜、「団体席」の細長いテーブルの一角にベンと「ますむら」が向い合って席につくと、見習いの「たちばな」がキッチンから食事をのせたプラスチックのお膳を持ってきてくれた。「たちばな」は、最後に自分のお膳を「ますむら」のとなりに置いて、そこに座った。

ベンはこの四日間、キッチンの入口から何度も「たちばな」に注文を伝えたことがあった。そんなとき、「たちばな」は特にベンの存在におどろきを示さなかった。しかし、おおかなかれもさすがにベンを真前にして向き合ってしまった瞬間、「ますむら」がはじめてベンを目にしたときと同じように、ベンの顔と制服を比べて眺めまわした。

ベンは四日間のうちに、人に眺められると目を伏せてうつむくくせが付いてしまった。

ベンがうつむいたのにかまわず、「たちばな」が喋り出した。

「年はいくつだ」

ベンは目を上げて、「たちばな」のぽっちゃりした無邪気な顔をちらりと見た。ベンを眺めている「たちばな」の目付きが、あのときの「ますむら」のそれと違っていた。

「じゅうしち、です」

「……ああ、十七《じゅうなな》か。じゃ、俺と同じだ」

ベンは頭の中で四十二から十七を引いて、自分の生まれた年を昭和に換算し、それを言いかけたところ、黙って聞いていた「ますむら」が横から、

「セブンティーン」と大声で言いだした。

Sの音を蛇のようにスーッと強調して、「ますむら」の声が「キャッスル」の隅々まで響き渡った。

「アイ・アム・スス、セーブンティン・イーヤズ・オールド」

冗談にしては真剣すぎる「ますむら」の顔を「たちばな」がうかがうと同時に、黙りこんだ。

ベンは再びうつむいた。

すぐ目の前には、丼と、キャベツの山と赤い皮の魚を載せた皿があった。

見たことのない魚だった。まわりにあるたくさんの物同様、ベンはその魚の名前を知らなかった。

「ますむら」にも「たちばな」にも、魚の名前は分るだろう。だが、ベンはかれらに訊く気はしなかった。訊いている自分の姿が「ますむら」の目に映っているのを、見たくなかった。

ベンは割箸を割って、手に握ってみた。ベンの持ち方は、真向いで食べはじめた「ますむら」や「たちばな」と違っていた。親指と人差指の間に二本の箸を交差させて、上下に動かしてつまむ正統な持ち方と違って、はさみのように横にねじるのだった。奇妙な持ち方だとベンも気がついていたが、やろうと思えばご飯の一粒でもつまむことができて、けっし

て不自由はしなかった。

　それはベンが子供のときに、両親といっしょに住んでいた母家の裏にある離れにいた用人《ヨンレン》に教えられた持ち方だった。用人《ヨンレン》自身の持ち方だったのか、それともベンが用人《ヨンレン》の持ち方を下手にまねた結果そうなったのか、あるいは用人《ヨンレン》がベンに正しい持ち方を教えてもしようがないとめんどうくさがっていたのか、今のベンには分らない。父がその持ち方を「人夫《クーリー》のようだ」とけなしていたのをうすうすと記憶していたが、あれからアメリカへ「帰った」後に子供のくせを直す機会はなかった。

　そんな持ち方で箸をつけるベンをあごで指して、「ますむら」は「たちばな」をひじでそっと小突いた。また一つのディテールをあばいたという「ますむら」のさげすむまなざしと違って、「たちばな」の目は、めずらしい動物の動作を見入っているという稚《おさな》い光でいっぱいだった。

　四つの黒い瞳から注がれる、二つの違った光を感じて、ベンはプラスチックのお膳の中味を見下ろした。眼下に魚があった。名前のない魚、赤くてやわらかい皮に包まれた魚。

　箸を上げて、はさみで刺すように、猛然と魚を直撃した。すぐほぐれた赤い皮と白い肉の塊りを箸の間にねじって、こぼさないようにすばやく口に詰めこんだ。

　そしてすぐに吐き出した。「アー」という声をたてて吐き出した。皿の上に吐き出した肉と皮の切れ端の中に、大小の骨がいくつもきらめいていた。

「ますむら」と「たちばな」が目を丸くして見ていた。口の中から出せなかった細かい骨が喉につかえて、息が詰まった。

　ベンはその場で自殺したくなった。

「たちばな」が、黙っていられなくなったように、「こう切るんだよ」と言い出して、自分の皿にある魚を真中の背骨に沿って、きれいに、均等に、半分に割った。

「すみません」

　ベンはもう一度せき払いをして、おしぼりで口を拭いた。「たちばな」のまねをしようと、魚の背骨にねじった箸を突っこみ、背骨に沿って引いてみた。が、横の骨にひっかかり、赤い皮にギザギザの線を描いてしまった。

「違うよ、こう切るんだよ」。箸でもたもたしているベンの手に、「たちばな」が自分の手を伸ばそうとした。とつぜん右側から「ますむら」が「たちばな」の手を空中で遮った。

「無理だよ」

「ますむら」の声に制されたように、「たちばな」が手を引いて、黙りこんだ。

「やっぱり違うんだから、無理だよ」

　ベンはもう一度うつむいた。

早く食べ終えた「ますむら」が、満足げにハイライトに火をつけると、席を立った。

「たちばな」も、うつむいているベンを一瞥してから、「ますむら」の後に従うように、立ち去った。

「団体席」の一角に一人で残ったベンは、ギザギザに割れた魚の中から、指先で細かい骨をひとつひとつ抜きながら、食べつづけた。交替で「さとうさん」と「やすだくん」が向いに座って食べはじめた。ベンはその間、一度も目を上げなかった。かれらが席を立った後に、ベンはようやく魚を食べ終えた。

最後に、用人《ヨンレン》に教えられた通り、ベンは丼を口元まで持ち上げて、残りのご飯を一気にかっ込んでしまった。

六日目の朝だった。

閉店前のトイレの掃除を済ましたところを、ベンは一階にいる「マネージャ」に呼ばれた。キッチンの奥に積んである黒と水色のビニール袋を外へ運んでいる「たちばな」を指して、「マネージャ」は「ゴミ、アウト」と手伝うように命じた。中味がぐしゃぐしゃと左右に揺れる大きな黒い袋を両手に持ち上げて、勝手口のドアを片足で押し開いて出ると、そこは裏の路地だった。スナックとサロンと料理店が並ぶ薄暗い路地の角には、エプロン姿の「たちばな」が立っていた。「たちばな」は下駄の先で今置いた黒いゴミ袋をたくさんの黒と水色のゴミ袋の山に押しこんでいた。ベンを見るなり、「ここだよ」と呼びかけた。ベンは黒いビニール袋を路地の敷石の上に引きずりながら「たちばな」の立っているところまで運んで、同じように、ローファーズの先でゴミの山に詰めこんだ。

後ろから、敷石の上を響きわたる音がした。小動物の群れが小走りしているような、軽やかな足音だった。ベンと「たちばな」が同時に振りかえった。

路地の中ほどに、ベンには読めない漢字の、消えたネオン・サインがあった。その下から、女が相ついで現われては、「キャッスル」と反対方向に、敷石の上を足早に歩きだした。茶色や黒のコートの下に原色のガウンのすそが薄暗い路地の奥で点々と見え隠れしていた。遠ざかる女の一列が左へ曲って、駅の方へ姿を消した。

始発電車の音が路地に届き、そしてまわりはもう一度静まりかえった。

勝手口から「ますむら」が、一階の「やすだ」を連れて、出てきた。二人が手に持ったビニール袋を、ゴミの山に無頓着に投げて捨てると、「ますむら」がたばこに火をつけて、無言のまま路地の真中に佇《たたず》んだ。「やすだ」も「たちばな」も、「キャッスル」に戻ろうとしなかった。

「ますむら」が路地の奥を凝視して、何かに目を引かれたように歩き出した。女が出た店のとなりにある、電気の消えた料理店の前で足を止めた。

広場から未明の光がわずかに路地の入口まで忍びこんでいたが、路地の奥は依然として薄暗かった。ベンはそこに目をすえた。「ますむら」が立ち止まった料理店の格子戸の脇に、角に積んであるゴミの山と入れ代わるように、配達されたばかりと見える食料品の容器が積んであった。

「ますむら」がまわりを見て、路地に他の人影がないのを確めると、たばこを敷石で消して、上段の容器をあけた。薄暗い光の中で白い玉子が何十個も容器の中に並んでいた。

「ますむら」が玉子を一個取り上げた。もう一度まわりを見て、それから手品師のように早い、とベンが驚いた動作で玉子を制服のひざでさっと割って、中味を口に放りこんだ。白い殻がかすかな音をたてて敷石に落ちた。

「お前らもやれ」という手ぶりで、「ますむら」が「やすだ」と「たちばな」を呼んだ。手ぶりの方向を見ると、「お前ら」の中に自分が入っていないことをベンは知った。ベンは一人で角に立って、「やすだ」と「たちばな」が料理店の前まで足を運ぶのを見守った。

「やすだ」が、「ますむら」と同じように、容器から玉子を取り出し、片手のげんこつで割っては口に運んで、一滴もこぼさずにきれいに中味を呑んだ。

「たちばな」も、前へかがみ、玉子を下駄の先で割って、口へ持っていっては一気に中味を呑みこんだ。

静かな路地の中で、白い制服姿の三人が繰り返す、素早くてしなやかな動作を、ベンは角から眺めていた。

生玉子の味を想像するだけで、ベンの胸がむかついた。

広場からの光が一筋、路地の中まで差しこんで、敷石をくっきりと照らしだしたが、三人の足元の手前で止まった。

その瞬間、明るくなった角に一人で立っている自分に、かげの中から三人が一斉に視線を向けてしまった、という気がした。一つの白い塊りとなった三人の制服姿、その真中で「ますむら」の唇が動きはじめているのを見分けた。

「あんたたちにはできないだろう」

路地の中で「ますむら」の声がこだました。その声が妙に反抗的に聞えた。

ベンは思わず自分の後ろを振りかえった。誰もいなかった。い、い、ぼくの背後にはいったい何者の顔が見えるというのか。

ベンと立ち向かっているような三人の姿勢には、いささかの動きもなかった。かげの中からは「やすだ」のくすくす笑いだけが聞きとれた。

ベンは怒りに似てそうではない、言いようのない感情にとらわれた。知らない力につき動かされるように、敷石の上に足を踏み出して三人の真前まで進んだ。「ますむら」をよけるようにして、容器に手を伸ばして、玉子を一個にぎった。「ますむら」が路地のさらに奥の方へ退いた。

Smash it in his fucking face!

そんな英語がベンの脳裏を掠めたが、瞬時の惑乱は、すぐ消え去った。

ベンは玉子を料理店のシャッターで割った。中味の一部がシャッターに付着し、飛沫がベンの白い制服の襟を汚した。割った玉子を自分の顔まで持ち上げると、半透明な液に浮く小さな日の丸が目に迫った。そくざに中味を自分の口に放りこんだ。

路地の中は束《つか》の間《ま》、昼のように明るくなった。

ベンは上顎や喉に付いたねばっこいものでむせび、吐気を覚えたが、ぜんぶを呑みこんだ。

路地の奥でにぶく光っている「ますむら」の目と、ベンの目が見合った。「ますむら」の目には表情がなかった。ベンが立っている方角を凝視しているだけで、最初に会った夜と同じように、何の表情もなかった。

ベンは先に目をそらし、三人に背を向けて、走り出した。勝手口から「キャッスル」へ踏みこんだ瞬間、「やったね」という「たちばな」の歓声が耳に届いたような気がした。キッチンから、「マネージャ」が伝票の束をめくっているレジの横を通って、中二階、そして「どうはんしつ」の前を走りぬけた。三階の更衣室で立ち止まった瞬間、はじめて全身が震えているのに気がついた。襟から腿まで汚れた制服をもぎ取った。

他に誰もいない更衣室の中で、「はずかしい」というベンの声が反響した。

一つだけ名ふだのついていないロッカーをあけると、そこにフランネル・シャツとジーパンが掛かっていた。

ベンは頭上の方へ目をやった。

換気孔から早朝の、しんじゅくの光が差しこんでいた。その光が裸になった自分の白い腕に当っていた。安藤が遠い灯を指して、「あれはしんじゅくだ」と教えてくれた秋の夕暮れが思い浮んだ。

換気孔から流れているのはただの光だった。何でもない、早朝の淡い光だった。

震えがとつぜん止まった。ベンはゆっくりとアメリカの服に着替えた。汚れた制服をロッカーにしまいこむと、もう一度踊り場に立って、長い階段を見下ろした。そこには領事館の大理石の階段があった。新宿に初めて下りた朝のすりへった小さな石段があった。

ベンは踊り場にしばらく立ちつくした。

一階のレジにはもう「マネージャ」はいなかった。ベンはこっそりと階段を下りた。一階を横切って、静かにガラス・ドアに向った。

（『星条旗の聞こえない部屋』講談社　一九九二・二）

リービ英雄《ひでお》　1950—

本名は、イアン・ヒデオ・リービ。米国カリフォルニア州バークレーに生まれる。父はブルックリン生まれのユダヤ系中産階級出身、母はポーランド系移民の長女。父の仕事の関係で、少年時代から台湾、香港などに移り住む。一九六七年に初めて日本に渡り、以降、日米往還を繰り返しながら、プリンストン大学大学院博士課程を修了する。プリンストン大学、スタンフォード大学で日本文学の教鞭を執り、一九八二年には『万葉集』の英訳で全米図書賞を受賞。一九八七年、「星条旗の聞こえない部屋」を発表し、日本語を母国語としない西洋出身者による初めての日本語文学作品として話題を呼ぶ。一九九〇年から東京に定住。一九九二年に「星条旗の聞こえない部屋」「ノベンバー」「**仲間**」を収録した『星条旗の聞こえない部屋』で野間文芸新人賞を受賞、一九九六年には『天安門』が芥川賞候補となり注目をあびる。二〇〇五年、『千々にくだけて』で大佛次郎賞を受賞。他の小説に『国民のうた』（一九九八）、『ヘンリーたけしレウィツキーの夏の紀行』（二〇〇二）、評論に『アイデンティティーズ』（一九九七）、『日本語を書く部屋』（二〇〇一）など、紀行文に『我的中国』（二〇〇四）などがある。一九九四年より法政大学教授。

〈日本＝日本語〉への越境

「仲間」（『群像』一九九一・一一）は、「星条旗の聞こえない部屋」（『群像』一九八七・三、以下「星条旗…」と略記）、「ノベンバー」（『群像』一九八九・一〇、初出タイトルは「新世界へ」）に続き、ベン・アイザックを主人公とする連作短編第三作目の作品である。前二作では、一九六七年にアメリカの高校を終え日本にやってきた一七歳のベンが、家族と共に住む横浜のアメリカ領事館を離れ、「しんじゅく」へと「家出」するまでが語られる。その後、ベンは、「しんじゅく」の深夜営業喫茶キャッスルでのアルバイトを見つける。「仲間」では、キャッスルで働くベンの一日が、夕暮れ時に「しんじゅく」の光を目指して仕事に出かけ、朝日のなか仕事を終えるまでの時間として描かれている。キャッスルでの仕事を通して、ベンがどのようなアイデンティティを形作っていくのか読み取ろう。

　まず、ベンの「しんじゅく」への「家出」に込められた意味について確認しておきたい。ベンの父が領事として住むアメリカ領事館は、〈強者〉としての〈アメリカ〉を表象する空間としてそびえている。ベトナム反戦運動が高まるなか、領事館の周囲に集まる〈日本人〉たちは、ベンとその家族に向かって「ヤンキーゴーホーム」という言葉を投げつける。しかし、アイザックとは「白人から仲間外れにされてきた存在」であるユダヤ人の姓なのだ。ベンにとって、〈アメリカ〉は、〈アメリカ＝占領者／日本＝被占領者〉という一枚岩的なナショナルアイデンティティによって覆い尽くすことができない、多様な〈移民〉たちからなる世界である。「アメリカ人は、家を捨てまたは家から追い払われたからアメリカ人なのだ」（「星条旗…」）。ベンは、「ホーム」を持たない者として「誰もゴーホームしない場所」としての「しんじゅく」に自身の居場所を見出そうとする。

次に、「しんじゅく」が漢字で表記されていないことに注意しよう。「しんじゅく」とは、新宿という空間を指すだけではなく、「音」としての日本語の世界をも表している。ベンにとって日本語とは、漢字という〈外国語〉を変形して作り上げたひらがなの言葉としてである。ベンは「漢字の森に戯れている蝶の形をしたひらがな」（「星条旗…」）に魅惑され、日本語に引き込まれたのだ。ひらがなは、〈外／内〉という境界を融解させ、強固な意味に固定されない「意味になる以前の、呪術の恵みを孕んだ、最も贅沢なもの」（「星条旗…」）としての「音」を生み出す。このような「音」としての日本語の特徴は、ベンが働く喫茶店の名前にも現れている。喫茶店の制服には「Cassle」という縫い取りがあった。キャッスルとは、英語の「Castle」という単語を変形した「Cassle」が、さらにカタカナの「音」となった、〈外国語／自国語〉というカテゴリーを失効させて生み出された言葉なのだ。

ベンが、キャッスルで他の従業員と同じ制服を着て働くとき、〈アメリカ人〉のベンの身体が〈日本〉という空間へ入り込み、〈日本語〉の世界へ参入するという出来事が生じる。

この〈越境者〉ベンに対して、キャッスルの従業員たちはとまどいを隠せない。ベンの〈日本語〉を認めようとしない「マネージャ」、ベンにあからさま敵愾心を向ける「ますむら」。そんな彼らを前に、ベンは、彼らが内面化している〈アメリカ／日本〉という境界を乗り越ようとする。その頂点となるのが、「ますむら」の挑戦を受けてベンが生卵を飲むという出来事である。ベンが飲み込む生卵は「半透明な液に浮かぶ小さな日の丸」として、「日の丸」になぞらえられて語られる。このベンの行為には、大きな意味が託されている。

このように、ベンは、言葉と身体を通して〈アメリカ／日本〉という境界を溶かしていく。そのとき形作られるのは硬直した〈一つ〉のアイデンティティではなく、ベンの労働する身体において生じる内面の動きとして把握されるような、流動的で多元的なアイデンティティであるだろう。

視点1　キャッスルで働く「仲間」たちのベンに対する態度の違いについて考える。
視点2　ベンが生卵を飲むという行為に、どのような意味を読みとることができるか、考察する。
視点3　小説の最初と最後の場面の描写の違いなどに注目することで、ベンの内面の動きを分析する。

〈参考文献〉柄谷行人・リービ英雄「〈特別対談〉日本語で書くことの意味」（『文学界』一九八八・九）、酒井直樹『死産される日本語／日本人』（新曜社、一九九六）、細見和之『アイデンティティ／他者性』（岩波書店、一九九九）

（**生方智子**）

母に連れられて荒れ地に住み着く

伊藤比呂美

母に連れられて乗り物に乗りました
乗り物に乗って降りました
車に乗りバスに乗り飛行機に乗りました
それからまたバスに乗り電車に乗り車に乗りました

そういう生活がずっとつづくと思っていました、ずっとつづくと思っていました、ある日とつぜんぱたりと止まりました、そのある日は、乗り物に乗っていた日々と区別がつかない日でありました、空港でいつものように外に出たら、母が笑いながら駆け寄った先に男がいました、男は母の顔にひげもじゃのまっくろな顔を押しつけ、母の口に舌をさしこみ、れろれろと舌をさしこみ、ぎゅうぎゅうと母の乳房や肩やお腹やお尻を抱きしめました
母もちゅうちゅうと男の口を吸いました
男は、目をとじてうなりながら母の唾を味わい、においを嗅ぎ、皮膚や肉をなでさすりました、それから男は口を離すと、両手をひろげておーまいおーまいといいながら私と弟を抱えこみ、巨大な車にのせました、空の青いとこでした、とっても青いとこでした、それから何時間も運転し、青い空の下を何時間も運転し、荒れ地の中の大きな家に着いたのです、家の庭にはスプリンクラーがありました、夕方にそれが作動しました
おーまい、何もかも濡れました

あんたたちはここに寝るのよ、と母はいいました、そして母は男の寝室に入っていきました
明け方、大きな音がしました、ずぶりずぶりとぞうきんをバケツで洗うような音、ずるりずるりというぬるぬるしたものをこする音、それから母の歌うような泣いてるような声も、何日も何日もそんなことがありました、私は目をさましましたがやがて慣れて、目をさまさなくなりました
昼間は、母は、弟と私が口に出す逐一を、私たちの知らないことばで男に伝えました、私と弟にもそのことばで話しかけてくるようになりました、最初はわかりませんでした、でもそれも、やがて慣れました
それから母は、私たちの知らない立ち方で立ち、知らない歩き方で歩き、知らないものを料理して私たちに食べさせるようになりました、知らないものでも母が作ればとてもうまく、

私たちは自分たちが、がつがつと食べているのに気がつきました
母からは、知らないにおいがぷんぷんしました、食卓にはいつもあの男がいました、母は、知らないやり方で私たちを抱きしめ、なでさすりました、たしかにそれは、前にもこういうことがあったのです、母が、男と家庭をつくる、私たちをひきずりこむ、私たちはいつだって容易にそこへ引きずりこまれたということが
母はもう乗り物に乗りに出かけていきません、私たちはもう母のあとをついて空港から空港へ必死に歩きません、ある日母は、男に知らない名前で呼ばれ、しゃあしゃあと返事をしました、聞きとがめると母はいいました
名前なんてあればいいのよ、
ことばは伝えられれば用が足りる、
あんたたち、と母はいいました
もうにほんごは使わないことにしようよ

私は十一歳、弟は八歳でありました
私たちはしゃべるのをやめました
にほんごだけは使いつづけました
私たちの間でも母にたいしても
にほんご以外はしゃべるのをやめました
人が近寄ってくるとだまり
過ぎ去るとまたしゃべりはじめました
にほんごだったんです
にほんごしかなかったのです
にほんごしかしゃべれなかったのです
それで私は耳を澄ますことにしました
弟も、耳を澄ますことにしました
何年も何年も耳を澄ましました
何か聞こえる?
と私は弟にきいてみました
何も聞こえない、
と弟は答えました
何か聞いてる?
と私はまたきいてみました
何も聞いてない、
と弟は答えました
何年も何年も耳を澄ましました

ある朝目をさますと枕元に小さなベビー用カーシートがおいてあって、中にはうみたての赤ん坊が入っていました、おーまいがーしひとりの赤ん坊、いつあなたは得たの、それ?と私がききました、きのう、と母が答えました、母はまだ幾人もの赤ん坊を胎内に産み残しているように膨れ上がったお腹をしていました、赤ん坊は猫のように泣きました、母は乳房をむき出しました、それはまるで見知らぬ形をして、どす黒くたけだけしく盛り上がり、息をとめずにいられなかった

ほど生臭くにおいたっていました、小さな赤ん坊は小さな頭をふりたてて吸いついていきました、母はもうひとつの乳房を取り出しました、ぱんぱんに膨れたそれはみるみるうちにゆがみ、ねじれ、先端が割れて、乳汁がしゅううと弧を描いて飛びました、いーうー、と弟がさけびました、試みてごらん、試みて吸ってごらんそれを、それはあまい、あなたはきっと好きだからそれを、と母は私たちにいいました、私たちはためらいました、すると母は弟をつかまえて、弟の口にむりやり押しつけました、乳房は弟の頭よりずっと大きくたけだけしく見えました、母はその乳房よりもずっと大きくずっとたけだけしく見えました、そして笑み割れた先端から泡の立つ乳汁がしゅしゅしゅとあふれてきました、弟が観念して口にふくみ、母が二三度もみしごくと、ごくり、ごくりと弟の喉の音がひびきました、ぐろーす、とうめく弟の口から、白い乳がだらだらと垂れてながれました

風向きが変わって
砂漠から風が吹いた
カラカラに乾いた
遠くで山が燃えた
山が燃えて灰が降った
灰が太陽を覆った
太陽が肉眼で見えた
カラカラに乾いた

植物は死骸になった
セージは強烈な香りがした
ウサギやコヨーテも死骸になり
カラカラに乾いた
雨の降る冬になると
濡れて、苔が生え、芽が出て、花が咲いた
サボテンもユッカもにょきにょきと伸びた
空の下に海があり
海に日が落ちた、毎日落ちた
こぎ出していきたいねえ、あのむこうへ、とにほんごで母がいった
行ってしまえばだれも帰れとはいわないだろう、母は海をみつめた

ここに来たとき
私は十一歳、弟は八歳でありました
以来にほんごを、使っている、つもりでいます
二人の間だけで
でも口から漏れてくる音が
にほんごなど、わすれてしまったと主張するのです
弟も私も、音を、口から出し、舌や口蓋から出し、
鼻に抜け舌に挟み、つい漏らすのです
おれは、かってしまったの、おれのゆび、
とある日弟がいいました
おれはかってしまったの、おれのゆび、

それは、ちいながれてひとりぼっち
ねえちゃん、おまえ知ってる、おれのなまえ？
とある日弟がいいました
ヅシオだよ、
と私はいいました
だれも、つくれない、はつおんを、おれの名前、ぜったいに、
　おれの名前、
と弟がいいました
ヅシオだよ、
と私はくりかえしました
赤ん坊がむくむくと大きくなりよだれをたらし喃語を発し
ことばを発し
弟の苦悩を、あざわらいました

昔のことです
弟と私は、母に連れられて
乗り物に乗りました
乗り物に乗って降りました
車に乗りバスに乗り飛行機に乗りました
それからまたバスに乗り電車に乗り車に乗りました
乗り物に乗って
動いていきました
乗っても乗っても終わりじゃなかったのです

（『河原荒草』思潮社　二〇〇五・一〇）

伊藤比呂美《いとうひろみ》　1955—

東京都板橋区に生まれる。青山学院大学文学部日本文学科卒。一九七八年に最初の詩集『草木の空』を出版する。その後、『姫』（一九七九）、『伊藤比呂美詩集』（一九八〇）、『青梅』（一九八二）、『テリトリー論2』（一九八五）、『テリトリー論1』（一九八七）などの詩集を発表。散文詩**「母に連れられて荒れ地に住み着く」**は、『現代詩手帖』に二〇〇四年一〇月より翌年六月まで連載の後、二〇〇五年一〇月に思潮社より上梓された詩集『河原荒草』中の一篇。本詩集は、翌年第三六回高見順賞を受賞している。詩だけではなく、一九八五年の『良いおっぱい　悪いおっぱい』以後、『主婦の恩返し』（一九九〇）『おなか　ほっぺ　おしり』（一九九三）などの妊娠・出産・育児をめぐるエッセイがベストセラーになる。一九九三年には、『家族アート』が三島賞候補に。一九九五年に米国カリフォルニア州に移住。小説では「ハウス・プラント」と「ラニーニャ」が芥川賞候補となる。一九九九年『ラニーニャ』で、野間文芸新人賞を受賞。近年は二〇〇四年に『日本ノ霊異《フシギ》ナ話』など日本の古典をベースにした作品を手がけたり、二〇〇五年『ミドリノオバサン』では室内園芸について存分に語ったりと、多方面にその才能を発揮している。

「われわれ」を支えているもの

この詩は、娘の視点から語られる連作の一篇であり、連作全体の物語には連続性がある。この「母に連れられて荒れ地に住み着く」の前には「母に連れられて乗り物に乗る」という詩がある。その物語の焦点は、収録作品冒頭の四行にあるといってよい。「母に連れられて荒れ地に住み着く」で母子が流れ着いた場所は、少なくとも語り手「私」には何処だか分からない。だが、それが「日本」ではないということだけは、幼い姉弟にも理解出来る。なぜなら、外国における空間の異質性は、「日本語」が通じないことから意識せざるを得ないからだ。「日本語」は「日本」という空間を支えている。だが、日本にいながらにして、そうしたものとして「日本語」を意識することは少ないのではないか。そういった「われわれ」を支えている「自明性」は、根元的なものになればなるほど、自己相対化しにくいものなのだ。

「われ」とか「われわれ」を支える自己定義は、必ず「彼（彼女）」とか「彼等（彼女等）」という他者の発見が契機になる。黒人や黄色人種を見た経験がなければ、自らが白人であるという意識が、決して浮上してくることがないように、異質な他者の発見、あるいは、ある異質なものを他者の裡に発見することからしか、自己定義はなされないのである。

「ひげもじゃのまっくろな顔」をした男の出現は、子供たちがこれまで有して来た「母」＝「親」という概念を打ち壊す経験となった。「母」は、新たに「女」という姿を子供たちの前に示すこととなったのである。子供たちにとって、それはこれまでの「家族」の有り様が、再構築される経験でもあったろう。さらに「母」は、これまでその自己同一性《アイデンティティ》を支えてきたであろう「日本語」も、さらには自分の名前でさえも簡単に捨て去ってしまう。「にほんごは使わないことにしようよ」と言ったのは、男への愛情に裏打ちされた、まぎれもない「母」の言葉である。そういった「母」の有り様を、軽やかな実存と評価する読みもあり得るだろうが、少なくとも子供たちにとっては、ある種の抵抗を感じざるを得ない経験である。

　気がつけばそこにあったという関係が、この姉弟と「母」の間でつくられていた「家族」だったのだとすれば、新たに参入した「男」との関係は、まずは「父」と「子」という新たな契約の始まりなのである。多くの既存の家族の様に、その「父」は、ある種の権力を行使する存在である。「日本語」の禁止とは、「父」の持つ権力性を寓しているのだが、そこに語り手が意識的になるのは、この後の詩篇でのことである。

　とにかく姉弟は、「しゃべるのをやめ」た。しかし、それは積極的な抵抗などではない。姉弟には「にほんごしかなかった」し、「にほんごしかしゃべれなかった」のである。「何年も何年も耳を澄ま」す姉弟の絶望的な孤独がそこにはあったろう。

　だが、確実に姉弟の「日本語」は解体されつつある。弟の、母の乳房を無理矢理口にあてられた時に思わず呻く「ぐろーす」という声。「ヅシオ」という自己の名前を周囲の誰もが正しく発音出来ないという苦悩。この発音は、徐々に姉からも失われてゆくだろうし、誰にも発せられない音は、自らの裡ですら確実にその存在を失ってゆくことになるだろう。

　生まれたばかりの赤ん坊は、喃語を発しながらも兄の苦悩をあざ笑う。赤ん坊は、与えられた「日本語」ではない言語を「自然」に習得してゆくことだろう。もちろん、姉兄や「母」の「日本語」も一生理解することはない。もし、その場で生き続ければ、その自明性に気がつくこともなく、死んでゆくことだろう。それが、「幸せ」であるのならば、その「幸せ」は、何と引き替えになされたものなのだろうか。

視点1　「私たちはいつだって容易にそこへ引きずりこまれたということが」とあるが、「そこ」とは何処なのか。また、なぜ「私たち」は容易にそうなってしまうのか。

視点2　母と子供たちの間にある距離感を考え、その「距離」を生み出す背景や具体的な差異を考える。

視点3　「われわれ」の自明性は、いかなる他者（もの）に支えられているのかについて再考する。

〈参考文献〉佐々木幹郎「繁茂繁殖―「伊藤比呂美」の正しい使用法について」・上野千鶴子「もと拒食症の悪魔払い」・高橋睦郎「それは葉山から始まった」・高橋源一郎「妹の力」・平田俊子「伊藤比呂美という土地」（以上、『伊藤比呂美詩集』現代詩文庫94、思潮社、一九八八）、坪井秀人「第Ⅶ部　現代詩と女の身体―伊藤比呂美」（『性が語る―二〇世紀日本文学の性と身体』名古屋大学出版会、二〇一二）

（疋田雅昭）

＊解説中の作家顔写真の出典

森鷗外――新潮日本文学アルバム１『森鷗外』新潮社　1985・2

国木田独歩――筑摩現代文学大系６『國木田獨歩・田山花袋』筑摩書房　1978・11

太宰治――新潮日本文学アルバム19『太宰治』新潮社　1983・9

中島敦――新潮日本文学アルバム別巻『昭和文学アルバム(1)』新潮社　1986・12

牛島春子――日本植民地文学精選集〔満洲編〕７『牛島春子作品集』ゆまに書房　2001・9

金鍾漢――『金鍾漢全集』緑蔭書房　2005・8

野坂昭如――現代の文学39『戦後Ⅱ』講談社　1978・2　撮影、野上透氏

小島信夫――現代の文学16『小島信夫』講談社　1978・2　撮影、野上透氏

目取真俊――『沖縄文学選　日本文学のエッジからの問い』勉誠出版　2003・5

鳩沢佐美夫――『沙流川　鳩沢佐美夫遺稿』草風館　1995・8

リービ英雄――本人提供

伊藤比呂美――本人提供

執筆者紹介（50 音順、＊は編者、肩書きは 2020 年 9 月現在）

天 野 知 幸（あまの ちさ）京都教育大学准教授
＊飯 田 祐 子（いいだ ゆうこ）名古屋大学大学院教授
生 方 智 子（うぶかた ともこ）明治大学教授
杉 山 欣 也（すぎやま きんや）金沢大学教授
土 屋 忍（つちや しのぶ）武蔵野大学教授
内藤千珠子（ないとう ちずこ）大妻女子大学教授
西 川 貴 子（にしかわ あつこ）同志社大学教授
西 村 将 洋（にしむら まさひろ）西南学院大学教授
疋 田 雅 昭（ひきた まさあき）東京学芸大学准教授
＊日 高 佳 紀（ひだか よしき）奈良教育大学教授
＊日 比 嘉 高（ひび よしたか）名古屋大学大学院准教授
米村みゆき（よねむら みゆき）専修大学教授

文学で考える〈日本〉とは何か

発行日	2016年 9 月30日　初版第一刷 2020年 9 月20日　一版第二刷
編　者	飯田祐子 日高佳紀 日比嘉高
発行人	今井　肇
発行所	翰林書房
	〒151-0071 東京都渋谷区本町1-4-16
	電 話　(03) 6276-0633
	FAX　(03) 6276-0634
	http://www.kanrin.co.jp/
	Eメール●Kanrin@nifty.com
装　釘	須藤康子＋島津デザイン事務所
印刷・製本	メデューム

落丁・乱丁本はお取替えいたします

ISBN978-4-87737-403-7